ヘルタ・ミュラー

Herta Müller

# 呼び出し

Heute wär ich
mir lieber
nicht begegnet

小黒康正　高村俊典　訳

三修社

# 呼び出し

**私は呼び出しを受けている。**木曜日の十時きっかりに。

私の呼ばれる回数はだんだんと増す。火曜日の十時きっかりに、土曜日の十時きっかりに、水曜日もしくは月曜日に。まるで数年が一週間のように思えるけど、そうだとすると、晩夏が過ぎてまたしてもすぐに冬になるのって確かに変。

路面電車のほうへと向う道では、またしても白い実をつけた茂みが生け垣中にぶら下がっている。それって下のほうに縫いつけられた貝ボタンのようで、ひょっとすると土の中まで縫いつけられているのかもしれない。あるいは丸いパンのよう。くちばしを背けた鳥の白い頭にしては、実はあまりにも小さいけど、私は鳥の白い頭をどうしても思い出してしまう。思い出すとめまいがしてくる。草に残るまだら雪を思い出すほうがいいが、だけどそれだと救いがなくなるし、チョークだと眠くなってしまう。

路面電車には決まった運行時間がない。

私には電車がざわざわと音を立てているように思える、それが硬い葉をつけたポプラでなければの話。電車がもう近づいて来ているが、今日は私をすぐに連れて行く気だ。予め決めていたことだが、乗る際に麦わら帽子をかぶった老人を先に行かせようと思う。私が来たとき、老人はすでに停留所に立っていたが、いったいいつから立っているんだろう。老人はもうろくしていないが、影のように痩せ、背が曲がり、弱々しい。ズボンにはお尻もなければ、腰もなく、膝にしか膨らみがない。そこでもし老人がよりにもよって車両のドアが開く段になって地面につばを吐かずにはおれないのなら、私は老人よりも先に乗り込む。ほとんどの席はすべて空席だが、老人は席を物色し、それから席に着くことなく立っている。このような老人たちが疲れを知らず、座れない場所があるせいで立ち続けるなんて。いずれ墓地でたっぷり長い間横になるからな、と老人たちが言うのを聞くのはよくあること。その際、老人たちには死ぬことなど思いもよらず、しかも言っていることは正しい。順番どおりになったことは一度もなかった。若い人たちも死ぬのだから。わざわざ立たなくてもよいのであれば、私は腰を下ろす。座席に座って電車に揺られて行くのは、まるで座ったまま歩くようなもの。男はじろじろと私を見るが、このように空いている車内だとそんなことはすぐに分かってしまう。話そうとしても私の頭には少しも余裕がない。余裕でもあれば、何か御用ですかときいてしまう。男の視線に私が煩わされていることなど、相手は少しも意に介していない。外を見ると町の半分が通り過ぎており、木々や家並みが立ち代わり入れ替わって行く。聞くところによると、このような老人たちは若者よりも感づくことが多い。それどころか、私が今日、小さなタオルと歯みがき粉と歯ブラシをハンドバッグに入れていることに感づいているのかもしれない。ハンカチがないのは、泣く気などないからだ。アルブが今日、私を事務所の下にある独房に連れて行くかもしれないという不安がどれほどのものかを、パウルは感づいていなかった。私は彼に何も言ってなかったが、もし連れて行かれることになれば、パウルはすぐに気づくことになる。路面電車はゆっくりと進む。老人の麦わら帽子はおそらく汗か雨で染みになっている。アルブはいつものように挨拶だと言って私の手の甲につばのついたキスをするだろう。

**アルブ少佐は**私の指先をつかんで手を持ち上げ、私が叫んでしまいそうになるほど爪を押しつぶす。アルブは下唇で私の指に口づけをし、話せるように上唇を浮かせておく。手の甲にするキスはいつも同じ仕方だが、話すことはいつもどこかしら違っている。

おや、おや、今日は目がただれているな。

どうやら口ひげが生えているようだが、年の割には少し早いんじゃないか。

これまた今日のおてては氷のように冷たいが、血行に問題がなければいいんだけどな。

なんてこった、歯ぐきがしなびて、まるでお前のお婆さんみたいじゃないか。

祖母は年をとりませんでした、と私は言う。歯が抜けるだけの時間がなかったのです。祖母の歯に関する事情をアルブは知っているようなので、それで歯のことを話しに出す。

女性としてなら、今日、自分の様子がどうなのかは分かっている。それとキスなんて第一に痛くないこと、第二に濡れていないこと、第三に手の甲にするのがよいことも。手の甲にするキスがどう見えるべきかは、女性よりも男性のほうがよく分かっており、アルブもきっとそうだ。頭じゅうからアヴリルの香りがする。フランスの香水で、香水共産党員である義父が使っていたものだ。他の誰であれ私の知り合いならそんなもの誰も買いはしないであろう。闇市だとそれは店に並ぶスーツよりも高くつく。ひょっとすると九月という名前も付けられているのかもしれないけれど、私は燃える落ち葉のきつく煙たいにおいと間違えはしない。

私が小さな机につくと、指の感覚を取り戻すために、そして何よりもつばを拭き取るために、スカートで指をこするのをアルブが見る。印章付き指輪を回しながら、相手はほくそ笑む。まあいいか、つばなんかぬぐい取れるし、それどころか自然と乾くものだし、毒があるわけでもない。つばは誰にでも口の中にある。他の人たちは歩道につばを吐き、靴でぬぐい消すが、それは歩道に吐くもんじゃないからだ。アルブはきっと歩道でつばを吐きはしない。自分のことが知られていない町だと、立派に紳士ぶる。爪は痛むが、アルブはいまだ一度たりとも青あざができるまで握りはしなかった。爪は再びほぐれる。まるで凍えきった手が突然温かくなるかのように。自分の脳がつるっとすべって顔の前に落ちてくると私が思い込んでいることと、それって毒だ。屈辱、体中が裸足だと感じるというのであれば、他に言いようがあるのか。言葉でいろいろと言えないのであれば、一番しっくりする言葉がしっくりしないというのであれば、そうなるといったい何を言えるのか。

**今朝の三時から**私は目覚し時計の音に聞き耳を立てていた。呼び出し、呼び出し、呼び出し……という音に。眠りながらパウルはベッドの斜め奥に移動してびくっと身を引っ込めたが、その動きは眠ったまま本人が自分で驚いてしまうほど早い。それは一種のくせだ。私の眠りは終わっていた。目を覚まして横になっている私は、再び眠るのに目を閉じなければならないことが分かっている。だけど目を閉じはしない。寝るということをすでに何度も忘れてしまっていて、どのようにして寝つくのかを再び身に着けなければならなかった。それはまったく簡単か、あるいは全然そうではない。何もかもが明け方には眠っており、犬や猫も大型ゴミ容器の周りをうろつくのは夜半だけだ。眠れないことが分かっているときには、暗い部屋でむやみに目を閉じようとするよりも何か明るいものを思い出すほうが楽だ。雪、白く塗られた木の幹、真っ白な部屋、大量の砂のことを。そうやって私は空が白むまでそうしたいと思った以上に何度も時間をつぶした。今朝だと私はヒマワリを思い出すことができたし、実際にそうしたが、それにもかかわらず、十時きっかりに呼び出されていることは忘れられない。目覚ましが「呼び出し、呼び出し、呼び出し」と鳴ってからというもの、自分やパウルのことを考えるよりも先に、アルブ少佐を思い出さざるを得なかった。今日、パウルがびくっと動いたとき、私はすでに目を覚ましていたのだ。窓が白っぽくなってきたときにはもう、天井にかなり大きなアルブの口を、下の並んだ歯の後ろにピンクの舌先を見ていたし、それに人をばかにしたような声を聞いていた。

どうして神経をすり減らしているのかな、始めたばかりじゃないか。
二、三週間呼び出されていないときに限り、私はパウルの脚に起こされる。そうなると嬉しいし、どうやって眠るかを私が再び覚えたことは明らかだ。
私が再び眠るのを覚え、「なんの夢を見たの」と毎朝パウルに尋ねると、相手は何も思い出すことができない。どうやって彼が大きく広げた足指で蹴りつけ、それから脚をすばやく引いて、足指を丸めるかを私は本人に示す。椅子を机から台所の真ん中に引き出して座り、脚を宙に浮かせて、何もかもやって見せる。そのとき、パウルが笑うこともあるので、私はこう言う。

あなたは自分のことを笑っているのよ。

そうだな、ひょっとすると僕は夢の中でバイクに乗り、君を乗せたのかもしれない、と相手は言う。

びくっと動くことは疾走しながらその真っ最中に逃げ出すようなもので、それは酒のせいだと私は思い込んでいる。そんなこと、私は口にしない。それに、夜がパウルの脚からふらつきを持ち去るということも、口にしない。それはきっとこういう風だ、つまり夜はふらつきを膝のところでつかみ、まずはつま先に、それから真っ暗な部屋の中へと引っ張り出す。明け方近く、町がまったく勝手に眠っているころになると、外の通りの暗闇へと引っ張って行く。もしそうでないのなら、パウルは目を覚ましたときにまっすぐに立てないであろう。もし夜が誰からも飲酒を取り上げるのなら、明け方近くになると、夜は星に届くまで満腹になってしまうにちがいない。それぐらい多くの人たちが町で飲んでいる。

四時を少し過ぎた頃には、商店街のはずれに配達車が到着した。静けさを破り、かなり騒音を立てるが、運ぶ荷は少ない。パンと牛乳と野菜が入っているいくつかの荷箱と、シュナップスが入っているたくさんの荷箱。そのはずれで食べ物が尽きると、女たちや子供たちはそのことに折り合いをつけ、行列がばらけ、道は家路をたどる。しかし瓶が尽きると、男たちは自分たちの生活を呪い、ナイフを抜く。だが、売り子たちが男たちに言って聞かせても、それは男たちが再び出て行くときまでしかもたない。男たちは酒を探しに行き、町をうろつき回る。最初の殴り合いが起こるのはシュナップスが見つからないからであり、次の殴り合いはすっかり酔っ払っているからだ。

シュナップスはカルパチア山脈と乾燥した平地との間にある丘陵地で育つ。そこにはスモモの木が生い茂り、ちっぽけな村はそこに隠れてほとんど見えないほどだ。どこかしこも森、晩夏になると青々と長雨に打たれ、枝がたわむ。シュナップスは丘陵地と同じ名前だが、誰もラベルにある名前を用いはしない。名前があったところでシュナップスには必要ない。国内には一種類のシュナップスがあるだけだ。人々はそれをラベルの絵柄によって呼ぶ、「二つのスモモ」と。頬を寄せ合っている両方のスモモは男たちにとって馴染み深い。ちょうど女たちにとって御子を抱く聖母のようなもの。つまり、スモモは酒飲みと瓶との間にある愛のことなのだ。私の目には、寄せ合う頬のあるスモモは御子を抱くマリアよりも婚礼写真のほうによく似ている。教会にあるどの絵を見ても子供の頭が母親の頭ほどの高さにある絵はない。子供は額を聖母の頬に、頬を首に、あごを胸に寄せている。その上、酒飲みと瓶の間柄は婚礼写真に写るカップルと同じで、互いを台無しにするし、互いを離しはしない。

私はパウルと写る婚礼写真の中で花を持ってもいなければ、ベールをつけてもいない。愛が私の目の中で新たに輝くが、この写真の私は二度目の結婚をしている。私たちの頬は二つのスモモのように互いに寄せ合う。パウルが大酒飲みになってからというもの、私たちの婚礼写真は占いだ。パウルが晩遅くまで町ではしご酒をするたびに、もう二度と家に帰って来ないんじゃないかと不安になり、壁に掛かっている婚礼写真をかなり長い間見つめていると、視線がずれてくる。すると私たちの顔がぼやけ、頬の位置がずれて、間にいくらかすき間があく。まるでパウルが遅くに帰宅するみたいに、たいていはパウルの頬が私の頬からぼやけて消えて行く。それでも帰って来る。パウルは相変わらず帰宅したし、それどころか事故の後でもだ。

ポーランドのズブロッカが出ることは少なくない。甘苦い、ズブロッカ草の入った黄色のウオッカだ。それが最初に売れてしまう。どの瓶にも溺れてしまった長い茎が立っており、注ぐときには震えるものの、決してひっくり返ったり、流れ出たりはしない。酒飲みは言う。

草の茎は体の中に残る魂と同じように瓶に残るのさ。それで魂を守ってくれるんだよ。

口の中に残る刺すような味わいや頭の中でゆらめく酩酊には、こうした考えがふさわしい。酒飲みは瓶を開け、注ぐ音がグラスの中でトクトクトクと立ち、最初のひと口が喉の中へと流れ込む。常に震えている魂は、決してひっくり返ることも、体を離れることもないまま、守られ始める。パウルもまた自分の魂を守り、僕の人生がやられてしまうことはないさ、などと一日たりとも自分に言い聞かせる必要はない。ひょっとすると私がいないほうがよいのかもしれないが、だが私たちは一緒にいたいのだ。シュナップスは昼を、夜は酩酊を取り上げてしまう。早朝のうちからアパレル縫製工場に行かなければならなかったときから、労働者たちがこう言っていたのを私は知っている。ミシンの動力装置だと歯車から、人間の装置だと喉から油が差される、と言っていたことを。

当時、パウルと私は五時きっかりにオートバイに乗って仕事に出かけた。私たちが目にしたのはお店の前の配達車、荷箱搬送者である運転手たち、売り子、それに月だ。今は、私は騒音しか耳にせず、窓際に行かず、月も目にしない。ガチョウの卵のような月が空の片一方で町から出て行き、もう一方で太陽が出て来るのを、私はかろうじて知っている。それらは何も変わっていなかったし、私がパウルと知り合い、歩いて路面電所まで行く前も、そうであったのだ。歩道に立つ私にとって、何か美しいものが空の上にあり、見上げることを禁じる法律が地面の下にないことは、何だかなじめなかった。つまり、工場で昼間が惨めになってしまう前にそこから何かを探り出すことは許されていたのだ。私は寒気がしたが、それは満足にものを見ることがなかったからで、あまりにも薄着だったからではなかった。月はこの時間だと食い破られており、町のはずれにいてどこに向かうのか分かっていない。明るくなると、空は地面を放さなければならないのだ。平坦な地面で道が急に下ったり上ったりしている。あっちこっちと行き来する路面電車の車両は、まるで照明のついた部屋だ。

路面電車のことなら私は中も知っている。この時刻に乗車する者は袖が短く、すり切れた革のカバンを抱え、両腕に鳥肌が立っているのだ。その男は気だるい眼差しで決めつけられてしまう。同じ輩、労働者階級だ。まともな者たちは車で職場に向かう。ドングリの背比べがあり、こっちの奴は上、あっちの奴は下だと。自分自身とちょうどつり合いのとれた奴などいないし、そんなことあるはずがない。時間はわずかで、すぐに工場が見えてきて、評価された者たちが次々に下車する。きれいに磨かれているかもしくはホコリだらけの靴、斜めかまっすぐのかかと、アイロンがかけられたばかりかもしくはしわのよったカラー、指の爪、時計のバンド、ベルトのバックル、髪の分け具合、これらすべてが嫉妬か軽蔑を要求するのだ。眠そうな眼差しから隠れおおせるものなど何もなく、たとえ雑踏の中でもそう。労働者階級は違いを探すので、同じなんて朝にはない。太陽は車内から見ると一緒に走り、外では雲を赤く白くしながら真昼の暑さを求めて上へと引っぱっていく。誰も上着を着ておらず、朝の寒さはすがすがしい空気だと言えるが、それはお昼になるとかさばったホコリとひどい暑さがやって来るからだ。

もし私が呼び出しを受けていないのであれば、私たちは今のこの時間帯だとまだ数時間寝ている。昼の眠りは真っ黒ではなく、浅く黄色い。私たちの眠りに落ち着きがなく、陽が私たちの枕に射す。でもそうだとしても、昼間を短くすることはできる。私たちは朝早くから監視され、昼間は私たちから逃げはしない。私たちにはいつも何か非難を受ける可能性があり、たとえほぼお昼まで寝ていてもそうだ。どっちみち私たちはもはやどうにもならないことで何か非難を受ける。眠っていても昼間は待っているし、ベッドだってここことは別の国ではない。私たちがようやくほっといてもらえるのは、リリーのところで寝るそのときだろう。

もちろんパウルも眠って酔いを覚まさなければならない。お昼どきになってようやく頭がしゃんとして首にすわり、口が再び話せるようになり、飲酒によってもたらされた声を出して言葉をすすりはしない。パウルが台所に入ってくると、まるで私が階下にある酒場の開いたドアのところを通り過ぎなければならないときのように、息だけがまだ酒臭い。春から飲酒の時間帯が法律によって定められ、十一時をすぎてようやく飲むことが許される。しかし酒場は相変わらず六時に開店し、十一時までシュナップスはコーヒーカップで出され、その後にグラスで出てくるのだ。

パウルは飲んではもう元のパウルでなくなり、眠って酔いを覚ましては再び元のパウルに戻る。お昼頃にすべてが再びよくなっているにしても、どうせまただめになってしまう。バイソングラスが乾いた瓶底に立つまで、パウルは自分の魂を守る。私のほうは、私たち、つまり私と彼って誰なのかしらと私が思い煩っていると、しまいには何もかもが分からなくなってしまう。私たちがお昼に食卓についているときだと、昨日の酔いのことを話すのはよくない。だけど私はああだこうだと言う。

シュナップスは何も変えはしない。

あなたはどうして私の人生をつらいものにしてしまうの。

あなたの酔いは、昨日、この台所よりも大きかった。

そう、住居は小さく、私はパウルを避けるつもりなんかないけれど、ずっと家にいると、昼間に二人して台所で座っていることがあまりにも多い。パウルは午後になるともう酔っ払っており、夕方になると更にもっと酔っている。私は話を先のばしにするが、それは相手が機嫌を損ねるから。私が一晩中待っていると、相手はようやく再び酔いを覚まして台所で腰をかけるが、額にタマネギの目をこしらえている。そのとき、私が言うことは、彼に受け流されてしまう。私の言っていることが正しいとパウルが一度認めてくれないかしら。だけど酒飲みには白状なんてものはなく、彼ら自身への無言の告白もなければ、告白を待つ者たちへの無理強いされた告白などとっくの昔からない。パウルは目覚めた時からもう飲むことを考えていながらも、そのことを否定する。そういうわけで、真実など存在しない。もし黙らずに私の話しを聞き流すときは、彼は一日中私に言う。

心配しなくていいよ。飲むのは絶望しているからではなく、旨いからなんだ。

そうかもね、と私は言う。あなたって舌で考えるのね。

パウルは台所の窓から空を見るか、そうでないときはカップの中をのぞき込む。そしてテーブルにあるコーヒーのしずくを軽くつつく。しずくが濡れており、指で塗り込めると大きく広がるのをまるで自分で確かめずにはいられないとでもいうように。相手は私の手を取り、私は台所の窓から空を見てカップの中をのぞき込み、私もテーブルにあるコーヒーのしずくを次から次へとつつく。赤いエナメル缶が私たちをじっと見ているので、私は見返す。パウルはそうしない。そうしてしまうと、昨日とは何か別のことを必ずしてしまいかねないからだ。今日は飲まないよとひとこと言う代わりに黙っているとき、彼はいったい強いのか弱いのかどっちなんだろう。昨日、彼はまた言った。

心配しなくていいよ。君の連れ合いは酒を飲むけど、それは旨いからなんだ。

脚が廊下を通って彼を運んで行ったが、それはあまりにも重々しく、あまりにも軽々とした様子で、まるで中に砂と空気がごっちゃになっているようだった。私は手を相手の首の周りにおいて、無精ひげをなでたが、朝にそれに触るのがとても好きだ。なにせ寝ている間に伸びるのだから。彼は私の手を目線まで引き上げたが、手は頬にそってあごのところまで滑り落ちた。私は指を退けずに、ただこう思っただけ。

二つのスモモの図柄を知っているというのなら、何も頬にもたせかけてはならない。

パウルがそのように言うときは好んで朝遅くに聞いているけど、それが私には気に食わない。私が彼から離れると、すぐに愛情をもたせかけてくるが、それはあまりにもむき出しのまま近づいてくるので、彼は自分のことをこれ以上何も話す必要がない。何も待たなくてもいいのだ。私は了解の準備ができてしまっていて、非難はもう舌の上からなくなっている。それに頭の中だとそんなものはあっという間に崩れて歪んでしまった。いいことよ、自分で自分が見えないなんて。私の顔が間が抜けて晴れやかになってきたと思う。昨日の朝もパウルの二日酔いからしなやかな前足で歩く猫の鼻が不意にするりと抜け出した［訳者注「雄猫」を指すドイツ語に「二日酔い」の意味あり］。君の連れ合いなんて言うのは、考えが浅く、口元にかなりのうぬぼれを浮かべている者だけだ。昼の優しさが晩の飲酒への道を滑らかにしてしまうけど、それは私の頼みの綱、もっともどれだけその優しさを必要としているかが私には気に入らない。

アルブ少佐は言う。君の考えていることなんか見て分かるし、否定しても無意味で、私たちは時間を無駄にするだけだ、と。私であって、私たちではないし、なにせ少佐はどのみち勤務中なのだ。少佐は袖をたくし上げて、時計を見る。時間、それはそこに表示されているが、しかし、私の考えているものではない。パウルが私の考えを分かっていないとしたら、とっくの前からそうなのだ。

パウルはベッドの壁ぎわで、私は手前の隅っこで眠る。私には眠れないことがよくあるからだ。それなのに彼は目が覚めると相変わらず言う。

君は真ん中で寝て、僕を壁ぎわに押しやるんだ。

それに対して私は言う。

そんなはずはない、私のいた手前って洗濯紐のように狭く、真ん中にいたのはあなたよ。

私たちのうちどちらか一方がベッドに寝て、もう一人がソファーで寝てもいいかもしれない。私たちは試してみた。ある晩、私がソファーに横になり、次の晩はパウルだ。二晩とも私はひたすら左右に寝返りを打った。私の頭は考えたことを粉々にすりつぶし、朝方には浅い眠りの中で悪夢を見たのだ。二晩は悪夢で満たされたが、悪夢は次々と数珠つなぎになって一日中、私を捕らえようとした。私がソファーで寝たとき、私の最初の夫がトランクを川に架かる橋の上に置き、私のえり首をつかんで高笑いをしたのである。それから水中をのぞき、口笛で歌を吹いたが、歌の中では愛が打ち砕かれ、川の水がインクのように黒くなってしまう。水はインクとは違っていて、水中を見ると、そこに相手の顔があり、水底の砂利までまっすぐ逆さまに届いていた。それから一頭の白馬が茂った木々の下でアンズを食べていたのだ。アンズを食べるたびに頭をもたげ、種をはき出していた、まるで人間のように。私が一人でベッドに寝ていると、誰かが後ろから私の肩をつかんで言った。

振り向くな、私はいない。

私は頭の向きを変えず、横目で盗み見た。リリーの指が私をつかんだが、声が男の声であったので、相手はリリーではない。私は女に触れようとして手を上げた。するとその声が言ったのだ。

見られることのないものはつかめない。

指を見るとそれはリリーのものだったが、ただし他の誰かが彼女をつかまえていた。その人の姿は私には見えない。次の夢ではおじいちゃんが雪に埋まったアジサイの茂みを刈り込み、私を呼び寄せた。

こっちへ来てごらん、ここに子羊がいるよ。

雪がおじいちゃんのズボンに降り、はさみが霜で茶色くなったまだら模様の花を切断した。

私はこう言ったのだ。

それって子羊じゃない。

人間とも違うな、と相手が言った。

おじいちゃんの指はかじかみ、はさみのゆっくりとした開け閉めしかできなかったのだ。そのとき、私には確信が持てなかった。キイキイ音を立ててきしんでいるのは、はさみなのかそれとも手なのか。私ははさみを雪の中に放り投げた。それは雪の中に沈み、どこに落ちたのかすっかり見えなくなっている。おじいちゃんは鼻を雪の上にぴったりとくっつけて、庭中を探し回った。ガーデンゲートの脇で私はおじいちゃんの両手を踏みつけたけど、それって鼻をあげてもらうためであり、ゲートから出て、一面真っ白な通りを探し回らないためだ。私はこう言った。

やめてよ、子羊は凍え死んでしまったし、羊の毛は霜の中で燃え尽きてしまったのよ。

垣根のところにはアジサイがまだ一輪生えていた、丸坊主にされたアジサイが。私はそっちのほうを指さした。

それってどうなっているの?

それは一番悪いアジサイだ、とおじいちゃんは言った。春に男の子をもうけるが、それがいかん。

二日目の夜が明けた朝、パウルが言った。

お互いが邪魔になるんだとしたら、それは相手がいるってことだよ。ひとりっきりで眠るのは棺桶の中だけだけど、それはまだまだ先のことだ。夜は一緒にいるべきだったんだよ。彼が夢に見てすぐに忘れてしまったことなんか、誰が知るだろうか。

彼は眠りについて話したのであり、夢についてではなかった。今朝四時半に私は薄明の光の中でパウルが眠っているのを見たが、二重あごのあるしかめっ面だ。下の商店街では早朝だというのに悪態がつかれ、大きな笑い声が聞こえた。リリーの言っていたこと。

悪態が災いを追い払う。

グズ、足をどけろ。しゃがめよ、靴にくそを入れられたくなけりゃな。ひらひら耳をしゃんと開きな、そしたら聞こえるようになるけどな、だけど風に吹き飛ばされるんじゃないぞ。髪はいじるな、まだ荷下ろしの途中だ。一人の女が雌鶏のように短いしゃがれた声でくっくっと笑った。車の扉ががたがたと音を立てる。手を貸しな、このバカ犬、休みたいならサナトリウムへ行っちまえ。

パウルの服が床に置かれていた。洋服たんすの鏡には今日という日が映っていたが、それは私が呼び出されている日。それから私は起き上がり、右足を最初に床の上におろした。呼び出されているときは、いつも右足から。そんなことを本当に信じているかどうかなんて自分でも分かっているけど、だけど逆からはあり得ない。

他の人たちの場合、脳が理性と幸せを司るのかしら。私の場合、脳はただ幸せのためだけで精一杯だ。人生のための余裕はない。いずれにせよ私の人生のための余裕は。私は幸せに甘んじた、たとえパウルがそれは幸せじゃないと言っても。数日ごとに私はこう言う。うまくいっている。

パウルの頭は、私の前で静かにまっすぐのまま、不思議そうに私を凝視している。私たちにはお互いに相手がいることなど、まるで大したことでないかのように。彼は言う。君はうまくいってるのさ、他の人たちが幸せと呼んでいるものを忘れてしまったんだからね。

他の人たちがうまくいってるよと言うときは、ひょっとすると人生のことを言っているのかもしれない。私が言っているのは幸せのことだけ。パウルは知っている、私が人生に折り合いをつけてこなかったということを。私はそうだと言いたくもないし、いまだ言っていない。

僕らのことをよく見ろよ、とパウルは言う。どうでもいい幸せのことなんか話さんでくれ。浴室の光がひとつの顔を鏡の中に投げかけた。それは素早かった、まるで片手いっぱいの小麦粉がガラスに向かって飛んでいくように。それから目が映っているところにカエルのようなしわがついた鏡像ができたが、それは私に似ていたのだ。水は手の上に温かく流れ落ちたが、顔は冷たかった。歯をみがくとき、歯みがき粉が目から泡立って流れるのは別に新しいことじゃない。私は気分が悪くなり、吐き出して、やめてしまう。呼び出しを受けてからというもの、私は人生を幸せから切り離している。尋問に行くたびに、幸せを最初から家に置いていかなければならない。私はそれをパウルの顔の中に置いた。彼の目のまわりに、口のまわりに、無精ひげのところに。幸せが見えるとしたら、パウルの顔は何か透明なもので覆われていることだろう。行かなければならないときはいつだって私はうちにいたい、パウルから取り出すことのできない不安がとどまっているのと同じように。出て行くときに取り残される私の幸せと同じように。私の幸せがパウルの不安をあてにしていることなんて彼は知らないし、知ったところでそれに堪えることなどできないだろう。だけどパウルが知っているのは、呼び出しを受けているときの私がいつも緑のブラウスを着て、クルミを食べているのが見られているという事実。ブラウスはリリーの形見、だけど彼女の名前は私の形見。いまだ成長し続けているブラウスだ。幸せを持って行くと、私の神経はあまりに弱くなってしまう。アルブが言う。

何に対して神経を尖らせているのかな、始まったばかりじゃないか。

私は神経を尖らせているわけじゃない。すり減っているわけじゃなく、あまりに多くなっている。それに全神経は走行中の路面電車のような音を立てる。

すきっ腹のときに食べるクルミは神経にも分別にも効くらしい。そんなこと、どんな子供だって知っているけど、私は忘れてしまっていた。あまりに呼び出されているから、思い出したわけではなく、それはただの偶然だ。今日と同じく十時きっかりにアルブのところにいなければならず、七時半にはもう出かける準備ができていた。その道のりだとせいぜい一時間半だ。私は二時間かけるし、早く着きすぎたとしても、そこら辺りをぶらぶらしているほうがまし。一度も遅刻したことなどなかったし、いい加減が許されるなんて私には想像がつきもしない。

私がクルミを食べに行ったのは、七時半に準備が整ったからだ。以前も呼び出しを受けた日にそんなことがあったが、その朝はクルミがひとつ調理台の上に置いてあった。パウルがその前日にエレベーターで見つけ、しまい込んでいたものだが、それというのもたった一粒でもクルミは転がされたままにはしておかれないからだ。それは初物のクルミで、緑の皮の湿った筋がまだついていた。私は手の中で重さを計ったが、採れたてのクルミにしてはあまりにも軽すぎで、まるで中に実が入っていないかのようだ。金づちが見つからなかったので、石で叩いたが、その石はそれまで廊下にあったものの、それからというもの台所の隅に置いてある。クルミの脳みそはすかすかだった。酸っぱい生クリームの味だ。この日、尋問がいつもより早目に切り上げられた。再び外に出たとき、私の神経は落ち着いていて、私はこう思ったのだ。

これってクルミのおかげ。

それからというもの、クルミが助けてくれると私は信じている。実際には信じていないけど、できることなら何でもやっておきたいと思っている、助けてくれるものなら何でもだ。それで私は道具としての石や時刻としての朝にこだわり続けている。クルミが一晩中開いたまま散らばっているなら、ご加護がすでに使い尽されているのだ。隣人やパウルに限らず、私にとっても、夜に叩かれる音のほうがまだましなのだが、だが私は自分の時間に口を挟ませることなどできない。

その石は私がカルパチア山脈から持ってきたもの。最初の夫は三月から軍人になっていた。元夫は一週間ごとに泣き言の手紙を書いてきて、返したのは慰めの葉書。季節は夏になっており、元夫が戻って来るまでに何通の手紙と葉書がやり取りされねばならないか、はっきりと見当をつけることができた。義父が元夫と入れ替わり私と寝たがっていたので、私は嫌気がさしていた、庭でも、家の中でも。私はリュックに荷物を詰め、義父が早朝に仕事に出かけた後に隙間のある柵板の前のやぶの中にそれを置いた。私は午前の遅い時間に手ぶらで外に出て行く。義母は洗濯物を干していて、私が何を企んでいるのか見ようともしなかった。私はひとことも言わず、柵の隙間からリュックを取ると、駅へと向かう。私は電車で山岳地帯へ向かい、音楽大学の卒業旅行の一行について行く。私たちは、毎日、暗くなるまでよろよろと歩いた、氷河湖から氷河湖へと。どの岸辺に行っても溺死者の命日が記された木の十字架が石の塊の間に立っていた。危険な日々への警告としてある水中の墓場と周囲の十字架。あたかも丸々とした湖たちが腹を減らし、毎年、十字架に書かれた日付になると、肉体を欲するかのようだ。ここでは死者を回収しに潜る者などおらず、水は一つかみのうちに命をもぎ取り、体は一瞬で冷たくなってしまう。卒業生たちは歌った。よい遺体になるかどうかを確かめるために、湖が卒業生たちを逆さまに映し出したにもかかわらず。歩くときも、休むときも、食べるときも、彼らは合唱した。もし彼らが夜寝ているときに、大空が口の中に息を吹き込む吹きさらしの高地にいるかのように多声で歌ったとしても、私は驚かなかったであろう。私は一行について行かねばならなかった。死というものは一人で道に迷う放浪者を決して返してはくれないからだ。湖が続くので、目は日ごと大きくなり、すでに両頬に食い込んでいたが、それはどの顔にも認められ、脚は日々短くなった。でも、最後の日には、何かをうちに持ち帰ろうとして、ありとあるゆる小石の中から子供の足ほどのものに手を伸ばしたのだ。卒業生たちは手のひらに合う平らな小石を探したが、それは憂いの石。手のひらサイズの石はコートのボタンに似ていたが、そんなものならアパレル縫製工場で毎日十分すぎるほど手に入った。しかし、あのときの卒業生たちが憂いの石を信じていたのは、ちょうど今の私がクルミを信じているのと変わらない。

私には変えられないことがある。つまり、いまだ成長し続けている緑のブラウスを着ていたことと、そして石で二度叩くと台所で食器が揺れて、クルミが割れるということだ。私がクルミを食べていると、叩く音に起こされたパウルがパジャマのままやって来て、水を一、二杯飲む。もし昨日のように酔いつぶれていたときは二杯だ。私には言葉を一つ一つ理解する必要がなく、しかも、パウルが水を飲んでいるときに言うことなど分かっている。

クルミに何かご利益があるなんて、君は本当のところ信じちゃいない。もちろん私は本当のところ信じちゃいない、私にとって習慣になったことすべてを本当は信じてないのと同じように。それだけに私はますます意固地になる。

好きなように信じさせてよ。

パウルには付け加える言葉がもう何もない。尋問前には頭を空にして争わないようにしておくべきことを、二人とも知っているからだ。たいていの尋問ときたらクルミがあっても嫌になるほど長い。クルミなしだと尋問がひどくならないなんて、そんなこと私には知るよしもないのだ。パウルが濡れた口と飲み干したまま手に持ったグラスで私に習慣になったことを軽んじるせいで、私がますますそれに頼ってしまうことを、彼は分かっていない。

呼び出しを受けると、何か役に立つものを習慣として身に着けるもの。本当かどうかは問題ではない。他ならぬ私にこうしたことが習慣となって次から次へと忍び寄って来たのだ。

パウルは言う。

そんなことにこだわるなんてな。

その代わり彼は尋問の際に私を待ち受けている質問のことを心配する。それって必要だとパウルは思っているし、私のすることは馬鹿げているのだ。用意してくれている質問が本当に私を待ち受けているのなら、それは必要だろう。今のところ、いつもまったく違うことを質問された。

習慣になったことが何か私の役に立つなんて、求めすぎというもの。いくらか役に立つにしても、私にではない。何かといっても、尋問が行われる日の人生にせいぜい役立つだけだ。頭の中で描いた幸せをそこから期待してはならない。人生について言うべきことは多いのだ。幸せについて言うことは何もなく、さもなければ幸せ自体がもはやあり得ない。取り逃がした幸せですら、話すに耐えられないもの。私の習慣になったことにとっては、その日その日が問題であって、幸せは問題ではない。

確かにパウルの言っていることは正しく、クルミといまだ成長し続けているブラウスとは余計に不安をもたらすだけだ。それにまあ、不安を抱くことしか上手くいかないときに、幸せを求めなければいけないなんてことがあるだろうか。私は誰の邪魔も受けずにことに取り組み、他の人たちほどあれこれうるさく注文をつけたりしない。それに他人が抱く不安をむやみに欲しがる者などいないのだ。幸せはあべこべな状態なので、まともな目標ではないし、ある一日のためのものでもない。

いまだ成長し続けている緑のブラウスには大きな貝ボタンがついている。あの当時の私がリリーのために工場で多くのボタンの中から探し出して持ってきたものだ。

尋問の際、私は小さな机につき、全神経が私の中で音を立てているにしても、ボタンを回しながら落ち着いて答える。アルブは行ったり来たりしており、ちゃんと尋ねねばならぬという思いが、彼の落ち着きを食いつぶす。それは、ちゃんと答えねばならないという思いが私の落ち着きを食いつぶすのと、何ら変わりがないのだ。私が落ち着いたままでいる限り、アルブは何かを間違って扱ってしまったし、ひょっとするとすべてをそうしてしまったのかもしれない。尋問から帰宅すると、私はグレーのブラウスを着る。それは、つまり、待ち続けているブラウスだ。それはパウルのもの。確かに、こうしたリリーやパウルといった名前のために、私は疑いの念を抱いてしまう。けれども、疑念は実際の害にはなっていなかったし、呼び出しのない日々でさえもそうだった。いまだ成長し続けているブラウスは私を助けてくれるが、待ち続けているブラウスはひょっとしたらパウルを助けてくれるのかもしれない。私に対する彼の不安が天井まで届く。それは彼が家で腰かけて待ちながら酒を飲むか、あるいは町ではしご酒をしているときに、彼に対する私の不安が天井に届くのとなんら変わりがない。自分で行かねばならず、不安を持ち去り、幸せをそこに置いておいて、しかも他の誰かに待たれているというのであれば、割と楽だ。家で腰かけて待つことは、時間をちぎれそうなほど引き伸ばし、不安を極端に駆り立てる。

習慣づいたことによって私にはできると思えることを、誰一人としてできる者はいない。アルブは叫んで言う。

ほら、物事が結びつくぞ。

私はブラウスの大きなボタンを回して言う。あなたにはそうなんでしょうけど、私には違う。

**麦わら帽子の老人は**降りるちょっと前に潤んだ目を私から離した。今は子供を膝に乗せている父親が向かい側の席に座っており、足を通路に出している。通り過ぎて行く町を眺めながら、何も考えていない。子供は人差し指を父親の鼻に突っ込む。指を曲げて鼻くそをほじることは、早いうちに覚える。大人になってから言われることだが、鼻くそは自分の鼻からしかほじってはいけないし、それをするのは誰にも見られていないときだけだ。父親にはそれがいまだあてはまらず、微笑んでいるのは、気持ちがよいからかもしれない。路面電車は停留所のないところに止まり、車掌が降りる。停止時間がどれくらいになるのかなど、誰が知っていようか。朝になったばかりで、車掌はルートの途中でこっそり休憩に入る。なにせここでは誰もが好き勝手なことをするのだ。車掌は向こうのお店に渡って行き、その上、シャツやズボンを整える。路線の途中で路線電車を放ったらかしにしたことを見られないようにするためだ。その勿体ぶった振る舞いは、ただ退屈だからといってソファーの上でふんぞり返っているかのよう。店で何か買おうと思ったら、自分が誰なのかをどうせ言わなければならないことになる。そうでないと行列に並ばなければならない。コーヒーを飲むだけなら、立ったままで飲んでくれたらいいのに。窓を開けっぱなしにしても、シュナップスが許されているなんてあり得ない。私たちのようにここに座っている者なら誰でも、シュナップスのにおいをさせる権利があるだろうが、それは車掌を除いての話だ。しかし、車掌はまるであべこべであるかのように振る舞う。私は十時きっかりにいなければならないだけに、シュナップスに関しては車掌と同じ状況だ。いっそ私の理由ではなく彼の理由でシュナップスをあきらめたい。車掌がいつ戻って来るのかなんて、誰が知っていようか。

**幸せを**家に残してからというもの、手にキスをされても、私はもはや以前のようにこわばることはない。指の関節を上に曲げ、アルブがもはや流暢に話せないようにする。パウルと私は手にキスをする練習をした。私たちが知りたかったのは、中指にはめられたアルブの印章付き指輪が手にキスをする際に行なう指つぶしにとって重要なのかどうかなので、私は一個のゴムとコートのボタンから指輪をひとつ縫って作ってみたのだ。私たちは交互にそれをつけては、練習の理由がなくなるほど大笑いした。それ以来分かっていることだが、急にではなく、いつも手をもう少しだけ上に曲げていればいい。そのときには、指の骨が彼の歯ぐきにあたり、彼が話すのを妨げる。アルブに手にキスをされる際にパウルとの練習のことをよく思い出す。そのとき、爪に感じる痛みもつばもそれほど私を貶めることはできない。それは慣れだけど、私には慣れたなんて態度に出してはならないし、笑うことなんか絶対にダメだ。

パウルと私が住む高層ビルでは、散策の通りから、または車の中からだと、入り口と下層階しかよく見ることができない。六階以上だと住居はあまりにも高いところにあり、細部を見るためには、きっと最新の技術が必要だ。それに加えて、高層ビルはおおよそ真ん中の高さで、外側へ曲がっている。もしも長いこと見上げていると、目が額に入り込んでしまう。私は何度も試みたが、首が疲れてくる。高層ビルはすでに十二年前にはこんなんで、はじめからそうなんだ、とパウルは言う。自分がどこに住んでいるか誰かに説明しようとするとき、私はずれのある高層ビルとだけ必ず言う。町に住んでいる人なら誰でもそれがどこなのか知っていて、こう尋ねる。

倒壊するのが怖くない？

私は何の不安も抱いていない。中には鉄筋コンクリートが入っている。人々はまるで私の顔を見てめまいを覚えるかのように当てこすって地面を見るので、私は言う。

むしろ他の何もかもがひっくり返っている、この町では。

そのとき、人々は首の血管におきた痙攣を捕えようとして、うなずく。

私たちの住居が高い所にあることは私たちにとって好都合であるが、しかし不都合もあり、パウルと私も下のほうで何が起こっているのかここからよく見えない。八階からだと、スーツケースより小さいものとなるとはっきりと識別できないし、それに誰かがスーツケースを運ぶことなんかいつあるのか。衣服はぼやけ、それらの色は大きなしみ、髪と衣服の間にある顔は小さなしみ。鼻や目、もしくは歯が小さなしみの中でどのように見えるのだろうかとあれこれと考えてみることはできようが、だけど何のために。老人と子供だと歩き方で分かるのだ。高層ビルと商店街の間には大型ゴミ容器が草の中にあり、隣に歩道がのびている。そしてその歩道からはすれすれで行き違う二本の小道がのびて、大型ゴミ容器の周りを取り囲む。ここの上からだと、大型ゴミ容器はひっかき回された扉のない戸棚だ。月に一度、容器に火がつけられ、煙が高く上がり、ゴミは自分をむさぼり喰う。窓が閉まっていないと、目はしみ、喉はひりひりする。商店街ではたいていのことが起きるものの、あいにく私たちには道路の裏口しか見えない。何度も数え上げたところで、二十七の裏口を食料品店、パン屋、八百屋、薬屋、酒場、靴屋、床屋、幼稚園の正面入り口を八つに割り振ることが、私たちにはできない。裏の壁は扉でいっぱいだが、それにもかかわらずたくさんの配達車は通りの表に止まっている。

年配の靴屋は場所不足とネズミのことを訴えた。彼の作業場にある仕事机の周りでは、板に釘が打ち付けられている。

わしの前任者が作業場を設えたが、当時は新築だった、と靴屋が言った。そこには板仕切りがあったわ。わしの前任者には何も思いつかなかったか、それか面倒だったんだ。前任者は板を利用しなかった。わしは釘を打ち込んだ。靴が靴紐か革紐かヒールのところでぶら下がるようになってからというもの、もう何もかじられん。だけどそれでは駄目で、ネズミは食いあさり、わしは大枚をはたかねばならぬ。特に冬場となると、飢えがひどくなってしまう。板の後ろでは、空間はホールが一間入るくらいの大きさになる。ごく始めの頃、ある休みの日に、わしは一度作業場にやって来て、机の裏の下にある二枚の板を緩め、懐中電灯を持ってくぐり抜けてみた。足を踏み出すなんて全然できはしない。床全体が駆けたり鳴いたりで、どこもかしこもネズミの巣でいっぱいだ、と靴屋は言った。奴らには扉は不要、要るのは地面の通路だけ。壁には馬鹿げたことにコンセントがたくさんあるし、裏の壁には扉が四つあり、大型ゴミ容器につながってる。ちょっとのすき間ですら扉は開けられず、ネズミはせいぜい数時間しか追い払うことができん。作業場の扉はただのブリキで、商店街の裏壁だと扉の半分以上が埋め込みのブリキときとる。コンクリートを節約しようとしたんだろうし、コンセントは戦時のためなのだろう。戦争はいつだって起こるもんだろうが、わしらのところは別だよ、と靴屋は笑った。ロシア人は条約を通してわしらを手玉にしているものの、やってきはしない。必要なものをモスクワに運ばせ、わしらの穀物、わしらの肉を喰らうんだ。奴らは飢えと体罰をわしらに押しつける。誰がわしらを征服するというのか、そんなことをしたって金がかかるだけだ。どの国だってわしらを物にしないことを喜んでいるわい、ロシアの奴らでさえも。

車掌が戻って来る。キプフェルを食べており、急ぐ様子はない。シャツがまたしてもズボンから出ていたが、それはまるでずっと運転していたかのようだ。片手にキプフェルを持ち、それで頬を膨らましながら髪をなで、まるで噛むのに必要とでもいうようにしかめっ面をしている。こっちの階段でめかしこむが、それは私たちのためではない。私たちに対しては気難しい顔をしている。なにせ車中で誰にも何もしゃべらせないためだ。車掌は乗り込む。もう片方の手に二つ目のキプフェルがあり、三つ目がシャツのポケットからのぞいている。路面電車はゆっくりと動き出す。子連れの父親はさすがに今は通路から座席の間に脚を引っ込めていた。子供は窓ガラスをぺろぺろと舐めており、父親が子供の首筋を手で押さえている。小さな明い赤色の舌がちゃんと届き、窓ガラスから遠のかないためだ。子供は振り向き、じっと見つめては父親の耳をつかみ、ベラベラとしゃべる。父親は子供の濡れたあごを拭いてやらない。

ひょっとしたらちゃんと聞いてやっているのかもしれない。だがまったく心ここにあらずのまま、父親は唾液を通して窓ガラスの外を見る。まるで滴ることが窓ガラスの性分であるかのようだ。父親の後頭部にあるのは、濃い短髪、それにむきだしの皮膚。そこには、はげとなった傷跡がある。

**夏が来て、**最初の人々が半袖で出歩きだした頃、パウルと私はまるまる一週間というもの、ある男のことを怪しいと思った。今日まで毎日八時十分前に手ぶらで商店街から現れ、歩道から大型ゴミ容器の周りを回って、それから再び歩道にあがり、商店街に戻っていく男のことだ。するとパウルには男のことが堪らなくなり、紙をビニール袋の中に詰め込み、それを手に持って男のあとについて行った。昼の一時になってはじめて戻って来たが、小脇にきちんと抱えやすそうな長くて白いパンを持っていたのだ。それを持ってパウルは翌朝の七時十五分に外に出て行ったが、男が大型ゴミ容器の周りを回ってきた八時十分前には、折れ曲がったパンを持って再び家に帰って来た。男は四十歳前後で、十字架のついた金のネックレスを身に着けており、片方の腕の内側に錨のマークを、もう片方の内側にアナという名前を入れ墨していたのである。男は桑の実《マウルベーア》通りにある淡い緑色のタウンハウスに住んでいて、大型ゴミ容器を一周する前に、毎朝泣きわめく男の子を幼稚園へと連れて行く。幼稚園から家に行こうとするとき、私たちの居住区に求めるものといえば気分転換くらいのものだろう。もっとも毎日繰り返される回り道は気分転換ではない。パウルは次のように言う。

そいつは、酒場に近いという理由で大型ゴミ容器のところに来るんだ。酒場の前で重苦しい気持ちになって自分と格闘してきたところなのさ。発酵したゴミから漂うシュナップスのにおいが、奴のやましい心を和らげるんだ。奴は引き返して酒場で最初のシュナップスを注文することだってできる。後のグラスは次から次へとひとりでに出てくるというわけさ。九時頃、奴のところに座る男がいて、その男はコーヒーを二杯しか飲まないけど、子供を迎えに行かなければならない十二時五分前までは席に座り続けているんだ。子供は、待っている男の姿を見ると、昼でも泣いてしまう。

私にとって大型ゴミ容器はシュナップス臭くないものの、飲み助にとっては違うのかもしれない。それにしても、どうして男は今日も下を歩くときに頭を上げて上を見ているのだろう。それに、男の付き合いをしている茶色の半袖夏服の五十男はいったい何者だろう。誰かが帰り道で飲酒への罪悪感を捨て去ろうとして、首を空に向けて伸ばしているとパウルが言うとき、彼は自分自身のことをしゃべっているのだと思う。それにその子供は男を見てなぜ泣くのだろう。もしかしたら子供は他人なのかもしれない。何も分かっていないパウルはこんなことを言う。

いったい誰が子供なんて借りるんだい。

彼は決して買い物に行かない。もし行ったなら、お店でもっと多くの肉やミルクやパンを手に入れるために人々が子供を借りていることが彼にも分かるだろう。

あの酒飲みは毎日朝と昼にあっちこっちに行くんだよ、となぜパウルは言うのだろうか。パウルはある一日の朝と昼にしか酒飲みのあとをつけなかったのに。何もかもが偶然かもしれず、習慣ではない。アルブはこうした事では訓練を受けている。私を混乱させようとして長短ばらばらの間を置きながら、答えに満足するまで少なくとも三回は同じことをきく。それからようやくアルブは言う。

ほら、今、物事が結びつくぞ。

僕が突き止めたことに満足していないというなら、自分で酒飲みのあとを追ってみろ、とパウルは言う。できればそんなことしたくない。手に袋を提げたりパンを小脇に抱えたって、人目につかないわけではないかもしれないし、正体がばれることもある。

私はもう八時十分前に窓辺に立つこともない。酒飲みが下を歩き、首を長くする様子が毎朝頭をよぎるけれど。言うことだってもはや何もない。なぜならパウルが独りよがりになり、まるで人生には酒飲みが必要で、私なんていらないとでもいうようになっているからだ。もし男が自分の子供と飲酒との間で苦しみ抜く父親でしかないならば、私たちの人生はもっと楽になるとでもいうかのように。
すべてつじつまが合うのなら、と私は言う。その男はただ序でにスパイをし続けているだけだ、と。

**車掌は**二つ目のキプフェルから塩粒をかき落とした。大きな塩粒で舌のところがうずき、歯のエナメル質も傷つけてしまう。それに塩だと喉が渇く。ひょっとするとずっと水を飲まないようにしているのかもしれない。路線の途中ではトイレに行けないし、たくさん飲むともっとひどく汗をかくからだ。収容所の者たちは水を蒸発させて取った塩で歯をみがいていた、とおじいちゃんが言っていた。彼らは塩を口に入れて、歯にかぶさる舌の先ですりつぶしたのだ。しかしその塩はホコリと同じくらい細かかった。運転手は最初のキプフェルを食べ、それからラッパ飲みをしたが、それが水であって欲しい。交差点をオープントラックが横切り、上には羊がのっている。ぎゅうぎゅう詰めでトレーラーの上に立っていて、揺れても倒れることはない。頭もなければ、腹もなく、あるのはただ黒と白の毛だけだ。今カーブのところで初めて、私は羊たちの間にいる犬の頭に気づく。そして前方の運転手の隣にいるのは、モミのような緑色の小さな山岳帽をかぶった男。羊の群れはたぶん牧草地を替えるのであろう。屠殺場のためなら、犬は要らない。

**語ることで**はじめて悪くなる事柄は少なくない。私はタイミングを計って口をつぐむことを習慣づけたけれど、それではたいてい遅すぎる。しばらくの間は我を通そうとすることになるからだ。私とパウルがお互いを苦しめるものが何なのか分からないときは、争いは決まって大きくなり、私たちの手に負えなくなる。争いはすぐに大きくなり、どの言葉もさらに騒がしい音を立てる言葉を求めた。私の考えだと、私たち自身を最も苦しめるものは私たちにとって酒飲みなのだ。でも、私たちは愛し合っているにもかかわらず、この意見は彼と一致していない。酒を飲むことは私が呼び出されることよりもさらにパウルを苦しめる。昼間はパウルが最も酒を飲む時間だが、そのとき私には彼をとがめる資格がない。彼の泥酔がもっと私を苦しめるものだとしても……。

最初の夫も入れ墨をしていた。彼は軍務から家に帰って来て、心臓を貫くバラを胸に入れていたのだ。バラの茎の下にある私の名前。それなのに私は彼を捨てた。

なんであなたは自分の肌を汚してしまったの。この心臓のバラ、せいぜいあなたの墓石にお似合いね。

だって毎日が長かったし、君を思い出したからさ、と彼は言った。それにみんなそうしていたんだ。弱虫は別だけどね。どこだってそうだけど、奴らの中にもそういうのが少しはいたよ。

彼の思い込みとは違い、私は他の誰かに鞍替えするつもりはなかったけど、彼のもとからは去りたかった。それに彼は理由がことごとく書き込まれた受取証書を欲しがったのだ。私はたった一つの理由すらも彼に言うことができなかった。

君は僕を見損なったのかな。そう彼は言った。それとも僕が変わってしまったのかな。

いいえ、二人とも会ったときと同じままだった。愛は進み続けるものだけど、私たちの愛は二年半前から止まってたの。彼は私を見つめ、私がうんともすんとも言わないでいるとこう切り出した。

君はぶたれることをときおり求める連中の一人だ。それなのに僕はそんなことできなかったよ。

彼は本気でそう言ったが、それは私に対して手を上げられないのを知っていたからだ。私もそうだと思った。橋の上のその日まで、彼は怒りのあまりドアをバタンと閉めることすらできなかったのだ。

もう夜の七時半だった。店が閉まってしまう前に何とか急いで一緒にトランクを買いに行ってくれ、と彼は私に頼んだ。彼は翌朝、二週間の予定で山岳地帯に行くつもりだった。この間、私は彼を恋しがるべきだったのだ。でも二週間なんてないようなものだったし、私たちの二年半ですらたいした期間ではない。

私たちは店を出て黙って町を歩いた。彼は新しいトランクを持って歩く。閉店の少し前で女店員はもうトランクの中を空にしておらず、中は紙が詰め込まれており、取っ手には値札が下がっていた。前日は街全体が土砂降りで、川では泥の洪水が柳を引きちぎったのだ。橋の中心で立ち止まり、指を私の腕にめり込ませた彼。私の肉を骨に触れるほど揉みしだいて私をぞっとさせ、そして言った。

見ろよ、なんて水の量だ。もし僕が山岳地帯から帰って来て、君が僕を見捨てるというなら、僕はあそこへとび込んでやるよ。

トランクが私たちの間にぶら下がり、彼の肩越しには木の枝と汚れた泡を含んだ水があった。私は叫んだ。

今すぐ私の目の前でとび込んでよ。そしたらわざわざ山岳地帯に行かなくてすむじゃない。

私は息を吸い、彼のほうに頭を傾けた。私がキスを求めていると彼が考えたのは、私のせいではない。彼は唇を開いたが、私は繰り返した。

とび込んでよ、私が責任をとるわ。

それから私は、彼の両手が自由になり彼がとび込めるように、自分の腕を振り切ったものの、彼がそれをするという不安のあまり呆然とした。ようやく私が振り返ることなく小さな足取りで立ち去ったのは、彼が気おくれしなくてもよいように、そして私が十分溺死体から遠ざかれるようにするためだ。私はほとんど橋のたもとに差し掛かっていたが、すると彼は私の後ろで息を切らし、私を欄干へ突き飛ばして、私の腹を欄干で押しつぶした。私の首筋をつかみ、私の顔を腕が伸びる分だけ水の方へと押しつけたのだ。私の全体重が欄干にかかり、両足が地面から浮いたが、彼は私のふくらはぎを両膝で挟んで押さえつけた。私は目を閉じ、落ちる前に最後のひとことを待つ。相手はそれを短く言った。

こうだ。

なんで彼が両膝から私を放す代わりに、私の首をつかむ手を緩め、私を地面におろし、一歩後ずさりしたかなんて、誰が知るだろう。私は目を開き、両目は額から顔の中に徐々に戻ってきた。空は赤青色に垂れこめ、もうしっかりと上にくっついておらず、川は茶色の排水溝をかき回していたのだ。そのとき私は走り出したが、それはまだ私が生きていると彼が気づく前のこと。私はもう突っ立っていようとはしなかった。恐怖が口蓋の下でぴょんぴょんと飛び跳ねたのだ。私はしゃっくりをした。一人の男性が自転車を押して私のそばを通り過ぎ、ベルを鳴らして叫んだ。

おい、かわいこちゃん。お口を閉じな。心臓が冷えきってしまうぜ。

私はふらふらしたまま立ち尽くした。両足は萎え、両手は重い。私は燃え、凍え、まったく先へと走ることはできず、もう少しも進まず、ただ地球の中に半分ほど向かっただけだ。首にはペンチでつかまれたような痛みがある。男は自転車を押して公園に入ったが、でこぼことうねった二つのタイヤ跡が男の後ろの砂の中を這っており、私の前のアスファルトにはまったく何もなかった。まっすぐ上へと伸びていた暗緑色の公園。それは空が木々へと手を伸ばしていたからだ。橋は私に安らぎを与えてくれず、私はその場で思わず振り返る。するとトランクは相変わらず橋の真ん中の、私が立ち去った場所にあった。さらに、私が死から走り去ったその場所に、彼が顔を水に向けて立っていたのである。しゃっくりのリズムの合間に私は彼が口笛を吹くのを聞いた。とても美しい旋律で、つかえることなく、彼は私から習った曲を吹いたのだ。私のしゃっくりは止み、驚きは次々に凍りついてしまった。私は自分の喉をつかむと、喉頭の浮き沈みを感じる。それは人が他人に加えられる暴行と同じくらいの速さだ。そして橋の上のその場所にいる男は口笛を吹いた。

むしろ木には葉というものがあり
お茶には水というものがあり
お金には紙というものがあり
心には逆さまに降った雪がある

今日になって思うのは、彼が私の首をつかんだことが幸いだったこと。それで私は教唆する側にならずにすんだけど、彼はほとんど人殺しになりかけていた。その原因は、彼が私を殴れず、そのために自分を軽蔑していたことにあったのだ。

**父親は**うとうとと眠り始め、子供を抱える手が緩み、子供がいまに落ちるんじゃないかと思えてしまうほどだ。すると子供は靴で父親の腹をこづいた。父親はびくっとして、子供を膝の上に引き上げた。ぶらぶらと揺れるちっちゃなサンダル。まるで両親が今朝に子供のおもちゃのひとつを履かせたみたいだ。まだ一歩も外を踏まなかった新しい靴底。父親はわが子が離れないようにとハンカチを渡した。その中に結び目があり、結び目の中に何か硬いものが包まれているらしく、それで子供は窓ガラスを叩く。ひょっとすると、父親がなくしたくない硬貨か鍵か、あるいは釘かネジかもしれない。車掌は叩く音をすでに耳にしており、辺りを見回して叫ぶ。ちゃんとしろ、そうゆう窓ガラスは金がかかるぞ、と。心配しなさんな、うちらは窓を割ったりしないよ、と父親が言う。父親は窓ガラスを軽く叩いて、外の通りを指さして言う。ほら見てごらん、あそこの中に赤ちゃんがいるね、お前よりもっと小さいぞ、と。子供はハンカチを落として言う、ママだ。子供はベビーカーを押す女性を見る。そこで父親が言う。うちのママはサングラスをかけてないよ。かけていたら、お前の目がどんなに青いかママには分からないからね、と。

パウルが私に最初の夫のことを尋ねると、私は言う。

私は何もかも忘れてしまったし、もう何も分からない。

パウルが私に対して持つ秘密よりも私がパウルに対して持つ秘密のほうが多いと思う。リリーがかつて言っていたが、語られても秘密はなくならないし、語られうるものは殻であって、芯ではない。彼女の場合は殻なのかもしれないが、何も隠し立てしないのなら、やっぱり私は芯に関わりがある。

橋の上であったのと同じくらいのことが起こっても、と私は言った、それを殻だって言うのね、と。

だけど、あなたは自分に都合がいいように話す、とリリーが言った。

どう私に都合がいいって言うのよ、都合がいいことなんて全然ない。

確かにあなたの意に反しているし、彼の意にも反している、とリリーが言った。でも、やっぱりあなたには都合がいいのよ、なぜって、あなたの話したいように話せるんだから。

ありのままであって、私の話したいようにではない。あなただったら隠すようなことも私はあなたに話すけど、あなたはそれを信じてないのよ。そんなだから殻のことなんかを話すのね。

けれど重要なことは、たとえ私が望むように毎日話したところで、継父との秘密がずっと変わらないままだということだ。

私は大型ゴミ容器の傍にいる酒飲みのことでいまだに頭を痛める気にはならない。それに男が何を考えているのか、誰に分かるというのか。男はもう幾日も上の窓にいる私を見ていた。パウルと私は酒飲みについてずいぶんと長く意見が一致しなかったので、私たちは下にいる人たちのことで謎解きをする習慣をやめている。彼らが四角になって行くのか、円を描いて行くのか、それともまっすぐ行くのかなんて。彼らは他人で、下の通りで彼らと並んで歩いてみたって、何が分かるというのか。つま先が後ろでかかとが前みたいにして彼らが通り過ぎることは、彼らの足とは何の関係もなく、ただ私だけに関係している。もちろん、それにもかかわらず、私たちは絶えず窓から外を見てしまう。何の意図もなく店の裏口に停めてあるか、あるいは一般人は駐車してはならない居住区前の歩道に半分乗り上げて停められている車のことで考え悩むことは何もない。にもかかわらず、必要以上に私たちは外を見てばかりいる。

私はどちらかというと台所の窓から外を見るほうが好きだ。見るとツバメが空の大きな一区画を彼らなりの弧を描いて飛んでいる。今朝はツバメが低く飛んでいて、私は自分のクルミを噛みながら、外には一日があることをツバメから見て取った。呼び出されているのだから、たとえ私が少佐の机の隣で一本の木の半分を見るとしても、この日はただ窓の一日にしかならない。私が呼び出されたときから、木は間違いなく腕の長さほども枝を茂らせた。冬には木とともに、夏には葉とともに、時が過ぎて行く。葉がうなずくのか、あるいは頭を揺さぶるのかは、風次第だ。私にはそんなことどうでもよい。アルブが私に短い言葉で問うとき、彼は即答を求めている。短い問いはごく単純な問いなどではない。

私はよく考えてみなければならない。

嘘をつこうと企んでいるな、と相手が言う。素早く嘘をつくためには賢くなけりゃいかんが、残念ながらお前はそうじゃない。

まあいい、そういうことなら私は愚かだ。だけど、自分にとって都合が悪いことを言うほど愚かではない。アルブが私の顔から嘘や真実を判断するとき、追い込まれたままでいるほど、私は愚かではない。ときに彼の目は冷たくなり、ときにその目は燃えるように私を……。

ときにリリーが私の中に入り込み、あまりにも長くアルブの目をのぞき込む。

私が靴で机の下をこっそり探ってみたところで、これほど静かではない。

むしろ木には葉というものがあり
お茶には水というものがあり
お金には紙というものがあり
心には逆さまに降った雪がある

冬と夏の歌、だけど外のための歌。頭の中で木の葉や雪を思い描きながら、ここでは即座に罠にはまってしまう。この木の名前を私は知らない。知っているのなら、私は頭の中でトネリコ、アカシア、ポプラと歌うけど、木ではない。私はいまだ成長しているブラウスのボタンを回す。少佐と同じように私は枝には決して近づかない、この小さな机から離れては。私たちは木を同時に見ており、私は尋ねてみたくなる。

これってなんて種類の木なんでしょうね。

それはある種の気晴らしとなろう。アルブならきっとそれに答えずに、椅子をぐいと前に出し、ズボンの裾をかかとの辺りで上下にずらしながら、ひょっとすると彼の印章付き指輪を回すか鉛筆の切れ端をもて遊ぶかして、問い返すだろう。

なぜお前がそれを知らなきゃならんのだ。

そのとき、私なら何と言えるのか。なぜ印章付き指輪をはめるのと同じように私がいつも同じブラウスを着ているか、実際、相手は知らない。なぜ私が大きなボタンを回すのか、知らないのだ。私にしたって、相手の机の上にいつもマッチ棒ほどの短さの、かじられてすり減った鉛筆が置いてある理由を知らない。男たちは印章付き指輪をはめ、女たちは耳飾りを身に着けている。結婚指輪は迷信をもたらし、指輪が手から外されることは死ぬまでない。夫が死ぬと、未亡人は指輪を受け継ぎ、自分の指輪と並べて中指に日夜身に着ける。結婚した人は誰も彼もそうだけど、アルブも勤務中にほっそりとした結婚指輪をはめているのだ。印章付き指輪だけが彼の仕事に合っていないようで、装飾品と人間たちが呻く。指輪は決して不格好なものではない。アルブのものでなければ、美しいと言えるのだろう。彼の顔にある目にしても、頬にしても、耳たぶにしても。きっとリリーなら喜んで手を伸ばしてなでただろうし、ある日彼を私に恋人として紹介したかもしれない。

男前ね、と私は言っていたにちがいない。

リリーの美しさが放っておかれることはなく、ハッとさせられるところがあったとしても、目に映ったものにその責任はなかったのだ。ハッとさせて、彼女の鼻、首筋、耳、膝は不意に手で覆って守られ、心配をもたらし、死のことを考えさせた。しかし、この肌がいつかしわくちゃになるなどとは、私にはとても思えなかったのだ。若さと死の間でリリーが年を取るなど私にはまったく思いもつかなかった。そこへ行くと、アルブの肌はそれが肉から生じたものではないみたいだ。優れた働きの報酬として彼に授けられたのが、階級である。こうした年月の後に彼の元に来るものはもはや何もなく、この優越は揺るがず、そこには死は見当たらない。私は自分に死を望む。アルブの美しさは尋問のために服のように仕立てられたもので、彼には非の打ち所がなく、私の手につばをつけたって、その外見が評判を落とすことはない。ひょっとするとまさにこの違いがリリーについて言及することを彼に禁じているのかもしれないのだ。机の上にあるかじられてすり減った鉛筆は彼に似合わないし、彼くらいの年ごろの誰にも似合わない。それにアルブが鉛筆を節約する必要などまずないのだ。孫に歯が生えて、誇りに思っているのかもしれない。孫の写真なら卓上にある鉛筆の切れ端の代わりとなろうが、ただここですらも、事務所ならどこでもそうであるように、家族写真を置くことは禁じられているのだろう。ひょっとすると彼の直立した字体にはそうした切れ端のほうが書きやすいのか、あるいは長い鉛筆だと彼の印章付き指輪をこすってしまうのかもしれない。あるいは、私のような者たちについてどれだけ多く書かれたのかを、切れ端は私に示すはずだ。我々は全部知っている、とアルブは言う。そうかもしれない、おそらく死者の殻についてならそうで、そのとき私はリリーに賛同している。だけど、彼女の秘密について、アルブが一度も言及していないリリーについては、何も知らない。明日何かをもたらす幸せや理性についても何も知らないが、もっともそれは今日の私自身が知らない何かだ。それに、もしかしたら明後日おこるかもしれない偶然について何も知らない。なにせ私は生きているから……。

アルブと私が一緒に木を見るのは特別なことではない。私か相手の机や、一枚の壁や、扉や、あるいは床だって、私たちは同時に見る。あるいは彼は彼の鉛筆を、私は私の指を。あるいは彼は彼の指輪を、私は私の大きなボタンを。または彼は私の顔を、私は壁を。それか私は彼の顔を、彼は扉を。お互いに絶えず顔を見つめあうのは疲れる。特に私にはそう。私は変わらない対象だけしかここで信頼しない。だけど木は成長するし、ブラウスはその名前を木からもらっている。確かに私は自分の幸せを家に置いてきたが、いまだ成長し続けているブラウスはここにあるのだ。

　私は呼び出されていないとき、小さな通りを通って町の大通りまで歩いて行く。アカシアの下では白い花や黄色の木の葉が降り注ぐ。またアカシアが何も落とさないとなると、風だけが落ちてくる。まだ工場へ通っていたとき、私がお昼に町へ行けたのはせいぜい年に二回だけだった。私はまったく知らなかったのだが、こんなに多くの人たちがこの時間に仕事をしていない。私とは違い連中は皆、有給で出歩いていたが、勤務中に水道管の破裂やら病気やら葬儀やらをでっち上げて、その上ぶらぶらする前に上司や同僚からの同情すらも得ていた。私はただ一度だけおじいちゃんの死をでっち上げたが、それは店が九時になったらすぐにグレーのハイヒール一足を買おうと思ったからだ。前日午後の遅い時間に私はそれをショーウィンドーで見つけていた。私は嘘をついて、町に行き、靴を買ったところ、嘘が本当になったのだ。おじいちゃんは四日後の食事中に椅子から落ちて死んでしまった。電報が早朝に届いたとき、私は買って三日のグレーの靴を蛇口の下に置いてふやかす。私はそれを履くと、事務所へ行って言った、台所が水浸しになっているので自分はこれから二日休まなければならない、と。私が何か悪い嘘をつくと、それは本当になってしまう。私は葬儀に行った。小さな駅をいくつもたどって行く間に履いていた靴は乾き、私は十一番目の駅でようやく降りる。世界はあべこべになっていて、私は自分の嘘から葬儀を持ち出して田舎町へと運び込み、それから台所が水浸しになる前に墓地にいた。土くれが棺のふたの上で立てた音、それは棺の後ろにある歩道でグレーの靴が立てていた音と同じだ。

当時私はなんとか上手に嘘をつくことができた。誰も私の嘘に気づかなかったのだ。だけど、必要に迫られて嘘をつくと、言葉どおりになってしまった。それからというもの、必要に迫られるくらいなら嘘がばれるほうがまだましだ。例外はアルブで、私はうまく嘘をついている。

私は目的もなく町へ行く。工場には無意味に行った。ほとんど信じられないことだが、無意味のほうがうまく日々の中に潜んだ。昨日みたいにカフェのテラス席に座りアイスクリームを注文すると、次の瞬間にはケーキがひと切れ欲しくなる。本当はただ座りたいだけで、注文すらしたくなく、ただしばらくの間歩きたくないだけだ。くつろごうとして、椅子をテーブルのほうに動かす。椅子がぴったり合うと、私は飛び上がり離れたくなるが、またしても歩きたくない。遠くから見るとテラス席はひとつの目標で、立ち止まるのに打ってつけの場所として、テーブルクロスの隅がはためく。座り心地がよくなってはじめて、焦る気持ちがむくむくと首をもたげる。それからアイスクリームが来るが、そのとき口はもはや顔に合わない。テーブルは丸い、アイスクリームの容器も、アイスクリームの球も。それから来るのはスズメバチ、しつこく腹いっぱいになろうとする厚かましい奴らで、頭が丸い。私は払う前のお金を一銭だって無駄にしてはいけないのに、自分で支払うものを食べることができないのだ。

無目的よりも無意味のほうが私には御しやすかった。工場で嘘をつく代わりに、今や町での目標をでっち上げる。私は同年輩の女性たちのあとについて行く。数時間にわたり私は衣料品店にいて、彼女たちが気に入る服を試着する。ちょうど昨日、私は縞模様の服をわざと背中を前にして着て、それをあちこちつまんで引っ張り、両手を襟に見立ててネックラインの周りに置き、指をリボンにしてかけたままにしたのだ。その服は私を虜にし始めた。それは予期しなかったこと。私は自分が自分から離れていくのを感じた。その服の様子は、まるで私がすぐ自分に別れを告げなければならないかのよう。すると口が苦くなり、残されたわずかな時間で、私が自分に言えることは何も思いつかなかった。私は自分が消えてしまう前にすごすごと引き下がるつもりはなく、こう言ったのだ。

どうしてよりによって今なのよ、私の足がなくちゃあ、あんたは遠くに行けないじゃない。そう大声で言い、私の顔は真っ赤になったけれど、大声で独り言を言うために変に見える人たちのようにはなりたくない。歌っている人たちもいる。私は考えることと話すことを取り違えてしまうから、隣にいる誰かが首を振っているけれど、そんなこととして欲しくない。赤の他人に聞かれるなんて、見向きもされずに侮辱されることよりも、いっそう物笑いの種だ。ある女性が私の独り言を聞いていたにちがいないが、私が席を取ってあげていたわけでもないのに、相手は私の個室のカーテンを引き上げ、椅子の上にさっとバッグを置いて尋ねた。

ここ、あいているかしら。

分かりませんか、おたくは私と話しているのですよ、空気とではなく。

こんなふうに興奮して、私はあとを追っていた女性を見失ってしまった。私は試着しに行くが、それは自分がきれいになって存在するためだ。他の女性たちが買おうとしている服なんかを着るのであれば、私は何も探し求めず、少なくとも自分を探し求めることなんてまずない。服は私を罰し、私たちが同じものを着ると、私は他の女性たちよりも醜くなる。工場の中では、私が一番きれいな服を着て、ホロホロチョウのように包装場を通り、ドアのところまで行っては引き返す。服が西側のために仕立てられたときはいつでも、納品前になると天上のリリーのところにいた私。二、三着の試作品を次々に着た。

今がチャンスよ。そうリリーが言った。

試着は固く禁じられていたからだ。スカート、ズボン、ジャケットの場合、ブラウスやワンピースほど厳しくない。五月一日の国際メーデー前や、さらに八月にあるファシズム解放記念日前になると、私たちは工場から服を買うことができた。最も多く買ったのは、事務職員たちだ。服は店のものよりも洗練されていて安かったが、残念ながらミシンの織り傷と油のしみだらけだった。そうでなかったなら私たちの肌にあまりにもよく合っただろうに。ひと袋一杯に買う者もたくさんいた。次から次へとネズミの出る店の粗悪な服よりも、取れない織り傷や油のしみのついた服のほうが、むしろしゃれていてよかったのだ。私は織り傷としみがまったく好きになれず、その上、私たちが買ってはならない服がどれだけ素敵かを知っていた。イタリア人、カナダ人、スウェーデン人、フランス人は、生活、裁断、キルティング、光沢仕上げ、アイロンがけ、包装を気軽にするためにどの季節も美しく着飾っているが、それでいて既製品には価値が認められないことを知っている。きっと多くの人たちはこう考えていた。

粗い織り傷や黒い油のしみがちょっとあるほうがいいさ、何もないよりはね。

織り傷としみのせいで、そして私たちが一日中過ごしていた工場のものを家の衣装戸棚に持っていたくなかったこともあって、私は服を買わなかった。毎週日曜日に工場の不良品を着て公園散歩、カフェで食べるアイスクリーム。この服への嫉妬の眼差し。人目を引き、誰にでも知られている、どこで働き、どこから手に入れているのかを。

リリーと私が仕事の後で大通りに行き、私が散歩の代わりにお店に入ったとき、彼女は外で待っていた。私は急ぐ必要がなかったし、私が早く戻ってきすぎるのは、リリーにとってまったく都合がよくなかったのだ。彼女はショーウィンドーに背中を向けて立ち、空や木々、アスファルトを、それにきっと老人たちも見つめていた。私はリリーの手を引っ張らなければならなかったが、それは、まるで私が待っていたほうで、彼女は私を待っていなかったかのようにだ。私は言った。

さぁ、行くよ。

急いでいるの、と相手が尋ねた。私たち、散歩しているんじゃないの。

ゆっくり歩けばいい、ただここから離れるだけよ。

服が気に入らなかったの。

じゃ、あなたはここの何が気に入ったの。

舌打ちして相手は言った。

柔らかな足取りと少し曲がった背中、それが気に入ったわ。

それから。

それからって何よ。

何人ぐらい見たの、と私は尋ねた。

お店に対する彼女の無関心は工場と何の関係もなかった。リリーは以前から服に興味がなかったのだ。それにもかかわらず、男たちは彼女を目で追った。それに私がその一人であったら、私はリリーを見逃さなかっただろう。ひどい服を着れば着るほど、リリーは美しく目立ったのだ。彼女は恵まれていたが、私は子供の頃からすでにうぬぼれが強かった。五歳のとき、新しいコートが大きすぎて私は泣いたことがある。おじいちゃんが言った。

お前は大きくなって、もっと大きな服を着るさ、そのときはぴったりだよ。ちょうどいい時よりも早くに一生分のコートが二、三着来たのかもしれない。お金持ちさんのところじゃよくあることさ。

私はさっと羽織った、どうしようもなかったので。けれどもパン工場の最初の角の向こうで脱いでしまった。ふた冬の間、私はコートを背にするよりも腕に抱えることが多く、不格好でいるくらいなら風邪を引いたほうがましだったのだ。次の次に雪が降るころには、コートはとうとうぴったりになっていたが、私はそれを脱ぎ捨ててしまった。コートがあまりに古くて不格好になっていたからだ。

もし行きつけの美容室に行こうと思ったら、さしあたり学生寮の間で降りなければならないはず。パーマをかけてもらうか、年配の秘書がするキャベツ団子スタイルにしてもらうのがいい。ああもう、丸坊主にしてもらい、十時きっかりに自分で自分が分かんなくなっているほうがまし、アルブのドアをノックするくらいなら。気が触れ、手にキスをされる際にすっかり正気を失うくらいなら。太陽の黒点が車掌の頬を熱し、車掌の横の窓ガラスが開いているが、風は吹いてない。車掌は計器類から塩粒をふき取り、二つ目のキプフェルに手をつけないでいる。一個で腹一杯になるのなら、なぜ三つも買ったのだろうか。路面電車を停めたままにして、お店をあちこち駆け回り、それから再び姿を現すと、空腹なんて感じていないのにかなりの空腹を待っている人たちにみせつける。子供はハンカチを手に持ったまま眠り込んでしまっていた。父親は頭を窓ガラスにもたせかける。髪は、つやがなくべとべとし、何日も洗っていなかったにもかかわらず、光っているのだ。太陽は輝きを焼き付ける。窓ガラスが外の太陽よりももっと熱いということを、父親は感じないのだろうか。カーブに差しかかるまで、太陽は私のことなど放っておく。その後でも太陽はもう片方の窓側に留まっているかもしれないが、私はあまり汗をかいてアルブのところに着きたくない。別の席に移動したものかどうか、自分には分からないが、あまり乗客が少ないと、じっと見られてしまう。理由が必要なのだ。父親であればいつだって日陰に座ることができよう。小さな子供が理由になるのだ。子供が泣けば、父親は席を移動し、子供が太陽のせいで泣いているのかどうかが分かるだろう。満員電車の中だと、まったくそうはいかない。その場合、空いている席ならどこでもいいし、子供がさらにもっと泣くこともある。誰も太陽のことなんかを考えず、ぐずった泣き虫にあげるおしゃぶりは持っているかい、と間抜けなおやじさんに尋ねるだろう。

**夏に**私が一番好きだったことは、パン工場の守衛の息子と、並木道の向こうにある外れた道で遊ぶことだ。そこにはかなりのホコリが積もっていた。生まれつき片脚が不自由で、私の後をゆっくりと脚を引きずってついてきた男の子。私たちは道路に最も深くあいた穴に腰をかけ、男の子は右脚を曲げ、細い左脚をぎこちなく投げ出した。座っていると、彼は嬉しそうだ。すばしっこい手、くせ毛の髪、黄ばんだ顔。私たちは遊びに夢中になり、砂ぼこりを積み上げて、重なり合って這うヘビを作った。

こんなふうにアシナシトカゲは小麦粉の中を這うのさ。そう男の子が言った。だからパンの中は穴だらけなんだよ。

違う。穴はイーストのせいよ。

へビのせいさ、うちの父さんにきいてみな。

男の子の父親がカバンを提げてパン工場から家に帰るまでの半日あれば、いつだって他のへビたちが道路の穴の中を這い回ることができただろう。でもワンピースが汚れると、私は惨めになり、家まで走って帰った。男の子をアシナシトカゲと一緒に一人残して。二週間、別の守衛がパン工場の門に座っていた。それからまた父親がやって来たが、男の子を連れて来ていなかったのだ。動かない脚の手術を受け、男の子はあまりにも深く眠らされていた。もはや目覚めることがなかった男の子。私は外れた通りに一人で向かった。そこでは並木道の木々がいつでも並んで立っており、そのおずおずとした様子は、なんだか家で死んだはずの男の子が、ここまで遊びに来るんじゃないかという気にさせたのだ。私はホコリの中に腰かけ、ヘビを作った、まるで男の子の伸びた脚のように細長く。房のように生える道端の草。涙があごを伝ってヘビにこぼれ落ち、模様になった。男の子は私のもとから連れ去られてしまっていたけれど、もしかしたらそのときもっと遊びたがっていた私を空から見ていたかもしれない。

午前中、私が町を駆けまわっているときに、リリーは私のもとから連れ去られた。呼び出しを受けている日はいつもどうも短い。アルブが私に何を望んでいるのか私に分からなくたって、彼は私をどうかするつもりだ。私にはブラウスの大きなボタンと上手な嘘が必要で、他は何もいらない。うろついているとき、私は自分をどうしたらいいのか分からない、アルブが私をどうかするつもりなのかよりも。

今朝の八時前にツバメを眺めていたなんて、私は馬鹿だった。アルブが十時きっかりに私を待っているというのに。ツバメのことなんか考えるつもりはない。まったく何も考えたくない、呼び出しを受けている以外に、私は何者でもないのだから。ときどき思うのだけど、ツバメは飛んでなんかなく、走るか泳いでいる。去年の夏、パウルはまだ赤いバイクを持っていた。チェコ製のヤワだ。毎週一度か二度、二人は町の裏手の川までツーリングをした。豆畑を抜ける道、それが幸せだったのだ。空が道の向こうからやって来れば来るほど、私の頭はますます軽くなった。左右ではもつれた赤い花が走り抜けたが、バイクが通るとさっと揺れたのだ。どの花にも二つの丸い耳と開いた唇があるなんて誰も気づいていなかったが、でも私はそのことも知っていた。それは果てしなく続くツムギマメ。トウモロコシ畑の中とは違い、豆の列は見えなかった。もう一本一本の茎が枯れていて、葉が風によってすっかり折れるにしても、夏の終わりのトウモロコシ畑ともなると、相変わらずくしけずられたばかりのように見える。トウモロコシ畑の中では、たとえ空が飛んで来ても、私の頭が軽くなることは決してない。豆畑の中でだけ、私は幸せのあまり馬鹿になることができたので、ときどき目を閉じずにはおれないほどだった。また目を開けると、私は多くを見逃してしまっていて、ツバメたちはとっくに進路を変えて飛んでいたのだ。

私はパウルのあばらのあたりにしがみつき、木の葉と雪の歌の口笛を吹いたけれど、聞こえるのはバイクの音だけで、私の音は聞こえなかった。私はふだん口笛をまったく吹かない。なぜなら、口笛はふつう子供のときに習うと決まっているけれど、私は子供のときに口笛をまったく吹かなかったからだ。私は少しも口笛を吹くことができない。それで、最初の夫が橋の上で口笛を吹いてからというもの、誰かが口笛を吹くたびに、私は首をひっこめる。でも豆畑の中だと自分から口笛を吹いた。それが幸せだったのは、私にできることは何もかも、豆畑で吹く口笛の半分ほどしかうまくいかないからだ。ツムギマメの中だと私は幸せというものとまったく同じように馬鹿だった。川では一度も幸せを感じることがなく、私が橋のことを思い出したときでさえ、滑らかな水が私をなだめてくれたのだ。安心によって幸せがもたらされることはない。私たちが川岸にいたると、私は困惑し、パウルはそわそわした。川を楽しみにしていたパウル、豆畑を抜ける帰り道を楽しみにしていた私。パウルはくるぶしまで水につかり、私に黒いトンボを指さした。トンボの腹はまるでガラスのねじのように両ばねの間に引っかかっている。私はそばに生えていたキイチゴを指さす。それらは束になって黒く光っていた。向こう岸では、黒いホシムクドリたちが刈り入れのすんだ畑の白っぽい四角い麦わらロールの上に止まる。私はそれをパウルに指ささなかった。それは空に付いたツバメの染みを思い出したからで、黄色く焼けるこんな夏の日に、黒いものがどうやって散らばっているのかが分からなかったからだ。私は混乱して笑い、草むらから樹皮のひと塊を拾い上げて、パウルのつま先に投げつけた。それから私は言ったのだ。ねえ、ツバメって、みかけほど速く全然飛べないけど、何かトリックを使っているのよ。

パウルは木の皮をつま先で引っかけて、水の中へと押し沈めた。パウルが足をひっこめると、木の皮は自然とすぐまた浮かび上がり、黒光りしている。パウルは言った。

あっそう。

実にそっけなくパウルは両目を上げたが、そこに黒い斑点を見るには、それで十分だった。彼にとってツバメのことすら話す価値はなく、彼の思考がつま先とはどこか違うところにあるのであれば、どの黒い果実が目に浮かんでいるのかとさらに尋ねるのはいったい何のためだろう。トネリコにぶら下がっている風、木の葉に聞き耳を立てた私、ひょっとしたら水に聞き耳を立てたかもしれないパウル。彼は会話を望んでいなかった。

私は翌日工場で、あっそう、と言うのをネルに試してみた。彼が親指とコーヒーカップで挟んだリストを持って私の机のところにやって来たときのことだ。私たちが今月、フランス向けに縫っている婦人用コートのボタンの大きさについて、彼は話した。口元では口ひげの先がツバメの翼のように動いたのだ。二言、三言、私は彼に面と向かって言わせておいた。週計画の話しになったとき、私はあごにあるひげを数えた、剃り忘れたひげの本数を。私は視線を上げ、彼の眼を求めた。私たちの瞳がぶつかったとき、私は即座に言ったのだ。

あっそう。

黙って、自分の机へ向かったネル。他の言葉も試してみた私。例えば、へえ、ふうん、と。けれど、あっそうに勝るものはなかった。

私がメモの件で捕まえられたとき、ネルは告げ口なんかしていないと否定した。否定することなんか誰にだってできる。私は最初の夫と別れていたが、それは白いリネンの背広がイタリア向けに梱包されたときのこと。十日にわたる出張の後、ネルは引き続き私と寝たがった。しかし、私は西側に行って結婚しようと企んでいて、十の尻ポケットに小さなメモをそれぞれ一枚差し込んだ。アナタヲ待ッテイル、それに私の名前と住所を書いて。連絡をしてくるのは行き当たりばったりのイタリア人のはずだった。

私のメモは、私の参加が許されなかった会議で、職場での売春行為だと決めつけられた。リリーが私に語ったところによると、ネルが国家反逆罪を支持したけど、認めさせることができなかったのだ。私は党員ではなく、今回が初めての違反行為であったため、私に改善の機会を与えることが決められた。私は解雇されなかったが、それはネルにとっての敗北だ。イデオロギー活動の責任者が、私に対する二通の懲戒文書を事務所に持って来た。私は原本を認めて署名しなければならず、コピーは私の事務机に置かれたままだ。

額に入れるためよ、と私は言った。

ネルにとってそれはいい冗談ではない。ネルは自分の椅子に座り、鉛筆をとがらした。イタリア人と何をしようっていうんだい。連中は君とやりに来て、タイツやデオドラントを君に贈り、噴水のある家へ再び車を走らせる。しゃぶれば香水がさらに増えるってわけだ。

私は鉛筆削りからひらひらの削りくずや黒い粉が落ちるのを見て、立ち上がった。懲戒文書を相手の頭の上にかざし、放したのだ。宙を舞った紙は、相手のあごの下にある机の上に落ちたとき、物音ひとつ立てなかった。ネルは頭を私のほうへと向けて微笑もうとした、ミミズのように血の気なく。そのとき誤って肘を削りたての鉛筆にぶつけてしまった。鉛筆が机から転がり落ち、私たちは鉛筆を眺める。鉛筆が床にぶつかったときに立てる音を聞いたのだ。ネルは身をかがめた。頬骨がゴリゴリと動くのをもう私に見られないようにするためだ。鉛筆の先端は折れている。彼は言った。

鉛筆が床に落ちたんであって、天井にあがったんじゃないよ。

それはまた不思議ね、と私は言った。あなたのような人なら、なんでもできるんじゃなくて。

私は尋問から三日たった日に再び工場にいた。うんともすんとも尋ねかったたネル。私が思っていたよりもずっとやり手だった。スウェーデン向けのズボンから後に見つかった三枚のメモ用紙にはこう書かれていた、独裁国家からくれぐれもよろしくと。メモ用紙は私のものとまったく同じだったが、私のではない。私は解雇されてしまった。

たとえ大雪が積もったとしても、私たちはヤワで仕事に行った。パウルは十一年間バイクを運転しており、飲んでいたのに一度も事故を起こしたことがない。彼は手のひらの中のように道をよく知っていて、目を閉じたとしても私たちの工場を見つけただろう。私は暖かく着こんでいた。キラキラとひかる街灯と窓の明かり、寒さでひりひりする顔、凍ったパンの皮のようになった唇、瀬戸物のように凍ってツルツルになった頬。空と道路が雪に覆い隠される中、私たちは雪玉の中に走って行った。私はパウルの背中にもたれかかり、あごを肩に押しつけたが、それは雪玉が私の両目を走り抜けられるようにするためだ。目の玉がこわばると、道路は最も長く、木々は最も高く、天は最も近くになってしまう。私は果てしなく走り続けたい気持ちになり、敢えてまばたきをしなかった。耳はひりひり痛み、手足の指もそう。それは寒さによるアイロンがけだったが、目と口だけが冷たいままだ。幸せには時間がなかった。私たちは冷えきってしまう前に着かねばならず、毎朝きっかり六時半にはアパレル縫製工場の門にいたのだ。パウルは私を降ろした。私が赤くかじかんだ指でパウルの帽子を押し上げ、瀬戸物の犬のようになってしまったような額に口づけをし、再び帽子を眉毛の上まで引き下ろすと、パウルはさらに町はずれのエンジン工場へと向かう。もし眉毛の上に樹氷ができると、私はこう思った。

私たちも歳をとったというわけね。

最初のメモ用紙の後、私はすっかりイタリアを断念していた。輸出用衣類でマルチェロなんて男をものにすることなどできなかったのだ。必要なのはコネであり、メッセンジャーであり、ブローカーであって、尻ポケットではなかった。私がイタリア人の代わりに手に入れたのは、あの少佐だ。私の愚かさが内から私を怒鳴りつけたが、自己非難はビンタのようなもので、私には藁が詰め込められていた。もうたくさんという気分だったけれど、ただなんとなく毎日あいも変わらず事務所でネルと座り、項目をじっと見て記入していた、二枚目のメモ用紙が来るまでは。私はまだ自分が好きで、ただなんとなく路面電車によく乗っては、髪を短く切り、新しいワンピースを買うことができた。そしてこれまた残念なことに、ただなんとなく時間きっかりにアルブのところに現れることができたのだ。しかもどうでもよいことだったが、私には自分の愚かさを罰するために尋問を受けたように思えた。しかしアルブが述べたような理由からではない。

お前の振る舞いで、我が国の女がみな外国で娼婦にさせられるんだ。

どうしてそうなるの、メモはイタリアに行ってないわ。

同僚たちの配慮に感謝しろ、と相手は言った。

どうして娼婦なの、私はただイタリア人がよかった、イタリア人と結婚したかっただけ、娼婦はお金を求めるけど、結婚を求めはしない。

結婚の基盤は愛だ、愛しかない、それがどういうことなのか、そもそも分かっているか。お前はくずのように自分の体をマルチェロどもに売ろうとしたんだ。

どうしてくずなの、私だったら愛したわ。

ことを終えて、再び通りを歩いた私。外は夏の明るさ、何もかもが騒がしかった。私の中で立てられた藁がきしむような音。私がこのイタリア人を愛することなどたぶんなかったけれども、だけどその相手なら私をイタリアに一緒に連れていっただろう。私なら相手を愛そうとした。そうでなかったら、別の男が私に偶然行き会っていたであろうし、イタリア人なら十分にいる。探せばいつも誰かがいて、次にその人を愛することになる。そうしたことの代わりにアルブが望むままに私を呼び出した。しかも仕事中にはネルが私を見張っていたのだ。私は男をことごとく諦めた。私が守りに入っていたちょうどそのときに、パウルのところに長居をしていたのだ。思うに、私の場合、守りは要求に似ている。探し求めることが要求に似ている以上に。そうに決まっていたので、それで私は自分にしがみついた。誰もがというわけではないが、でもパウル以外の他人ともなると、守りがいかにして欲求へと進むのか私に示すことができたのだ。うんざりしていたが、止まることはなく、そのように私はあちこち歩き回ったにちがいない。なぜならとある日曜日にパウルと知り合い、月曜日には泊まることになったから。そして火曜日になると、持ち物をことごとく携えて彼のいるずれのある高層ビルに引っ越した。

朝が来るたびに、事務所へ行くのがますますつらくなった。工場の門の前でパウルはヤワを両手でしっかりとつかみ、私がおでこにするキスを習慣として微笑みながら待っていて、言ったのだ。

ネルがいないかのように振る舞わなきゃいけないよ。

そうだ、その言葉が彼の口から素早く出てきた。しかし八時間そうするのは、二本の口ひげの先が事務机の後ろの空中でぶら下がっているようなものであり、いったいどうなるというのか。

ネルの中にはやましいものが数多く隠されている、と私は言った。見通せないわ。

そしてオートバイがブンブンうなり、タイヤの周りに雪を、あるいはホコリを巻き上げた。通りの半ばで、私は目でパウルを門に引き戻そうとし、毎朝さらに何かを言おうとした、機械に囲まれて丸一日を過ごすために持っていけるものは何かしら、と。だが私たちはいつも同じことを言った。

彼　ネルがいないかのように振る舞わなきゃいけないよ。

私　あなたのことを思っている。あなたの服を盗む人がいても、怒っちゃだめよ。

素早い走り去り、上着の猫背、風がパウルの上着を町角で膨らますときのこと。毎朝、私は自分自身に逆らって工場に入っていった。ネルの姿を見ると、私の分別はもう引き裂かれてしまっている。朝はお互いに挨拶をしなかった。とはいえ一、二時間経つとネルはこう思った、八時間も机を並べているとなると何か話さなきゃならん、と。私はといえば、そうする必要はなく、ただ相手だけが沈黙に耐えられなかったのだ。彼は計画について話し、私は言った。

あっそう。

ふうん、へえ、あっそう。

何をやっても無駄となると、おしゃべりになった私。小さな花瓶を相手の机から持ち上げ、その厚底を通して水につかったバラの赤緑色の茎を見て言った。

ねえ、計画を立てて何をするつもり、計画なんか絶対成し遂げちゃならないのよ。それがいつか成し遂げられるのなら、もう次の日には高められている。おたくの計画って、国の病気よ。

ネルは口ひげをつまみ、引き抜いた毛を指の間でこすった。ちぢれ毛だ。彼は言った。これ、気に入ったかい。

毎日一本引き抜いたら、おたくの顔はすぐにキュウリみたいに見える、と私は言った。だまれよ、お前の顔を見ると、陰毛のことを考えているとわかるぜ。

だけど、おたくのじゃない、と私は言った。

知っているかい、なぜイタリア人がいつもポケットサイズの櫛を持ち歩いているのか。小便をしなくちゃいけないときに、毛の中であそこが見つからないからさ。

おたくもひとつ持っているじゃない、でも意味なくね。イタリア人になる素質、やはりおたくにはない。

そんな素質なら俺にもあるぜ、俺はすでにイタリアにいたことがあるからな、お前と違ってさ。

あら、そこでもスパイをしていたんでしょ、と私は尋ねた。

そう、私は陰毛のことを考えたし、相手が計画について話すとき、相手の陰毛のことを無理に私に思い出させた。ネルは私の机にこの毛を置いた、ちょうど真ん中に。そこにはいつの間にか木の割れ目があったが、それは私のではない。相手はたぶん机の大きさを正確に計ってお り、縁までの最も長い距離を探していたのだ。私は相手のちぢれ毛に触りたくなかったし、すかさずそれを机から押し出すのに定規をすぐに手にしなかった。それで私は相手が一番見たがったことをまたしても行なったが、それは毛を吹き飛ばすことだ。ネルは笑うことができた。私が口を尖らせたからだ。三度、四度吹いてようやく、毛は机から落ちた。彼は私を淫らにしたのだ。

いつか掃除婦が終業時間のあとに事務所に入ってきて、雑巾でホコリの代わりに血の染みを拭き取るのよ、と私はリリーに言った。もうすぐで終わり。私、いつかかっとなって、この人間のクズを殴り殺す。

リリーは腕をぶらぶらさせ、手を投げだして言った。

やれるものならやってみな。相手の机の上へとナイフを置いてこう言うの、これって、あんたの首っ玉にあったらとても素敵ね、痛くないわよって。それからちょっと立ち去るのよ、橋の上のときのようにね、そしたら相手は躊躇しない。奴はあなたをそこまでかっとさせるつもりなの。そしたら怒りを煽っておいて、徹底的に待つのよ。自制するなら、我を忘れることはない。それって学習できることよ。

スピノサスモモのようなリリーの黒い眼差しが私の目に入り込み、そこに居ついた。その下にあったのは滑らかな首だ。私は橋の上での自分と夫の一件から、あまりにも強く誰かに執着するとき、人がいかにすぐにかっとなって相手を死に至らしめるかを知っていた。それに、ネルとも再びそうなってしまうことも。

腕をぶらぶらさせながら私のことを片づけたとき、リリーの頬に赤みが差した。鼻はぴくぴく動き、冷たく白いまま。私は目の前に立っているリリーをまるごと憎んでいながらも、こう思わざるをえなかった。

この鼻、タバコの花のように美しい。

私はリリーにとって扇動者であり続け、彼女を驚かせたこともあったが、彼女は橋の向きを私のほうに変えた。リリーがいかに憎しみという点で彼女の母親と似ていたのかを、決して知ろうなんて思わなければよかったのだ。埋葬の際、土が棺の上で鳴り響く音がした。リリーは覆い隠され、彼女の母が私をどなりつけたが、それはリリーの口と間違えたためだ。

そう、自制すること、それは学ぶことができる、とリリーは思った。私の厄介ごとについて、彼女はことの成り行きを私よりよく見ていたのだ。かたや私は、相手の混乱をもっとはっきりと見ていると思っていた。少しの間なら、互いにときおり取り替わるべきだったのよ、リリーと私は。その代わりにリリーと母親が取り替わった。かっとなるのではなく、限界で持ちこたえるのよ、と考えたリリー。自制するのよ、逃げるときに弾丸はビクビクした奴にだけ当たる。リリーがそれを学習しようとしたのだ。当時、ネルの前では自制するよう私に指示したとき、リリーは六十六歳の将校と寝ることをちょうど始めたばかりだった。二、三週間後、ハンガリー国境での逃亡を思いついた二人。将校は逮捕され、リリーは射殺された、馬鹿利口なリリーが。

一度、リリーは将校会館のサマーガーデンに私を連れていき、私に将校を紹介した。将校は私服で、細い縞模様の半袖シャツを着ており、灰色の夏用ズボンが腕の下にあり、あばら骨が出てなければ、腰も出てない。彼は低い小さな声で言った。光栄です、お嬢さん。

将校は私の手にキスをした。気品のある古い時代のすっかり手慣れたハンドキスで、それは乾いていて、柔らかく、私の手の真ん中にされた。テーブルの周りをぐるりと囲んで座っていたのは、制服を着た若い男たちだ。もちろんここでリリーは目立っていたし、制服の男たちは美女にご執心で、リリーにマッチ棒の先を投げ出した。男たちは老人がリリーに手を出していたことに感づいた、そう私にではなく。

もう長いこと戦争がなく、軍事教練はすっかりだれていた。だれは食い止められなければならなかったが、それはそれぞれの男たちを向こう見ずにさせた精密作業、つまり美女の攻略によってだ。美しさの度合いは、顔、ヒップライン、両ふくらはぎ、乳房から読み取られた。乳房は、リンゴ、洋ナシ、落下果実と呼ばれたが、乳首の位置によってだ。女性攻略は軍事演習の代用である、と兵士たちは告げられた。うなじと太ももの間では一切が整ってなければならない。両脚が開いて、ことが運べば、顔の前で閉じられるのは両目だ。脚や顔はすべてではないが、乳房は重要。リンゴには攻略の価値があり、洋ナシはまずまずだ。落下果実は兵士にすれば問題にもならない。攻略は体の蝶番や心のバランスにとっての潤滑油、ということだった。それは結婚生活の調和も改善してくれる。老将校は平和がもたらすだれの食い止めをリリーに悟らせていた。あの人も奥さんが死ぬまで繰り返し軍事演習をしたわ。そうリリーは言った。奥さんは五十歳で、あの人が六歳年上。あの人の満ち足りた労働からくる甘い倦怠感はよその女のベッドからもたらされたってわけで、兵舎からではないけど、それを隠しておかなければならない相手もいない。奥さんが死んでからというもの、あの人、毎日お墓へ行ったけど、後に残る女って、味気ないものだった。

知り合った女はすべて、急にピーピーとさえずり、酸っぱいブドウの味がした、と将校は言った。特にかなり若い女はな。兵舎と会館の間にあるアスファルトを、ハイヒールからふくらはぎを出して、ちょこちょこ歩く生き物だ。シーツの上で女たちは裸足であり、ねばついて、うめき声を上げた。一瞬一瞬が死ぬほどよかったけれど、女たちが自分の下で死んでしまうんじゃないかと不安だったよ。

そもそもここのサマーガーデンにいる制服の男たちは洋ナシや落下果実の前であっても能なしだった。ところが、リリーには小さなかたい夏リンゴがあったのだ。この中の誰であってもゲームを一セットした後ならリリーとやれるだろう。連中はそれを当て込んで、連隊を編成し、リリー攻略の合同訓練を行なった。彼らの意見によれば、リリーの将校はもはや自分の蝶番に油を差す必要はなかったし、精密行動の時代は過ぎ、選手交代の時期だったのだ。連中はリリーの美しい肉体から降りろと将校を急き立てた。マッチ棒の先を投げ出した指には結婚指輪が太陽にきらめいていたし、その後ろから指を見ていた両目には眼差しが濡れた玉のように輝いていたのだ。老人は手の横に灰皿を置いて言った。

奴らは病気だ、わしらはどこか他のところへ行くべきだったな。

将校は机からマッチ棒の頭を集め、灰皿の中へと投げ入れた。白くきゃしゃな手で、薬剤師のとこで見かけるような手だ。将校もリリーも憤慨しておらず、平静を装うふりなんかもせず、我慢していたのである。私は何も分かっていなかったが、それほど我慢強くなれるのは、もう長くは我慢する必要がないと分かっているときだけだ。しかし将校の顔はいまだ無表情で、こめかみがパラソルの影の中で染みのある紙のように脈打っていたのである。リリーがいかに相手を見つめ、何ひとつとして取り消さなかったかを、私は何も心得ていなかった。リリーの眼差しと将校の眼差しは、静止した水に沈むリンボクの実のようで、まさにそうだったのだ。リリーの手を取ったとき、座ったままの将校はお腹に引っ張られて前のめりになった。今に将校が怒る、と私は思ったが、それはマッチ棒が更に二本机の上へ飛んで来たからだ。空いている手で将校は二本とも集め、リリーの手を確かめた上で、不意にリリーのために静かに歌い始めた。

収容所の中庭に一頭の馬が入ってくる
頭の中には窓がある
青くそびえる監視塔を君は見る……

将校がそもそも歌ったこと、それもこんなに低い声で歌い、それでいて自分の内面をまったくのぞき込ませなかったことは、それでもう十分だったのだ。将校がその歌を知っていたことは、私に刺すような痛みをもたらした。おじいちゃんも同じ歌を歌ったが、収容所で覚えた歌だ。リリーと私は幼すぎたが、おじいちゃんはその歌を心の支えにした。まったく、私が一緒に歌ったのなら、おじいちゃんはどんなにか息を切らしたことだろう。だが、ここの席では歌がそんなふうに気まずそうに聞こえたのは、私がリリーと将校の間に座って一緒に聞いていたからにすぎない。私はパラソルのスポークの脇に擦り切れた箇所を見つけた。私たちは一つの車輪の下に座っていて、私は秘密の邪魔をしたのだ。リリーは将校のなぐさみ者ではない、将校はリリーを愛していた。それから将校がその歌を中断したとき、将校会館でリリーを将校の脇に座らせたまま、私はぼんやりとしながら町中を走って行ったのだ。二人はそのときすでに逃亡を頭の中で抱いていたにちがいない。将校には成人した息子が二人カナダにいて、そこへリリーと一緒に行こうと思ったのだ。

太陽がじりじりと照り、緑色の木の葉が黄色の木の葉と一緒に菩提樹の立ち並ぶ中でひらひらと舞い、黄色の葉だけが地面に落ちた。私が望むにせよ望まないにせよ、緑色がリリーを、黄色が将校を狙ったのだ。

この男の人、リリーには年上すぎる。

私は通りすがりの人たちにぶつかったが、相手に気づくのが遅すぎた。この日の午後、私一人倒れたが、そんなことが翌朝まで、将校のことで話すことがあると言って工場でリリーが私を呼び出すまで続いたのだ。

メモの一件以来、私には包装場に上がっていくことがもはや許されなかった。私が階段を上ってきたとき、リリーは廊下で待っていたのだ。私たちは奥の隅へ行き、相手はしゃがみ、私は壁に肩をもたせかけて言った。

将校さん、顔は若いけど、お腹はもう真ん丸の夕日ね。

するとリリーは頭をすっかり高く上げ、指先を床の上に立て、目を大きく見開いた。私はリリーの感情を傷つけていたのだ。彼女の首では血管が浮き上がり、口はほとんど叫び声を上げるところだった。しかしリリーは、手をつかんで私を引きずり込んだので、私もリリーの前でしゃがみ、相手の腰にしがみついたのだ。ある男が片手にハンガーをいっぱい持って足を引きずりながら私たちの側を通り過ぎ、まるで私たちに気づいていないかのように振る舞ったので、リリーはささやいた。

あの人が横になると、夕日はクッションのように平らになるのよ。

私はリリーの足を見た。もし二番目の足指が親指より長いのなら、それは後家指という。リリーのはそう。彼女は言った。

あの人、私をサクランボって呼ぶの。

その呼び名は彼女の青い目には似つかわしくなかった。男がハンガーを持って次第に私たちから遠ざかり、背後にある包装場のドアを閉めてしまったとき、リリーがこう言ったのだ。

風がサクランボを枝からもぎ取るのよ。あなたがそんな黒い目を持っているってこと、素敵じゃないかしら、それに私がサクランボと呼ばれていることもね。

通路に日の光が落ち、天井では蛍光灯が燃えていた。こうして座っている私たちは、二人の疲れた子供だったのだ。

あの人、収容所にいたの、と尋ねた私。

リリーは知らなかった。

彼にきいといてくれないかしら。

リリーはうなずいた。

妙なことに、工場の中庭からは物音一つ聞こえてこなかったし、通路はその瞬間、蛍光灯がパチパチいうのが聞こえるほど静かだったのだ。

今になって思うと、老将校はリリーを求めることになっていた。リリーを知る前から彼女の死と契約が結ばれていたからだ。最初にリリーを目にしたとき、老将校はストップウォッチのように止まってしまったのだと私は思う。今、わしにはこれという女がいる。こうして年金生活者の将校は依然として制服を着た者たちがいる会館に出向くことになった。脱がれてはいたものの、軍服は成長して皮膚に同化していたのだ。欲望という点で将校は兵士のままだった。将校は細い縞模様の夏用シャツを着ていても以前と変わらず制服を着ていると見られる場所にリリーと行きたがったのだ。軍人ガーデンで自分の攻略を誇示し、もしリリーと二人きりであれば、リリーの美しさを凌駕する晩年の愛欲を絶頂へと駆り立てようとした。将校のような者なら国境付近の兵士や犬や弾丸のことを十分に知っていたにしても。自分と同じようにまさに死がリリーを欲しているんじゃないかという将校の不安は、リリーが死を怯えさせている、それも自分のために、という思いへと変わってしまった。将校は多くを見過ぎて盲目になっており、分別の限度以上のものを自分にほのめかしたリリーを危険にさらしたのである。

　誰でも、年を重ねると、年月をふり返る。リリーを撃ち殺した鼻たれは、年月をふり返るたびに、まるで老人のようだった。国境監視員は若い農夫か労働者。もしくは、その後数か月には学生になり、またその後には教師、医者、牧師、エンジニアになった。そいつにとって大事なのは、自分が何になるかだ。引き金を引いたとき、彼は外でみじめったらしくパトロールをしており、その間、風が昼も夜も孤独を口笛で吹いていた。リリーの生気ある肉体は地上でそいつをおののかせ、そして彼女の死んだ肉体は天からの贈り物であり、十日間の休暇がもらえる見込みとなったのだ。ひょっとするとそいつは私の最初の夫のように不幸な手紙を書いたかもしれない。ひょっとすると私のような女が待っていたのかもしれない、死んだ女には確かに及ばないものの、そいつが自分自身を一人の人間と感じるまでは愛を持て余すことなく笑いかけ愛撫することができた女が。そいつはその瞬間にもしかすると自分の幸せの名のもとに引き金を引いたかもしれず、そしてパンという銃声が鳴った。遠くからは吠え声、それから叫び声。リリーの将校は拘束され、トタン小屋に連行され、監視された。幸せを渇望し引き金を引いた男に。横たわったままのリリー。小屋には正面の壁がなかった。床にあったのは貯水槽、壁ぎわにはベンチ、部屋の隅には担架だ。監視人はガブガブ水を飲み、顔を洗い、ズボンからシャツを引きずり出して体を拭き、座った。拘束された男は座ることが許されなかったものの、リリーが横たわる草むらを見ることは許されたのだ。走る五頭の犬、犬の首まで伸びていた草、その上をすっ飛んだ犬たちの足。犬たちのかなり後ろから駆けてきた疲れ切った兵士たちの群れ。兵士たちがリリーのところに着いたとき、リリーの服だけが噛みちぎられてぼろ切れになっていたわけではなかった。犬たちはリリーの体を食いえぐっていたのだ。犬たちの鼻面の下でリリーは赤く横たわっていた、一面のヒナゲシのように。犬たちを追い払うと円になった兵士たち。それから二人の兵士が小屋に行き、水を飲み、担架を持ってきた。
そのことを私に語ってくれたのはリリーの継父だ。一面のヒナゲシのように、と言った。私はその瞬間サクランボを思い出したのだ。

**子供は**陽の光の中で眠り込んだ。父親は子供からハンカチを取り上げ、指がたわむ。父親が腕を後ろに曲げてハンカチを上着に突っ込んでいるにもかかわらず、眠りはさらに続く。父親が両脚をかなり広げ、子供の背中を前へと回して立ち上がり、子供の開いた口を肩へともたせかけているにもかかわらず。すぐに中央郵便局前の停留所が現われる。父親は子供をドアへ運ぶ。路面電車は止まり、音も立てずに車両はますます空いていく。車掌は二つ目のキプフェルに手を伸ばし、それからためらい、瓶から飲む。どうして食べる前に飲むのだろう。郵便局の前には大きな青いポストが立っているが、どれほどの手紙がその中で場所を占めているのかしら。もしポストをいっぱいにするのが私だとしたら、空にされることはないだろう。イタリア向けのメモ以来、私は誰ひとりにも手紙を書くことはなかった。ただときどき誰かに何かを語っただけ。話さなければならず、書いてはならない。車掌は二つ目のキプフェルを食べているが、パンくずからするとこの間にキプフェルが固くなっているに違いない。外では眠っている子供を抱えて父親が通りを渡っているが、そこには横断歩道がない。車が来たところで、父親の動きはあまりにも遅い。相変わらず眠っている子供を抱いて、どうやって走るつもりなのだろうか。もしかすると横切る前に一台も来ないと確かめたかもしれない。だけど、右側を子供の頭越しに見なければならず、見間違いをするかもしれない。もし災難が起こるとするなら、それは父親の責任だ。なにしろ眠る前の子供にこう言っていたのだから。ママはサングラスをかけていない。かけていたら、お前の目がどんなに青いかママには分からないよ、と。父親は郵便局へ向かう。子供を小包のように運び、子供が起きなければ、子供を送ってしまう。開いた扉越しに一人の老婆が、この路線は市場へ行くかいと尋ねる。上に書いてあるのを読みな、と車掌が言う。眼鏡をかけてないんだよ、と老婆が言う。ずっとまっすぐに行くよ、と車掌が言う。市場がそっちにあるなら着くよ。老婆は車両に乗り込み、車掌は発進する。若い男が一人走って何とか乗り込む。なんて大きく息を切らしているんだろう、それって私から空気を取り上げる。

**私は**喫茶店前のテーブル席にいるリリーの継父を見つけていた。継父は私と知り合おうとしなかったが、相手が顔を背けてしまわないうちに私は挨拶をしたのだ。その日の午前中は一雨きそうな空模様で、テラス席がたくさん空いており、私は彼のところへ座った。テラス席ではお邪魔をしても構わない。相手はコーヒーを注文して黙った。そして私はコーヒーを注文して黙る。このとき私は腕に傘を一本提げ、彼は麦わら帽子をかぶっていた。リリーを埋葬するときとは継父の格好は違っている。クシャクシャになったアカシアの葉をテーブルクロスから灰皿に投げ込んだので、継父はリリーの将校と似ていた。だが継父の手は丸太のよう。私たちのカップがテーブルに置かれていて、ウェイトレスが行ってしまうと、継父は取っ手付きのカップを親指で回し、カップが音を立てた。親指には砂糖の粒がついていて、継父はそれを人差し指でこすり落とすと、カップを持ち上げてすすったのだ。

　こりゃストッキングみたいに薄っぺらなコーヒーだな、と相手が言った。

私に台所での情事を思い出させようというのだろうか。厚手のものもありますよ、と私は言った。

　すると相手は声を上げて笑い、まるで私と折り合いをつけるかのように目を上げたのである。

私も将校だったと、きっとリリーから聞いたでしょうが、それはだいぶ前のことです。うまいことやって、監獄にいるリリーの将校に会いましたよ。将校とは顔見知りではなく、名前だけ知っており、それは以前からでした。将校とはお知り合いでしたか。

お会いしました、と私は言った。

将校はリリーよりは運がよかった、と継父は言う。あるいはそうではなく、場合によりけりですな。将校の状況はよいとは言えません。

それからリリーの継父はしわくちゃになったアカシアの葉を人差し指で押し伸ばすと、葉っぱが真っ二つに引きちぎれたので、それを地面に投げ捨て、むせび、咳こみ、咳払いをし、灰皿の中をのぞいて言った。

もう秋ですな。

そんなことなら、私、誰とでも話せると思いながらこう言った。

もうじきですね。

リリーはどんな風だったかと、あなたは埋葬の際に尋ねられましたね。お知りになりたい気持ちに、間違いありませんか。

私はカップに手をふれていたが、それは相手に手の震えを見られないためにだ。しずくがますますテーブルクロスの上に落ちたが、継父は麦わら帽子を邪魔にならないように額に押し上げた。

将校は財産を売り払いましたよ。ハンガリー側ではサイドカー付きオートバイに乗った男が一人待っていることになっていたんです。そいつはまた、ただし一週間も前からですが、待っていました、将校の金をね。それから警察へ駆け込んで、褒美に立派な包みをせしめたのです。見てください、とリリーの継父は言った。そこの公園裏がまたしても明るくなっています。

リリーはホテルのドアマンを、医者を、毛皮商人を、カメラマンを愛した。私にすれば老人で、少なくともリリーより二十歳上。リリーは誰のことも年寄りとは言わずに、こう言った。彼ってもうとても若いってわけではない。

老将校の前にいる男たちはみなリリーと私の間に立たず、私のことは構わず放っておいたのだ。ただ老将校が原因で私はなおざりにされ、初めて一人放っておかれたが、将校会館の庭のときと同じように、それがしばらく続いた。人生をあまさず食べ尽くしてきたびっこの男が、リリーを自分の皿へと引きずり込んだ。みじめな妬みが芽生えたが、それは倒錯した妬みである。老将校ではなく、老将校の周りにいるリリーを、私は妬んだ。もっともこの老人のことは少しも気に入らなかったけれども。老将校には人に好かれない何かしらの要素があり、そのことは残念がられていた。それどころか、老将校の人好きしなかったことが残念がられたのだ。

老将校と私の場合、何かが起きたとしても、それは私が望んだことでも認めたことでもないということだった。老将校は、どんな希望も呼び起こさなければ、平穏ももたらさない男。それで私は、老将校ではなく、リリーを狙った真ん丸の夕日について語らねばならなかった。そう語ることで、私は今でも老将校がリリーの死と交わした契約に関わり合っている。

リリーは年老いた男性が好みで、継父が最初の相手だった。リリーは押しが強く、継父と寝たいと思い、そのことを口にしたのだ。継父はリリーの気をもませだが、リリーは譲らなかった。ある日、リリーの母親が美容室へ行ったとき、いつまでお避けになりますの、とリリーは継父に尋ねたのである。継父はリリーにパンを買いに行かせた。店には長蛇の列はできておらず、リリーはパンを手に抱え、すぐに戻ったのだ。

あなたが変な気を起こさないように、次もどこかに行けっていうの、とリリーは尋ねた。すると継父は、重い秘密に耐えられる自信があるかい、とききき返したのだ。

子供ならしらじらしくしないだろうけど、とリリーは私に言った。私は大人になってしまってたのね。私はパンを台所の机の上に置き、ワンピースをハンカチのように素早く頭の上へと引っ張り上げた。すべてが始まったの。二年間、日曜日以外ほぼ毎日、いつも慌ただしく、決まって台所で、私たちはベッドに触れなかった。父は母を買い物に行かせる。あるときは列が長く、またあるときは短かったけれど、母に現場を押さえられることは決してなかった。

リリーの埋葬に工場から敢えてやって来たのは、私を除くと、三人だけ。二人は自発的にやって来たが、それは包装係の女の子たちだ。他のみんなは、逃亡の結末に関わりを持とうとしなかった。三人目はネルであり、代理で来たのである。二人の女の子の片方が、私にリリーの継父を指さした。腕に黒い雨傘を提げていたのだ。その日は雨が降るようには見えず、空は青々と高く澄み渡り、墓地の花は吹き渡る風の匂いがしており、雨が降る前の刺すような重々しい匂いではなかった。そしてハエが花へと向かったけれど、夕立前のように頭の周りをしつこく飛ぶことはなかったのだ。こんな天気だと、雨傘によって男の人が上品になるのか、あるいは詐欺師になってしまうのか、私には判断がつかなかった。ただひとつ確かだったのは、雨傘のせいで男は場違いになっていたということ。継父はぶらぶら散歩をする人のようだったが、熟練の手管を用いる詐欺師に、それも花を供えるでもなく日課の散歩としていつも同じ時間に墓地に行くような詐欺師に似ていたのである。

ネルはスイートピーの花束を持っており、白く掻き乱れた花であった。茎につく雪は、ネルの手にあると、黒い雨傘と同じくらい変だったのである。私はリリーの継父のところに行ったものの、自己紹介はしなかった。相手は私が誰なのかを気づく。

あなたはリリーをよくご存知でした。

私はうなずく。ひょっとすると相手は、私が台所での情事のことを思っていると、私の額の前にある空気から気づいたのかもしれない。私に対する相手の親近感は相手に対する私のそれよりも勝っており、リリーの継父は抱擁するために身を傾けた。私は強ばったままで、相手は体を再びまっすぐにする。継父の傘は体を引っ込める際にブラブラと揺れ、継父は挨拶のために手を前に伸ばし、腕を曲げた。手は乾いていて、木のようだ。私は尋ねた。

リリーはどんな姿でしたか。

継父は傘のことを忘れ、それを手首に滑らせてしまう。最後の一瞬で彼は傘を親指で捕まえた。

木棺の下に亜鉛製の棺があって、溶接されていました、と継父は言ったのだ。

継父はあごだけを上げ、両目にかぶったまぶたを動かさないまま、ささやいた。

あちらをご覧なさい。右から四番目の女性です。リリーの母ですよ。あちらへ行きなさい。

私は喪服を着た女性のところへ行ったが、その女性のことを継父は、台所での情事にふさわしく、リリーの母と呼び、私の妻とは呼ばなかったのである。彼女は三年間、リリーと分かち合った。相手は黄ばんだ頬を次々に素早く差し出し、私はかなり外側を、なかば黒いスカーフの上から口づけをした。その女性も私が誰だか気づいたのだ。

ご存知だったのでしょうね、あなたは。ある将校がいて、もう分別なんて持ち合わせていないのです。

私は台所のことを考えていた。相手は何を考えていたのか。嘆き悲しむ者たちが巡り歩くとき、ネルは白いスイートピーを棺の上に献花し、その後に一塊の土を投げた。私だったら、ネルが棺にあてる前に、少なくとも土塊を手からネルに投げつける気になっただろう。少なくとも土塊を。ネルは私にうなずいた。リリーの母がそのとき何に気づいたか、私には分からない。

あなたの言うことでしたら、リリーは聞いたでしょうね。あなた、今すぐ行ってしまわれるのがよろしくて。

憎しみが彼女の口から漏れた。憎しみが私を彼女のところに行かせ、そして私はそこへ行く。相手は私に責任を押しつけ、追い払い、そして私はいなくなる。どうして二人はこんなことになっているのか、なぜ私はこう言わないのか。

あのですね、私はいたいだけいます。

地べたには、村にいるリリーの親族が履く、葉柄の刺繍が施されたビロードの靴がたくさんあり、指先やかかとが土で汚れた白い靴下があった。その後ろにネルがおり、ささやいたのだ。

おい、ライター持っているかい。

ネルは握りこぶしにタバコを持っており、親指のところからフィルターがのぞいていた。

こういうところでタバコは吸わないものよ、と言った私。

なぜだい、ときいた相手。

どうやら落ち着かないのね。

お前は落ち着いているんだな。

ええ。

黙れ、こんなときは誰だって涙もろいんだ。

どんなときよ、と私は尋ねた。

あのな、死を前にしたときだよ。

どうせあなたはイタリアが管轄だけど、リリーが望んだのはカナダ行きよ。

お前、頭がおかしいぜ。

ねぇ、あなたって何もかも頭の中で我慢するのね、真新しい土にもよ。

こんなやり取りが矢継ぎ早に交わされ、私たちはあまりにもうるさくなりすぎた。

そのとき私のくるぶしのところにあった一本のステッキが上に動き、ビロードの靴を履いた老人が言ったのである。

たわけもいい加減にしろ、ケンカしたけりゃ、よそでやれ。

私の頭の中で心臓が脈打った。私は語調を変えるために空気を吸い込み、自分が平穏そのものであるかのように言った。

申し訳ありません。

私はネルをその場に残して、立ち去った。リリーのと同じ並びにある墓のひとつにはまだ土が盛られていない。新しい木製十字架とその後ろにある貼り付けられた一枚の皿。ネルのことでも詫びてしまった自分が理解できなかった。

天に向かう死者には、悪霊を手なずけるために、食べ物が持たせられる。最初の夜、魂は悪霊の背後の地獄を忍び足で通り過ぎて神のほうへと向かう。リリーも母親から皿をもらうことになる。リリーの長方形の盛り土の上では夜になると墓地の猫がむさぼり食うであろう。舗装された大通りで響くこだまは墓を掘るシャベルの音よりも大きかった。私は両耳をふさぎ、門に向かってしばらく道のりを走ったのである。老人たちへのリリーの愛を私が理解しようとしなかったその理由は……。

墓場の門のところに一台のバスが止まっていた。私のパパが運転席におり、手の上に顔をのせて眠っている。ただ私のパパは数年前に死んでいた。私はそれからというもの数えきれないくらいパパが運転席にいるのに気づいた、走るバス、止まっているバスの中で。パパは死んでいた。邪魔されずに走るため、私とママから隠れる代わりに、ありとあらゆる通りで私たちから逃げるために。パパは私たちの目の前で倒れ、死んだ。私たちがパパを揺さぶると、両腕がぶらぶらと揺れたが、腕は硬くなっていった。頬は骨に張り付き、パパの額は冷たいビニールでできており、それは人間にはおそらくないような冷たさのようだけど、なぜならばそれが忘れられない冷たさだから。光を落とし込んで無理に生き返らせようとして、私は何度もおおいかぶさり、白目をむいていたパパの目を大きく開いた。どう扱ったところで無作法になってしまう。私はまだパパを力ずくで引っ張ったが、ママはまるでまったく縁などなかったかのようにパパを見捨てた。パパが倒れたことによって私たちは、どのようにして助けから手が引かれ、思いやりが冷めきってしまうのかを見せつけられたのだ。ママと私は一瞬ごとに縁が切れた。その後、医者がやって来る。彼はパパをソファーに寝かせて尋ねた。

おやじさんはどこだい？

おじいちゃんは田舎に住む兄弟のところにいます、と私は言った。そこには電話がなく、郵便配達員は週に一度しか来ないんです。おじいちゃんは明後日になってようやく来ます。

医者は脳卒中と用紙に書いてスタンプを押し、サインをして出て行った。ドアに手をかけながら言う。

誰にこんなこと分かるというんだ。あなたの旦那、体は健康だが、脳のスイッチが切られている、電球みたいにな。

医者が求めておきながら飲まなかった一杯の水がテーブルの上にあり、小さな泡をたてていた。倒れた際にパパは椅子を巻き添えにしており、ひじ掛け部分が下になって床に転がり、座部は垂直に立っていたが、布地に覆われた座部には赤灰色のぎざぎざ模様があったのだ。ママはグラスの水を台所まで運び、つま先で歩き、肩越しにソファーのほうを見た。まるで夫がちょっと昼寝でもしているかのように。ママは水を一滴もこぼさなかった。台所ではグラスを置く際の物音だけが少ししたのだ。それからママは部屋へ戻り、テーブルのグラスが置いてあった場所に向かって座った。そうなると部屋にいたのは不完全に生きている二人と死んだ一人。三人はもう長いこと思い違いをしていたが、事実、自分たちを「私たち」と言ったり、コップや椅子や庭の木のことを「私たちの」と言ったりしたのだ。

　私はそれからというものパパと通りで、当時ソファーの上で出会ったのと同じように、よそよそしく出会った。そうやってどこでもパパだと分かった、たとえ墓地の前でも。国内のバスすべてについていた「輸送」という文字。それにすべてのバスに歪んだステップと錆びた泥除けがついており、天井には小麦粉のような細かいホコリが積もっていて、半年かそれ以上連れ立っていたのである。私が窓ガラスの向こう側にある空席を見ていると、そこはすぐに乗客になった。ここにあるバスのフロントガラスにもそばかすがついていたのだ。はじけて、赤と黄色に乾いた虫についてパパが言っていたように。白い靴下と刺繍のついた靴を履いたここにいる女たち、それにしかめ面をして杖を持つここにいる男たちは、リリーの親戚だった。リリーの父親は丘陵地帯のとある谷からやって来たが、そこは、この時期になるとスモモの木々が青々と枝をたわめる、片手に収まるほどの村だったのである。リリーが地面の下にすっかり覆い隠されるまで、運転手は待たねばならなかった。もし墓場の猫たちがリリーの魂を手に入れようとするならば、運転手は夜半に乗客の農夫たちのへとへと顔と一緒にスモモの木のところまで走らなければならない。

私が女子高等中学校《リツェーウム》に通い、まだ両親と一緒に田舎町に住んでいた頃、晩にパパと一緒に空っぽのバスで、車庫までの最後の周回を走るのが好きだった。通りが薄暗くなる中、私たちは何もしゃべる必要がない。バスはガタガタ走っている。座席、ドア、手すり、ステップ、何もかもがグラグラになっていたが、バスがバラバラになることはなかった。多くの区間を走った後、毎晩、パパは一番大事なねじをきつく締め、翌日のためにエンジンを整備する。最後の周回では曲がり角でクラクションを鳴らし、赤信号で交差点を渡った。ギリギリでよけたトラックのライトがあまりに近すぎて、私たちは笑う。車庫に着くと、パパは鉄の扉のところで私を降ろした。私は歩いて家に帰り、パパは柵のところまで車を走らせたが、パパにはまだやらなければならないことがあり、帰宅は一時間半後。

ある晩、並木道を通って帰る途中、一匹のハエが私の目の中に飛び込んできたのだ。私は街灯の下で立ち止まり、目の上にまぶたをおろし、ハエをまつげでしっかりと捕まえた。それから鼻をかんだ。おじいちゃんはこの処置の仕方を収容所で知った。私はそれを正しく行なったのだ。鼻をかんだ後ハエが目がしらにくっつき、私はハエをふき取った。涙が出て、ハンカチを必要とする。するとハンドバッグをバスに置いてきたことに気づいた。パパはエンジンのことしか頭になく、ハンドバッグのことは気づかないだろう。私は引き返した。

　脇から敷地に入った私はここの勝手をよく知っていたものの、暗闇の中ではよく分からなかった。それで私は主屋を頼りにしたが、そこではベランダの階段横に渦巻き模様のシェードランプが灯っている。バスはすぐに見つかり、前輪の横に空っぽになった柳製のかごが二つ草に埋もれて転がっていた。そして助手席にはぶらぶらと揺れるおさげが垂れ下がっていたのだ。それから私は頬を、鼻を、首を見た。パパが首にキスをしており、女の下に座っている。女は首から天井に上っていくかのように頭をもたげた。背中を丸めた、枝のように。私はこの女を知っていて、私と一緒に学校に通っていたが、クラスは違った。私と同じ年だ。私が女子高等中学校《リツェーウム》に通いだしてからのこの三年間、彼女は市場で野菜を売っていた。パパが彼女の口を自分の口に押しつけるまで、あちこちへと動いたおさげ。私は風のように逃げ出したくもあり、一箇所でずっと見ていたくもあった。シェードランプの周りで飛び回っていたブヨの群れは一枚の濡れた布のよう。ポプラは庇までだと一本の木だった。それより上は雨どいが光を遮り、揺れてざわめく黒い塔だ。しかし、もっと音を立てたのはコオロギで、鳴き声は草原から空まで届いた。私がパパの開いた口をただ見るだけで、それを聞くことがないように。自分がいつからそこに立ち、どのくらい罪が続いているのかは、分からなかった。時間どおりに家に帰り、家では然るべき距離をとってパパの前にいようと思ったのだ。主屋裏の囲いには穴があいていて、それが一番の近道だった。

通りでは並木の階層が光の中でぼやけている。太い幹は漆喰で白く塗られて、ほのかに光り、よろめいていたが、そうでなければ私がまっすぐ歩いていなかった。私が見た限りでは、私には木々の間で夜を恐れることが許されなかったのだ。しかも、私には分かっていた、ぎらぎらと輝く日に墓地にある子供用区画の白い墓石が陽の光の中でよろめくのは、白く塗られた木の幹が月夜によろめくのとまったく変わりがないということを。というのもパン工場の裏にある墓場には、例の男の子がホコリヘビと一緒に眠っていたからだ。酷暑の数時間が燃えさかり、子供たちが外で駆け回るのにふさわしくなかったとき、男の子の墓石はまさに夜の並木のように泥酔していた。男の子の周りにある墓石はぐらぐらと揺れ、口におしゃぶりをくわえ、動物のぬいぐるみを手に持っている子供たちが写っている墓石の写真が特に揺れていたのだ。一番大きな墓石の男の子は、雪だるまの首筋に座っていた。

私がこの世に生まれる前、両親には男の子が一人いた。笑うと青白くなる男の子。彼は正式に息子となることはなく、洗礼の前に死んでしまった。やましさゆえ二年経ってからお墓を依頼できた両親。私が八歳になったときのことで、路面電車で私たちの前に膝を擦りむいた男の子が座っていたときに、初めてママは私に耳打ちした。

あんたの兄さんが生きていたらね、あんたは生まれてこなかったのよ。

男の子はキャラメルのアヒルを舐めていて、アヒルが泳いで口の中に入ったり出たりし、家々は窓ガラスの向こうで斜め上に走っていた。私が路面電車の中でママの隣で緑に塗られた熱い木の座席に座っていたのは、それは兄の代わり。

産婦人科で撮った私の写真は二枚あったけれど、兄の写真は一枚もなかった。そのうちの一枚では、私が枕の上のママの耳もとで横たわっている。もう一枚ではテーブルの真ん中で。第二子のときに両親は一枚を自分たち用に、もう一枚を墓石用にしようとしたのだ。

車庫からの帰り道で白く塗られた木々の幹を怖がるには、私は年齢を重ね過ぎていた。しかしパパに貶められたという気持ちは、あのとき路面電車でママに貶められたという気持ちよりも大きい。私はおさげ娘よりかわいらしいと思っていたのに、なぜパパは私を選ばなかったのかしら。あの子は汚らしく、両手は野菜で緑色だ。パパはあの子に何を望むのかしら、あの子にはいい人がいる。朝、学校に行くとき、その彼を見た。若い男で、重いかごをバス停から市場の売り台まで運び、あの子はビニール袋を一枚持って行くだけ。それにあの子にはおとなしい子供がいる。子供は、時間をやり過ごすために、コンクリート屋根の下の売り台の後ろで逆さの木箱の上に座り、汚らしい犬のぬいぐるみで遊ぶ。おととい、あの子から一抱えの西洋わさびを買うなんて、私は大馬鹿者。あの子は金を大きなポシェットに突っ込み、子供の髪をなでた。あの子は私が誰だか知っており、間違いなく罪のことを考えている。私は彼女の上唇に鮮やかな赤い色に咲いたヘルペスを見たけれど、それが私のパパからもらったなんて気づかなかった。パパの口元にあるヘルペスは治りかけていたものの、二週間前は鮮やかな赤色だったのだ。だが、日が暮れ始めた頃にパパと楽しむために、どれだけ子供を汚らしいぬいぐるみの犬もろとも家に置き去りにしたいかなんて、あの子から見て取ることはできなかった。

パパは私のハンドバッグを肩にかけ家に帰って来て、それを私の前に置いて尋ねる。

ところで、いつからお前はこんなに軽はずみなんだ。

軽はずみって誰のことかしら、ときき返した私。

パパは聞こえないふりをし、明るく光が射すテーブルの席に腰をかけて食事を待った。指一本分の厚さにサラミを切り、口から火が出るくらい辛いとがったパプリカを四本食べたが、おそらくあの子のところから自分で持ってきたパプリカだ。ひょっとするとパプリカにもお金を払ったのかもしれない。加えてパン六切れと塩一つかみを口にしていた。おさげ娘が徹底的にパパを消耗させる。ひょっとするとバス車内でガソリンのにおいを嗅いだため血があまりにも速く心臓に流れ、パパをその気にさせたのかもしれない。かつての戦争のときのように。おじいちゃんは私に小さな写真を見せてこう言っていた。

これがパパの戦車だ。

それじゃあこれは誰なの、と私は尋ねた。

パパの脇にある草むらで若い女性が横になっていて、裸足で、靴が茂みの脇にあり、遠くにばらばらに投げ出されていて、女性のふくらはぎの間にはタンポポが咲き、肘をついて頭を支えていたのだ。

音楽のできる女の子で、とおじいちゃんが言った。パパのフルートを吹いていたよ。戦争でお前のパパはな、卵巣があって草を食わないものであれば、とにかく手を出したんだ。後でひっきりなしに手紙が届いたわ。お前のママが気づかないようにみんな引きちぎっておいたよ。驚きだったが、奴はさっさとお前のママをめとったのさ。彼女はあまりパッとはしなかったが、奴のその気を真に受け、すぐに奴をものにしたんだ。

さらに十回、私は夜にパパと倉庫へ向かい、私は周った数を指で数えた。私はパパの腕、膝をつかんだけれど、パパはただ道を見るばかりだ。私はパパの耳をつかんだが、パパは微笑んでこちらを見るだけで、それからひたすら道を見ていた。私はハンドルを握っているパパの手に自分の手を置いたのだ。パパは言った。

これじゃ運転できないよ。

最後の周回で私は洋ナシをパパにかぶりつかせた。私が大きくかぶりついていた洋ナシだ。パパには厚くて黄色い皮のせいで煩わしい思いをして欲しくなかった。パパは噛んでクチャクチャと音を立て、泡だらけの果汁を噛みながら、虚ろな目で飲み込んだ。パパは味わい、私はただパパの気を引くためだけに食べた。私がもう食べることができず、パパがもう一度かぶりつくためにこちらに口を向けたとき、私は言う。

全部あげる、私、もういらない。

どうしてだいと尋ねてくれてもよかったのに。パパは角でクラクションを鳴らしたが、それは長いおさげ娘を心待ちにしていたからだ。パパは赤信号で自分のバスを飛ばしたが、それは急いでいたからであって、私たちが笑えるからではなかった。

十周目の後でも、パパは倉庫の入口の前で勢いよくバスのドアを開けたが、その勢いはもう彼の罪に向かっていたのだ。パパは洋ナシの芯も食べてしまっていて、私が降りる前に、ドアから茎を投げ捨てた。よその娘の肉を待っていたのだ。

その後、私は毎晩、家から出なかった。また一緒にドライブしたくないかと一度でもきいてくれたらよかったのに。十本の指が数えつくされても、もう一度親指から数え始めることもできた。もしかするとタバコなら私の手やかじりかけの洋ナシよりも効果があるのかもしれない。どのように煙を肺に吸い込むかを、私ならパパに教えてあげられただろう。彼は口から煙を吐き、外国のタバコをひけらかすためだけに吸う。パパにはそんなものを持つゆとりはなく、めったに吸わなかったが、タバコは彼に似合っていた。パパが最後の一周を一人で運転する間、私は生垣の脇にある袋の中のように真っ黒な木々から桃を一つ摘み取り、庭のベンチへと腰かける。コオロギどもの鳴き声はバスの歌、ベッドへと変貌するバスには夜ごと二人だけの罪深い肉体が横たわった。本当は三人だ。秘密が保たれるように、私は食べて飲み込む。

洋ナシが何の役にも立たなかった最後の乗車から私が家に帰ったとき、ママは尋ねた。

あなた泣いたの。

ええ、そうよ。

大型ゴミ容器のまわりをうろついていた一匹の犬が、並木道からパン工場まで私についてきたの、と私は語った。

ママは言った。

犬はさかりがついていて、あなたが犬を驚かしたのよ。

ママって、さかりのつくことしか考えてないのね、と私は叫んだ。犬は弱り切ってたし、お腹が空きすぎて馬鹿になっていたのよ。

私の心臓はとても硬くなったので、もし私がそれを投げたものなら、ママは打ち殺されていただろう。私は舌が乾くほどママを憎んだが、ママが恥じることなくこう付け加えたときのことだ。

ああ、それで私、外で遠吠えを聞いたのね。

外では、日照り続きの夏が夜になるといつもそうなるように、地面から天まで届くコオロギの鳴き声が響いていただけ。たった一匹の犬すらいなかった。ママはさかりのついた犬の驚きで私の嘘を飾り立てる。ママは嘘をついた。パパにさかりがついているとか、その気になればパパを驚かすことができた、などと私が困り果てて言うことなんかないように。

私は何度、嘘をつかなければならなかったか、あるいは黙らなければならなかったのか。それは、私が最愛の者たちに我慢ならないときに限って、彼らに災いがふりかからないようにするためにだ。自分の憎しみが永遠に続いて欲しいと自分に望むと、嫌悪感が憎しみを和らげてくれた。かすかな愛情と一塊の自己非難との間で、私はすでに次の憎しみに身を委ねていたのだ。他人をいたわるためには、私には分別が十分にあった。しかし、私自身の不幸のこととなると、まったく話が違っていたのだ。

ある晩、ママは真珠貝ボタンがびっしりと並び、腰に大胆なスリットが入ったサマードレスを着て、とかした髪を斜めの破風型にし、その中にワイヤーへアクリップを挿し、キャラメルボンボンを口に押し込んでいた。着飾る際にボンボンを舐めているときはいつでも、何かデリケートなことを考えている。ママは白いサンダルを履いて言った。

あの暑い日中の後ですもの、今なら外は涼しいわね。ちょっと並木道に行ってくるわ。

ママがこのきついドレスを着て柵の隙間を通り抜けられたのかどうか、私には分からない。ママが倉庫の敷地にたどり着いたとき、彼女の夫はエンジンの冷却装置を修理していた。大胆なスリットやヘアースタイル、それに白いサンダルを目にして、リリーの言葉を借りれば、パパは自分を抑えていたにちがいない。ひょっとするとママを運転席の後ろに座らせ、冷却装置の整備が終わるまで待たせておいたのかもしれない。白い木の幹とサンダルがぼんやりと浮かぶ中で、二人は腕を組んで家まで帰って来た。夕食の際にママが言う。

誰もお金を出してくれないじゃない、長々と働いた後で毎晩修理までしなくちゃならないのに。

どうしてだい、俺はほとんどの区間を運転してるんだよ、とパパが言った。その代わり新年の後にボーナスがつくのさ。他に何が期待できるんだ。

ママはまゆ毛を上げて、おまけに椅子から立ち上がると、パンを自分とパパに切り分けた。パンの塊とナイフはパパのすぐ隣に置いてあったのに。私たちは自分でパンを切らなければならなかった、おじいちゃんと私は。

パパの死後、ママは当然のように皿を一枚少なく食卓に出すようになった。ママの食欲は変わらなかったし、見たところ前よりいっそうよく眠れているようだ。ママから目の隈が消えた。若返りこそしなかったけれど、ママは止まったままで、時間は過ぎていったのだ。無頓着によって外見はなげやりになるものだが、ママはそうならなかった。むしろ内面が荒み、孤独のあまり高慢になるか、解放感のあまり正気を失っていたのだ。喜ぶでもなく、悲しむでもなく、表情の変化から遠ざかっていた。コップ一杯の水のほうがまだママより生き生きとしている。ママは、ハンカチで顔をぬぐうときにはハンカチに、机を片付けるときには机に、椅子に腰かけるときには椅子に似ていた。パパが死んで一年が経ったころ、おじいちゃんが言い出す。

あんたには時間があるんじゃないか、ちょくちょく町まで行くんだ。ひょっとするとお前の気に入るような男に会うかもしれない。それに野良仕事にゃ自分より若いのが悪くない。

もし私がそんなことしたら許さないくせに、とママが言った。なんたって私の旦那はあんたの子供だったんだからね。

そんなことないぞ。

でもあんただってもう結婚しなかったじゃない。

確かにな。だがお前の旦那は収容所で死んだわけじゃない。そうおじいちゃんが言った。

無駄なことで、ママはもう破風型ヘアーをとかすこともなく、腰にスリットの入ったきつめの服を永久に衣装ダンスの中にしまい込んだ。ママはもう誰の気も引こうとはしなかった。好奇心もことごとくママから遠のき、家からフラフラととび出て行ったきりほとんど帰ってこなかった自分の子供からも遠のいたのだ。

おじいちゃんが死んだとき、私はママのところに一晩だけしかいなかった。翌日の午後に都会に戻ったのだ。もっといなさいよとママは私に言うこともできただろうが、私が取っていた休暇は二日間だった。私のベッドにはママの冬服の入ったビニール袋が置いてあったので、私はソファーで眠ったが、そのときママには別に何の考えもない。私が駅に向かわなければならなくなる前に、ママは食卓の準備をする。ママは皿を二枚並べて食事をしたが、私が食べているふりをしているだけだということに気づかないままだ。私に食欲がないと、好き嫌いをしているのよ、とかつてママは言った。今ではそんなことママにはどうでもよかったのだ。

長いあいだ、食卓には四枚の皿があった。私たちは四人で家に住んでいたから、それって普通のことだ。あなたがいるのはあなたの兄さんが死んだからに過ぎないのよとママが私に打ち明けるまでは。それからというもの私たちは五人となり、その内の一人は兄の皿で食事をした。その一人が誰なのか私の知るところではない。兄は一度もその皿で食事をしていなかった。

あの子は乳首をくわえとったが、もはや飲むことはなかった、と言ったおじいちゃん。自分らはまったくすぐには分からなかったんだ。あの子が眠っているのではないとは、あの子が……。

五枚目の皿が食卓に運ばれることは決してなかったので、四枚の皿も長く置かれることはなかった。パパが死んだのでいらなくなった最初の皿。私が都会に出たことにより二枚目の皿は片付けられた。おじいちゃんが死んだことにより無用になった三枚目の皿。

**路面電車は**傾いている。もしかしたらレールが暑さのせいで曲がっていたのかもしれない。老婆はいらいらしており、頭を左右に震わせているが、その姿はまるで常にいやだと言っているかのようだ。いつ市場に着くんだい、と尋ねる。まだかかるよ、と車掌は言う。若い男がドアの後ろ側に立っている。最初に着くのは裁判所ですよ、ここらの人じゃないんですね、と男が言う。ここの者、ここの者だよ、昨日、眼鏡が壊れたんだ、と老婆が言う。修理屋に行ったんだが、レンズもなければ、接着剤も、何もかもない。いまのところ十四日も待たなければならん。私が老婆と同じような歳だといいのだけど、替わることなどできないし、リリーとすら、あるいはパウルとすら替わることはできない。裁判所で降りなければならないなんて絶対にいやだ。そんなこと裁判ではっきりするし、そこでお前はきっとしゃべることになる、とアルブは言うが、それは答えに満足していないときのこと。車掌は三つ目のキプフェルをシャツのポケットから取り出し、かじりついて置く。その一口が喉を滑り落ちていく。そんなに時間がかかるなら、今日、卵は手に入らん、と老婆は言う。路面電車が止まる。ファイルを持ったスーツ姿で乗り込んでくる一人の男。じゃあしょうがないからスモモでも買うわ、と老婆は言い、男を見て、くすくすと笑う。スモモだとそのまま家に持って帰れるし、割れないからね。ケーキを焼くには卵も要るだろ、少量のラム酒に大量の砂糖も、と車掌が言う。ええ、ええ、甘党の殿方ならそうですわ、と老婆は言う。

**ママと私が**おじいちゃんの葬儀の後で食事をしている最中に、部屋の隅で箒が倒れた。箒の柄が大きな音を立てて床へ落ちたのだ。私はパパが倒れるところを見たが、おじいちゃんのときもまったく同じだったにちがいなかった。私はコップをつかんだ。ママが私の生きざまを知りたがっていたのなら、私は工場での嘘について、新しい灰色のハイヒールを履いた私が持ってきた死について、語ったことだろう。立ち上がって箒を再び隅に立てかける前に、ママはひとかたまりのパンの皮を口の中へ詰め込んだ。

工場で洋服ハンガーが床に落ちたとき、路面電車で雨傘が、路上に停められていた自転車が倒れたとき、私はこめかみの両側から額の真ん中に冷たいビニリンが流れるのを感じた。ママは咀嚼し、水をたくさん飲み、自分が私の母親であることを疑いもしなかったが、私はそうでなかったのだ。ママは皿をのぞき込んで言った。

あのね、私ね、一度あんたに手紙を書き始めたのよ。カフェで座っていたときのことだけど、そんな気になったの。あれは五月か六月の頃だった。だって、今はもう九月だものね。それから郵便局に行った。切手は貼ってたんたけど、あんたの住所を忘れちゃったのよ。

私はママの目を見て、氷の上へと連れていかれた。

あんた、私の住所をまだ持っているの、と私は尋ねる。

メモしてある、探さなきゃならないだけ。

ママに対して、ママではなく、よその子供に言うようにあんたとしか私は言わなかった。「あなた」だとしっくりこないからだ。ママの話に耳を傾けるのは煩わしかったが、自ら話しかけたり、あるいは黙っていたりするのが自由なのは、私が理由なく家から飛び出した当時と変わらなかったし、理由なく居続けることができたこととも何ら変わりがなかった。事務職は小さな町どころか、パン工場の中にさえ十分にある。今日言われているとおり、なるようになったのだ。

駅へ向かったとき、空気は小麦粉の匂い。守衛はパン工場の扉の前に立っていて、制服の上着からふけを手で払っていた。守衛は帽子を上げて挨拶したものの、私は相手を知らない。私が通り過ぎると、守衛は大きな音を立ててあくびをする。まるでまだかろうじて幸せであったかのように、まるであくびをしているのが灰色のハイヒールの後ろのもろいコンクリート板であったかのように、私は辺りを見回した。この場所ならなんだって起こると思われ、午後よりも夕方が先になることもあり得たが、それは、太陽をすぐにのぼらせ、パン工場の裏で火をつけ、夜の直前にオーブンプレートのように黒くして沈めるからだ。私はパパの葬儀の後の黄昏を思い出した。私たちはお墓から家に帰って来て、おじいちゃんは中庭を通り、蛇口を開いて庭のホースを桃の木のほうへと引っ張り出している。ママが叫んだ。

スーツを着たままでしないで、着替えてよ。

私はおじいちゃんを追いかけた。日照りだからな。まるで十五分も経てば桃が枯れてしまうかのように、おじいちゃんは言う。水は飛び散り、幹の周りで気の抜けた泡となり、溺死したアリであふれた。地面はゆっくりと水を飲み込んだ。すると、おじいちゃんが言った。

一度足を伸ばす、すると世界は開く。もう一度伸ばす、すると世界は閉じる。一度目から二度目まであるのはランタン中の屁、そうやって生きてきたのだ。そんなことで靴を履くのも馬鹿馬鹿しい。

今や、おじいちゃんは二度目の足伸ばしをしてしまっていた。私は列車に乗り込み、トウモロコシ畑をことごとく通り抜けて行こうとした、それも畑が黒ずむ前に。沿線にある犬小屋のように見える小さな駅をことごとく過ぎて。ママが最後の皿をテーブルに置く頃には、ずっと遠くに離れていたい。年がら年中、兄の皿と空腹があったにちがいなく、それを使ってママは食事をしていた。だからママは一人でも平気だった、まるでいつもその皿一枚だけがママのテーブルの上にあったかのように。

空色の切符をじっと見たとき、分かったことがある。幸いなことに、パパは私を自分の愛情の中に縛りつけはしない。パパの男気は脳よりも賢明だった。幸いなことに、パパは私がかぶりついた洋ナシの汁気よりもよその娘の肉がもたらす影を好んだ。ママが夢にも思わなかったのは、私が若いママとして彼女と入れ替わり、ママと愛し合った最初の月日へとパパを連れ戻すことで、おさげ娘に対して我が家のかんぬきが下ろされるということだ。

リリーの場合はそれと違い、母親の二人目の夫がリリーをものにできた最初の男だった。あの人が嫌になることはなかった、とリリーは言ったのだ。ただ時とともに慣れただけ。母がいないときにあの人と関係を持ったのは、同じドアの取っ手を使うよりも普通のことだった。

リリーが首筋に戦争で負った傷のある夜勤守衛と知り合いになったとき、彼女の秘密は過去のものとなった。相手が年金生活に入るまで、リリーは受付の鍵をかける壁の後ろで、真夜中から男と寝たのである。その後は、窓の取っ手まで革製の服がいっぱいに積まれたとあるお店の物置へと毎晩通った。それは店主が妻とともに田舎に越してしまうまでのことだ。それからリリーは病院へ行ったが、これも夜勤医がブエノスアイレスにいる義兄を訪ね、戻ってこなくなるまでのことであった。その後リリーはカメラマンの午後の暗室に愛を移したのである。すごく急ぐのがいいのよ、とリリーは言った。

継父とともに罪を犯したのはだいぶ前のことだが、リリーの目に相変わらず鋭いガラスが刺さったような痛みがあったとき、彼女が決まって言ったことがある。

私の母は二人目の夫と寝て、最初の夫の死で自分を覆い隠しているの。

秘密とあわただしさは感情よりも重要であった。老将校を除くと、リリーと何らかの関係を持ち始めたどの男も、家には妻がいたのだ。継父と関係を持った最初の年は、最も危険で素敵な一年であった。リリーはそのことを認めていたのである。なによ、秘密って。いつだってそんなことになった。どうして愛って猫と同じように最初はかぎ爪を持っているのに、時とともに食われたネズミのように消えていくのか。これこそが秘密なんだ、とリリーは言った。

ドイツ人だったリリー。父親は新婚ホヤホヤで招集され、戦地で地雷を踏んでずたずたに引き裂かれてしまった。妊娠二か月目だったリリーの母親。未亡人として、毎年、物資袋を二つドイツ赤十字から受け取った。一つの袋に入っていたのはキルティングの毛布。それを受け取ってからというもの、彼女はそれで身を覆うようになった。もう一つに入っていたのはハリネズミのようなひだのある青いスカート。履いたのはリリー、母親にはあまりにもきつかったからだ。他の誰もハリネズミのようなひだ入りのスカートを持っていなかったにしても、素敵なスカートなんかではなかった。薄くて固い布からできた光沢のあるスカート、水の中から引き上げられたばかりのよう。裾のまわりからしずくが滴るのを待ちわびてしまうほどだ。私はこう言った。

ひょっとしたら年配のご婦人向けのものかもしれない。腰まわりにくねくねのトタン板が付いてる。後家になってついたぜい肉をそれで隠せるものね。

もう何よ、それって履きやすいし、青が私の目の色に合っているのよ、とリリーが言った。

母親のことを話すたびに、彼女の父親となる時間を残さずに死んだ兵士のことにも触れたのだ。私がリリーと一緒に町にいるとき、リリーが札入れを使うたびに、写真のぎざぎざした白の縁が飛び出しているのが見える。一度、私は尋ねてみた。

中仕切りの中にいるのは誰なの。

まずリリーは札入れをコートにしまい、それから言った。

父さんよ。

お父さんのことは秘密なの、と私は尋ねた。

そうよ。

じゃなんでお父さんのことを話すのよ。

あんたが余計なこと尋ねるからでしょ。

まずあなたがお父さんのことを話して、それから私が尋ねたのよ。

写真のこと、何も話していない。

でも、そこにいるなら、見せてくれたっていいじゃない。

いるわけないでしょ、もう死んでるんだから、とリリーが言った。

私は手で額をあおいだ。

あんた頭がおかしい。

リリーは札入れから写真を引っ張り出し、私に差し出した。リリーの鼻と目は父親譲りで、父親は二十歳になっておらず、ぎこちなく微笑み、白いぎざぎざのあるマーガレットを一輪、軍服のボタン穴にさしていたのだ。私が写真に手を伸ばすと、リリーが私の手をはねのけた。

見るのよ、触らないで。

私はリリーの額を人差し指でこつこつ叩いた。

ビッチ、ビッチ。

十分見たでしょ。

見てない、あなたずっと揺らしているから。

するとリリーは写真を逆さにしたので、父親が両脚にぶら下がっているように見えた。襟の先端と軍帽の先が黒く塗りつぶされており、部分的に光沢があったものの、写真は古ぼけている。私にはすぐに目についたことだが、逆さにしたところでやっぱりそう見えた。きまりが悪いと目が小さくなるものだが、リリーの目は大きくなり、まばたきを忘れていたのだ。リリーは争いを求めていたものの、それは軍服に塗りつぶされた箇所があったからではなかった。

しまいなさいよ、と私は言った。

どうして、この人を舐め回す目つきじゃない。

ごめん、と私は叫んだ。

どうしてごめんなの、とリリーが尋ねた。

嫉妬しているの。

あんたはそうかもしれないけど、この人、私には若すぎる。

今ならちょうどぴったりでしょうけどね。

そんなこと考えたこともない。

私は考えたことがある、と私は言った。

毎日、仕事が終わると、もうネルに会わないことを私は喜んだ。バス停の脇にある屋根が低くて汚い家々の前を行ったり来たりした。窓がほんのわずかばかり歩道にかぶさっている。カーテンの後ろでは、冬になると、午後にはもう日差しが焼けついたのだ。空いた穴の中でわずかな氷がまるでこぼれたミルクのように光っており、トラックがガタガタと音を立てて通り過ぎた。車輪のうしろで渦が巻き起こると、死んだ男の子がホコリヘビを持って現れるのだ。男の子は死んでからというものもっと上手に駆け、パパはもっと上手に運転できた。道路がガタガタいう音と粉雪を吸い込んでしまっていたときはいつでも、道路は道筋を見失うことになる。私は一台、二台もしくは三台の路面電車を敢えて見逃した。パウルはどっちみち私よりも一時間半長く働いていたのだ。私を家へと連れ返すものは何もなかった。運がいいと、他のトラックが数台きたし、その間、バスも一台走って行ったのである。ホコリヘビを持った男の子とパパが復讐をするときもあった。あまりにも頻繁に現れなければならなかったからだ。トランクとともに路面電車に近づいてきた男がいる。

去年の夏にパウルは仕事を終えると再び裸足と上半身裸となり、借りたズボンをはいてオートバイにまたがらなければならなかった。着ていたものが何もかもシャワーの間になくなってしまったのだ。シャツ、ズボン、パンツ、靴下、サンダルが。更衣室が春から監視されていたにもかかわらず、パウルはその年の夏、シャワーを終えた後で自分の肌以外に何も持っていないということが四度もあった。工場では盗みは悪い行いではない。工場は人民のものであり、人民の出となると、人民の財産を、鉄であれ、板金であれ、木材であれ、ネジであれ、針金であれ、手に入るものを手に入れるのだ。そしてこう言われている。

昼には手に入れ、夜には盗む。

そのついでに、ある人はソックスを、別の者はシャツを、更に別の者は靴を盗まれる。監視を前にしてもパウルほどかくも頻繁に盗まれた者はいなかった。彼だけが一度に何もかもを盗られたのだ。目立つ服を着ていたわけではなかった。泥棒にすれば、パウルが工場の中で裸になるという屈辱が盗んだ物よりも重要だったのである。パウルは誰かに辱められたのだ。話し、笑い、食べるのを、仕事中の操作を、靴を引きずってホールを行き来するのを、パウルはじっと観察したのである。皆はいつもどおりに振る舞っていたが、しかし犯行の当事者はいつか我を忘れて間違いを犯すだろう、とパウルは思った。そうなったら何はさておきそいつと決着をつけるぞ。

どうやってやるのよ、と私は尋ねた。

そいつがネズミみたいにチューチュー鳴くまで殴ってやる。

ほどほどがいつかなら分かっているよと声を張り上げる人は多い。だけど黙っている人も多く、そういう人は相手を死ぬまで殴り続けてしまう。パウルが闇雲に突っ走ってしまうのが不安になり、私は言った。

服泥棒の服を脱がせて裸の相手を工場の中で追い回せば。そしたらそいつはネズミよりも小さくなるし、あなたは何も手出しをせず、罪にならない。

そう、誰も彼もを想定しておかなければならないんだ。そいつが老人のうちの一人か、足より耳のほうが大きくなったくる病の若造だとしたら、散歩のお供でもしてやるよ。

服は十分にあるし、君の大切な皮膚が盗まれてしまうときのことを考えればまだましさ、とパウルの同僚たちが言った。昨日、あなたが乳首を冷やしてしまった、と私は聞いている。またしても石けんを塗りつけて待ったけど、マッサージ師はどこにもいなかったのね。

パウルは一緒に笑った。腐った舌と死んだ目をした無口な群れよりは何人かいた冗談好きな者たちのほうが、彼には好ましかったのだ。両者の違いなどパウルには分からなかった。泥棒がどんな顔をしてうろうろしているのかなど。泥棒が間違いを犯さなかったか、パウルがそれに気づかなかったかのどちらかだ。各人が盗難に備えて道具棚に入れておいた予備の服もシャワーの後になくなっていた。

我々の社会主義は、産業の結果、労働者を裸にしてしまう、とパウルは工場で言った。数週間ごとに新たに生まれなおしたかのごとくにだ、そんな風に若さが保たれる。

冗談好きな者たちが朝にホールに着くと、こう挨拶をした。

裸でおはよう。

食事の時はこう挨拶をした。

裸で食欲がありますように。

帰る前はこう。

裸でお疲れさま。

党員集会、そこでは違いが消されていた、とパウルは言った。そこで連中は後ろから二列目に誰もが板塀みたいに座っていたのだ。こめかみから汗が滴り落ち、髪は頭にべっとりとついていたが、それが日差しによるものなのか不安からくるものなのかは分からなかった。発言を希望しているという印象を与えないように、彼らが手を膝から動かすことはなかったのである。汚く、硬く、じっとして動かない手がそこにあり、膝下に滑り落ちた。集会場の前方ではカーテンが引かれており、議長団と筆頭席は陰になっていたものの、これらの席は空席のままになっていたのだ。ただパウルだけがそこに立ったまま皆の前で自己批判をし、それを終えると、陰になっていた列の、呼吸をしただけでぎしぎしと音のする席に一人で座らなければならなかった。さらに空気でさえも鼻に対してかしこまっていたので、深呼吸をしなければならなかったのだ。

はなたれ小僧として、とパウルは自分自身について言ったのだが、彼は党に入った。機械工業学校の十年生のときだ。パウルの母は言った。

田舎ではまだ抜け目ないのがいるかもしれない。赤手帳を持たないのに、うずらみたいにね、くちばしの上にあがっては、おならを一発かますことができるような奴よ。

母は、カブ畑から町に出向いてきた村娘で、女性よりも五倍多い男性たちとともに重工業に行った。ベッドの中で、下半身によって、共産党員になったのだ。

教育を受けて品格を身に着けたってわけさ、とパウルは言った。まったく、そんな娘にできたことといえば、耕し、種をまき、収穫し、靴下を繕い、ミシンで少々刺し縫いをし、上手に踊り、羊の乳をしぼることだったのさ。党の実務はベッドの際《きわ》で止めてしまったが、その代わり、男を替えることは体つきのよい娘にとっていつから害になるのかを非常によく理解した。このような勘を持ち続け、害を被るぎりぎりのところで、社会主義労働の英雄であるパウルの父と結婚したのである。貞節になり、そうであり続けたのだ。夫は党の言葉を教え込もうとした。彼女の頭は賢くはあったものの、嗅いだり味わったりすること、聞いたり見たりすることにまったく関係のない言葉を話すのは、口のきき方があまりにもだらしなかった。パウルの父が何を教え込んだところで、言葉どおりに繰り返されるたびに、例えば、我ら労働力に進歩ありが冷やかしのように聞こえたのである。

もっと小さい声で言え、と彼が言った。

すると弱々しく聞こえたのだ。

いくらか大きくすると突飛に聞こえた。

君は核心に触れているんだ、と夫は言った。関わりを持っちゃならないよ。

どう持っちゃならないの、と相手は尋ねた。私だって労働力なんだけど。

そんなこと君が山から谷へと羊の追い込みをしているときなら話したっていいけど、党員集会のときには口を閉ざしていなければならない。

教育は一月いっぱい続いた。パウルの母は言った、こんな言葉を練習するくらいなら外にある大きな山を丸ごと雪かきするほうがまし、と。彼女の夫は諦めた。

パウルは誰にも話さなかったにもかかわらず、私がパウルのいるずれのある高層ビルに引っ越していたことは、三日後には工場中に知れ渡っていたのだ。まったく同じくらい速くパウルの母もそれを知った。母親はぶれた文字と書き間違いだらけの手紙を息子に書き、こう呼びかける。

私の視力であり、私の命であるお前。

それからこうだ。娘たちがいる。花と天使に似た娘たちだ。でも息子のお前は、皆が体を拭いた後の布を羽織っている。その女はお前も自分の国も愛してはいない。女はお前の心を毒するだろうね。私んとこの敷居を女にまたがせるんじゃないよ。お前は自分の人生をゴミの中へ投げつけたんだ。お願いだから、ねぇ、その女と別れなさい。

手紙の結びには、あなたの母よりという言葉ではなく、サインがあったが、博識な女性であるかのように、飾り立てられた手慣れたサインだ。誰かが彼女に口述して手紙を書かせたのは間違いないとパウルは思った。呼びかけの愛称はパウルにとって母の筆跡と同じくよく知っていたものだ。

じゃ誰がお母さんのサインを書いたのよ。

それは母のさ、とパウルは言った。

彼女はパウルの父親からサインを習ったが、靴下を繕ったり羊の乳搾りをしたりするのと同じく、易々とやってのけた。パウルの父親が抱いた考えによれば、サインは人を映す鏡であり、目よりもサインから多くが読み取れる。彼の妻には書く機会がめったになかったものの、工場ではよく書類にサインをしなければならなかったので、失敗の一月が終わると、夫は妻に少なくとも飾り文字を教え、新聞の余白を使って一緒に練習した。この手紙が原因となって、私は今日までパウルの母親と顔を合わせたことがない。一枚の写真がある。パウルの父親が死んで一年が経ち、母親が喪服を脱いだとき、封筒に入れられたままパウルが受け取った写真。パーマをかけ、顔は丸く、年のせいでふっくらしており、まるで善良な顔つきだ。喪があけて久しぶりにケーキ屋に入り、ケーキを食べている退職した女工。短い袖からは肉が肘のまわりでたるんでいる。手首に男物の時計をつけ、小さなスプーンを五本の指すべてでつかむ。左手でハンドバッグを膝に押しつけている。

パウルが語って言う。母は集会で黙ったままではなく、ホールに隙間風が入るからと言って発言の機会を求めたんだ。

男の人たちはいいですね、と彼女は言った。長ズボンを二本履いて、風邪を引くことがありませんから。でも私たち女は風にカタツムリを吹き抜かれっぱなしです。皆が笑ったので、彼女は目を丸くして言い直した。

つまり風が私たちの大事なところを吹き抜けるのです。

集会のあとの帰路で、パウルの父親は彼女に平手打ちを食らわせて、こう言った。分からないのか、お前のせいで俺までも身の破滅だ。

彼は激しい怒りを通りでぶちまけ、もはや家に着くまで待てなかった。もしかしたら、家で怒る気などなくなってしまっているからかもしれない。彼女を叩いたのは、その一度きりだった。次の日から彼女にはあだ名がついていた、大事さんというあだ名だ。年金生活に入るまで、工場ではそうとしか呼ばれなかった。

パウルと私が結婚する前に、技師がパウルを自分のところへ呼んでこう言った。とすると君はちょっとした大物を釣り上げたんだね。そのご婦人は君を自分のマルチェロと取り違えたんだ。引き返すなら今だよ。

そいつが言ったことは私にはちっとも気にならなかった。パウルの答えが、それがまったくまともなときはいつもそうなのだが、あまりに大胆すぎたのだ。

僕はスターリンの娘に求婚したけど、残念ながらもう予約済みなんです。

こうした回答に私たちの結婚は行き着き、技師はパウルが犯す次の過ちを待った。もしパウルが産業の結果が労働者を裸にしてしまうなどと言わなかったとしたら、別の非難を受けたであろう。過ちというものはいつでも見つかり、盗まれた衣服は決して見つからなかった。

**やれやれ、**橋の上に停留所はない。川を見るつもりはない、水中で流されているものが嫌なのだ。川が見たものは水面に映るのか、あるいは波の中で一直線に押し流されるのだろうか。すべての人の頭を、それどころか私の喉にある喉頭でさえも、川は狂わす。私はやはり見ざるを得ない。私には柳が大きく見える。暑さのせいで、水位が高くないからだ。太陽が高く上がり、ジリジリと針のように燃え刺す。ファイルを持った男が斜めに座り、瞬きをする。今、ファイルのうまい使い方を思いついて、それを窓際に立てかけるのだ。その使い方は私にも便利で、もし私が川によって頭が変になっていないのであれば、ファイルだけを見ていればいいであろう。車両の両側には手すりが伸び、一方の上にファイルがくぐり戸のようにはめ込まれている。ファイルの表紙と表紙の間には紙がはさまれているが、おそらく氏名、捺印、署名、罪状が記載された裁判書類だろう。裁判ではよいことが問題になることなんてない。男は落ち着いてすべてをもう一度読むつもりの部外者だろうか、それとも、最終審理の前に一休みをもらった容疑者だろうか。どちらにしても、男はうまくやっていて、書類に何が書いてあるかを知っている。私は十時きっかりに呼び出しを受けており、男はすでに九時前に家に戻ることが許されているのだ。身なりはきちんとしている。早朝にことを済ませてしまう被告人なら、ぴったりのカフスボタン、滑らかなひげ剃りあと、アイロンのかかった折り目、磨かれた靴にまだ注意を払えるのか。もちろん男にはわけがあるだろうが、裁判官とは違い、たとえ犯行が何ら変わらないにしても、非の打ち所がないという印象を与えなければならない。それか、ファイルを持つ男は見栄っ張りで、行き先は構わず、きれいに着飾って毎日出かけるのか。そのためには汚れのつかない仕事が必要だ。男は両者であり得るし、起訴した裁判官もきっといる。重い過ちに対するとても軽い理由があり、ぴったりなカフスボタンをつけている人々だってきっと起訴されるのだ。法によって禁じられていることを何もかも知り尽くしている裁判官もそうである。彼らの子供たちが何か許されないことをするときでもそうなのだ。そうした子供たちも家から離れて成長し、リリーや私ととの違いはまったくない。ママが何だというの。私がメモを書いたとき、ママに何かを望む者なんていやしなかった。パパは死んでおり、リリーの継父はもう年金生活に入っていたのだ。もしリリーの継父か私のパパが裁判官だとしたら、リリーは逃亡前に、私はメモを書く前に、自分の父親に何を尋ねただろう。裁判官の子供たちも世界について何らかのことを聞いており、この国の誰とも同じように黒海に行く。外を見る、するとそのことが、子供たちを他の誰彼と同じように頭からつま先までどこかへと引っ張って行く。つらい思いをしているわけではないが、それでも、ここでの生活が必ずしも自分の生活じゃないと思ってしまう。リリーや私と同じように裁判官の子供たちも知っている、兵士たちがいる国境で空がイタリアかカナダまで続いており、そこがここよりもましだということを。我に幸あれ、とすべての者が求めるが、決して国境に求めはしない。ある者は神に、他の者は空っぽの空に求める。誰に求めようとも、うまくいくときはうまくいく。一面のヒナゲシのように赤くなるときもあり、リリーの将校がそうだったように一人取り残されるときもあり、私のようにあちこち歩き回るときもある。早かろうが、遅かろうが、そうであれ、ああであれ、それは試みられたのだ。

**パウルは**裸足で帰宅したが、同僚が持っていた予備の靴が彼に合わなかった。今回はシャツはいらなかったが、なにせ暑い夏だったからだ。ズボンは借りなければならなかった。ズボンは手のひら二つ分くるぶしをこえる長さであり、その幅だとパウル三人分で、パウルは腰回りを針金で締め付けていたのだ。家でパウルは自分の姿を笑いの種にし、廊下を踊るように歩いた。おしりが膝裏へと垂れていたのだ。腕を伸ばし、ますます早く私をぐるぐると回した。パウルの耳に口をあてた私。歌を口ずさみ、目を閉じ、私の手を自分の胸に押しあてたパウル。私は手に速い鼓動を感じて、言った。

そんなに暴れないで、あなたの心臓が野生のハトのように飛んで行くわ。
私たちはゆっくりと踊り、肘をお互いの間に張り、おしりとおしりを遠くに離し、腹と脚を揺すれる余地ができたのだ。パウルは私の腰の左側を、それから右側を押して上下に揺すり、それから彼のお腹が私から離れて踊り、私の腰がひとりでに上下に揺れた。頭にはこの拍子以外に何もなかったのである。
こんな風に老人は踊るのさ、とパウルは言った。知っているかい、父が若い頃の母の角ばった腰をタンゴ骨と名付けたことを。
私は赤く塗られた自分の足指でホコリだらけのパウルの足指を突いて歌った。
世界よ、世界、姉妹なる世界
いつになったらお前にうんざりするのかな
私のパンが干からびて
おててが私のグラスを忘れてしまうなら
棺桶のふたが私の周りでこつこつと鳴るのなら
そしたらうんざりするかもね
絶望して生まれたのだあれ
腐って死んだのだあれ……

これで満足、私たちは笑った、死が失われた生の取り返された一部であるかのようにやってくる歌がおかしくて。私たちは歌を笑いで飲み込み、拍子を外さなかった。突然パウルが私を押しのけて叫んだ。

うわっ、ファスナーが噛んだ。

私はそれを開けてやろうと思ったが、できなかった。パウルがベルト通しから針金を引っ張り、部屋の片隅に投げ出してしまうと、お尻がかかとの上に落ち、ズボンが前で引っかかったままになったのだ。私は挟まれた陰毛を切り落としてやるべきだったが、可笑しくてできなかった。わななきながらパウルは私からはさみを取り上げたのだ。

なんてこった、とっとと失せろ。

どこによ、と私はきいた。

そして私はパウルに自分でさせておいたけれど、引き続き笑わずにはおられず、ますますクックッと含み笑いをやめられなかったが、それはまるで発作のようだったのだ。その状態が過ぎてしまうまで、私はまたしても笑わずにおられなかった。一気に深く息を吸って吐き、空気でいっぱいになり、もうこれ以上吸えない、それが終わりだったのである。でも始まりは幸せだった。笑って踊ることができたこと、私たちを常に縛りつけていた短い紐が引きちぎれたこと。死の歌が私たちのこめかみに内側から暖かく息を吹きかけたこと、そうしたことが幸せだったにちがいない。私たちがお互いを恥じるまで、紐が鼻より短くなってしまうまで、幸せであり続けた。その後パウルは指で髪をかき上げねばならず、私は罰を与えられた子供のように指を引っ込め、爪を手に食い込ませたのだ。

幸せの後のこの静けさ。それはまるで家具が鳥肌でも立てるかのようにやってきた。私たちはうつ伏せに倒れ、袋小路へ再び落ち込んだが、まずはパウルが先だったのだ。私たちが幸せ慣れすることに、パウルはいつでも不安を抱いていた。私がまだ笑っている間に陰毛を切り離していたパウル、鍵掛にぶら下がっていたはさみ、片隅にあった馬鹿でかい予備ズボン。パウルはパンツ姿のまま部屋から廊下へと出て日なたに立ったが、そこの長方形は膝より上で脚の影を床と壁の間で折り曲げていた。

どうして君はいつも人の不幸をざまあみろと思って笑うんだ、とパウルが尋ねたのである。

それはネルのいつもの言い草のように聞こえた。

今じゃお前はまたしても卑劣で倒錯した幸せを抱いているんだ、と。

ネルの言うことはあながち間違いでもなく、私がそういう幸せを抱いていたのは、私にはそれが必要だったからだ。不幸をしでかすことにかけては、ネルは他の追随を許さなかった。でも私の舌は相手の舌よりも素早く、私の手は相手の手よりも器用だったのだ。ネルはひげを剃るときにあごの毛を剃り忘れ、コーヒーを沸かすときに投げ入れ式電熱器がやかんから転がり出た。靴紐を結ぶときにはぐちゃぐちゃ団子ができてしまい、それが永遠に続くので、きれいな結び目など決してできなかったのだ。ネルはボタンについてたくさん語ることはできたものの、ひとつとして縫いつけることはできなかった。

またしても自分の手にクソをたれたのね。相手が何か失敗するたびに、私はそう言ったのだ。

二、三日ごとにパウルはこめかみをたんすの扉にぶつけた。削りたての鉛筆を床に落とすたびに、身をかがめ、頭の上の引き出しが開いていることを忘れてしまったのだ。出来たてのたんこぶに向かって私は言った。

今日もまたすみれが咲いている。

そして私は笑った。パウルが私の蔑みから逃れて工場内に入り、他人の前で再び一目置かれようになるまで。どれほど彼が長く姿をくらましていたとしても、帰って来るたびに私は相変わらず笑ったか、もしくは再び笑い始めたのだ。パウルは出来たてのたんこぶをさすっており、別の日にできた緑青色のたんこぶがその隣にできていた。

ネルのせいで生じた私の笑いの発作は、パウルを相手に生じたそれに似たのかもしれない。でも私からするとネルの場合は蔑みが重要で、はじめからざまあみろという思いだった。ネルがどんな目にあったところで当然だったのだ。彼の身に降りかかることはまだまだ少なすぎた。ネルが私の倒錯した幸せに我慢がならなかったのは、私には結構なことだったのだ。でも私のそれは卑劣なんかじゃなかった。卑劣だったのはネルのだ。それは私を窮地に追い込んだあげく、ついに私に解雇をもたらしたのである。きれいに顔を剃ること、靴紐を結ぶこと、ボタンを縫いつけること、これらは自分に用いるのであれば結構なことだ。工場ではそんなことで自らの値打ちを示すことなどできず、まったく別の事柄が価値を持ち……。

当然のことながら、ネルが不幸をやらかした後だと、私はそれだけいっそう倒錯した幸せを実行した。メモの一件が最初にあってからというもの、まるで不幸なんか気にしていないかのように笑ったのだ。私に対する害の埋め合わせなど、私の笑いにはできなかった。

踊った後にパウルはヤワで町へと向かったが、靴を二足買うためだ。普段履きの一足に、道具棚に置いておく予備の靴一足を。私はパウルを目で追ったが、下の通りにある赤いヤワは美しかった、調理台にある赤エナメルのコーヒー缶のように。私はまだらの陽光の中を通って廊下を歩いたが、自分がどこへ向かっているのか分からなかった。すると私は物置部屋で私の最初のウェディングシューズを見つけたが、色は白。二度目のウェディングシューズ、それは茶色。シューズの上には底にいくつもの穴があるパウルのサンダルが置かれていた。前の夏のものだ。秋は一夜にしてやってきていて、垂れこめた空があり、雨が腐った木の葉を地面に押し付けていた。私たちは次の日にはもう夏物を一番奥の隅っこに放り投げたが、お金は冬物のために必要だったのであり、かなり値のはるサンダルの半中敷のためではなかったのだ。天気のせいという理由だけでも私は夏靴を持って靴屋のところに行かなかったであろう。夏靴の時期がまた来るのは、まだ先のことだった。どうしても必要なものがすでに多すぎるくらいだったのだ。

まだらの陽光は床全体に射していたが、借り物ズボンには届いていなかった、今はまだ。私もズボンには手を触れていなかった。家の中は静かだったが、それは床から人を届くはずのない天井まで大きくしてしまう静けさだ。それどころか、まるでパパが再び死んでしまうみたいにテーブルから落ちる皿や壁から落ちる写真のほうがまだましだっただろう。ためらいがちな手で、私はまだらに射す陽光の中を通って部屋へと入り、窓を閉めたが、閉める前に外を見た。一般人が駐車禁止の歩道に、二人の人物が一台の赤い車の中で座っている。一人は両手を振り回し、もう一人はタバコを吸っているのだ。私は部屋から廊下に、台所に、廊下に出た。私はこんな足取りを知っている。自分に関して望んでいたことをちゃんと思い出す前に、すんでのところで忘れてしまう足取りを。引きずる、もしくは高く上げすぎた足取りで行ったり来たりし、鼻のある場所から素早く去る。私はウェディングシューズを物置部屋に投げ込み、ドアを閉めた。パウルのサンダルを取り、蜘蛛の巣を払ったのだ。右足の靴底に踏みつぶされたキイチゴが張りついていた。そのせいで、だが赤い車のせいもあって、何もかもが一度に去来したのだ。川岸にいた去年の夏、工場でシャワーを浴びた後のパウルの裸、廊下での私たちのダンス、パウルが私の手からはさみを荒っぽくもぎとったありさま。

際限なくくよくよさせられる考えの代わりに、自ずとそれも身近にある事物が頭の中にあるほうがまだましだろう。自分のものにしたいか、もしくは関わりたくないと思う人々がいること、それに、持ち続けたか、もしくは失った対象があること。できればちゃんと整理しなければならないのだけど、頭の中の真ん中にパウルがいるが、私が彼にしがみつくことと離れることは同じ愛のうちにあるのではない。こめかみに歩道が望むがままに長々と走っており、頬のところにはもしかするとショーウィンドーのある店が立ち並んでいるかもしれない、この町にある私の底なしの目的地ではなくて。頭の片隅には、これは避けられないことだが、頭の片隅には、アルブの使い走りがいる。呼び鈴を鳴らし私を呼び出す前に、下の赤い車に座っているかもしれない男だ。口頭で行われる呼び出し。私かパウルがちゃんと聞かなかったために日取りを間違えてしまうのではという不安を、私が抱かざるを得ないようにするためだ。そう、使い走りの男自身が私の頭の片隅にいるほうがまだましだ。彼がまたしても戸口に立つときのかすかな声よりは。その声は私の中に食い入り、最後のときからいまだ私の中に潜む。うなじには川に架かる橋があり、トランクを持った最初の夫がいるけれど、とび込めとそそのかしはしない。バランスを司るはずの小脳には、食欲のわかない夕食の代わりに、一匹のハエが羽を休めるテーブルがある。自らの居場所だけを頭の中に必要とする確固たる事物があるだけ。支えと重みに分類され、苦労せずに区別できる面と角。そして隙間には幸せのための場所があり続ける。

私はサンダルを一枚の新聞紙でくるみ、それからやっぱりビニール袋へと入れ、新聞紙の小包を持って赤い車のそばを通り過ぎようとはしなかった。あまりにも長く笑いすぎた後で、パウルのために何かをしてやりたかったのだ。それに、車の中の二人の顔がどんなふうなのか知りたかった。私を道路に誘い出すのが二人の顔なのかパウルのサンダルなのか、何だかもう分からなかった。

対象を思考から切り離すだけではなく、思考を感情から切り離す人は少なくない。どうやってと私は自問する。豆畑の上空で雲の中を数珠つなぎになって飛ぶツバメたちにネルの口ひげと同じような翼の先端があるなんて想像もつかないが、それはただの間違いだ。間違うときはいつでも同じだが、間違いをしがちなのは対象なのか、それとも思考なのか、私には見当もつかない。そんなわけで、理性は間違いに対処できるにちがいなく、大地が木々を持つように、多くの間違いを持ち得るにちがいないだろう。私は五十レイ紙幣二枚［訳者注　ルーマニア通貨レウの複数形はレイ］を小さな四つ折りにして手に取り、さらにビニール袋を手に取った。私が歩いてついて行く前に、エレベーターは上昇し、私の顔が鏡の中へと飛び跳ねたのだ。床がガタガタと音を立て、エレベーターの動きには進路があった。

私は赤い車のほんのすぐそばまで近づいた。世界には間違いがあり、二人が上がってくる代わりに私が降りてきていることに、二人は気づくべきだったのだ。開いた窓ガラス越しに私は車の中に尋ねた。

火を持っていませんか。

その後こう言ってみたかった。

ありがとうございます。でも私、タバコは吸いません。火があるか、ただ知りたかっただけなんです。私を厄介払いするために二人が同時に火を貸してくれると思ったが、見込み違いだった。何もかもが別の事態になったのだ。男が首を振り、女が怒鳴った。

ないわよ、見て分からないの、私たちタバコ吸ってないって。

男は片手をハンドルに置き、女が大成功を収めたかのように笑ったのである。女が男に耳打ちをしたとき、男の印章付き指輪でAとNの二文字が輝き、女の髪が陽を浴びてカラスのように黒々と輝いた。女の顔は日光浴で脂じみた茶色になっており、首にはまだら模様の貝殻のネックレスが下がっていたのだ。私は言った。

さっきまで吸っていて、私が行ってしまったらまた吸うってこと、あり得るじゃないですか。でなければ、いちゃついてるのと勘違いしたんです。

ちょいと、マダム、と女が言った。旦那が仕事の後に女漁りをするせいで今日のファックがお預けなら、長い大根のある男を酒場から捕まえてきなよ。そいつがあんたの寝言を吹き飛ばすわ。

何ですって、と私は言った。だったら、あの人が帰ってくるまで待つほうがいい。あの人って電柱もちで、私を天国までいかせてくれる。

もちろん二人はここではいちゃついていなかったが、他の場所ではしていた。女はすぐさま敵意を抱き、私によって現場を押さえられてしまったと感じたのだ。男もまたそうで、でなければ、ごみ山のように小さくなって黙って座っていなかっただろう。おそらく男は張り込み中で、女は相手の気を晴らしていたのだ。女がクランクを回して窓を閉める前に、私は言った。ファックしない人たちってこの夏は貝殻のネックレスを身に着けているようね。あるいは、それって乾いた鳩の糞。

貝殻のネックレスは本当にそのように見えたのだ。立ち去る際、私は自分の足音を聞いたが、私は少し気分が悪くなった。酒場のドアは開いたままだ。私は中をのぞき込むことはせず、菩提樹に目をやったが、そこから私は連中が泥酔していないということが知れたのである。にもかかわらず、泥酔した声が聞こえた。シュナップス、コーヒー、タバコ、消毒剤、そして夏のホコリ。それらのにおいが私のあとを追ってきたのだ。

靴屋の仕事場では、最初、音楽は聞こえなかった。机の上のカセットレコーダーはなくなっており、電池はズボンのゴム紐一切れでケースに結びつけられていたのだ。机の後ろには出っ歯の若い男が座っており、男が口を閉じたとき、唇は閉まっていなかった。エプロンを身に着けていなかったので、私は思った、この人、靴屋の娘婿のアコーディオン弾きだと。私は老いた靴屋のことを尋ねた。若い男は十字を四回切って言ったのだ。

死にましたよ。

どこに眠っているのですか、と私は尋ねた。

若い男は引き出しをあさったので、メモを探しているんだと思ったが、取り出したのは一本のタバコだ。

靴を持って来てるんですかい、それとも、墓を探しに行くんですかい。

私は新聞紙から靴を取り出し、相手は煙をまっすぐ吐きながら私の指を見たが、まるで紙の中の靴で撃ち殺されるかもしれないとでもいうような目つきだ。

靴屋は病気だったの、と私はきいた。

相手はうなずく。

何か持っていたの。

一文なしさ、と若い男は言った。

自殺したの。

なんでまた。

私がきいているの、分からないのよ。

相手は首を振った。

老人が死んだところで、若い人が老人のためにしてやれることなどない。そう私は思った。だけど、同情することならできる。この口元が歪んだ男は、朝から晩まで客がやって来る店と店の間で仕事場がひとつ空いたことを喜んでいる。

男は缶の中でタバコの吸い殻をもみ消したときに言った。

墓は桑の実通りにあるけど、これで十分かい、それとも何列目にあるかも知らなきゃいけないかな。

あなたが思っている以上にもう十分よ。

俺ももうそうだね、と若い男は言った。だって、三月にここに来てからというもの、老いた靴屋のことを言わなければならないんだ。

あなたがあの方の娘婿だと思っていた、と私は言った。

まさか。最初の日にここにいたんだ。殴られて片目が青と緑になった男がそのときやって来たんだけど、男はカナリアのように見え、自分の鼻先で仕事場を空っぽに片付けたんだよ。

革、槌、靴型、留め金、釘を運び出し、紙やすりや靴用クリームやブラシまでも運び出したんだ。この仕事場のものじゃないからな、と男は言っていた。どうしたわけか、自分は何も持って来なくて、何もかもヨーゼフシュタット［訳者注　ルーマニア西部バナート地方にあるティミショアラの歴史的な街区］にいる自分の後釜のところに残してきたんだ。やろうと思えば、すべてをそいつから買い取ることもできる、と若い男は言った。いいかい、家で待っている連中がいたけれど、家にパンを買うお金すら持ってなかったんだよ。でも自分は馬鹿じゃないので、自分で自分のものを買ったりはしない。

靴屋にはたくさんの顧客がいた、と私は言った。だからお金もあったのよ。

靴屋の娘が飲んですっからかんにしてしまい、と若者は言った。そして婿をさんざんに殴ったんで、それでじいさんに金があるように見えたんだ。その婿がここを片付けていたときに、おたくも靴屋さんかい、ときいてみたよ。そしたら相手はみすぼらしい白い指を広げて言ったんだ。何だって、この俺がお前さんと同じように見えるのかいって。それじゃあ、そんな代物で何をするつもりだい、ときいてみた。アコーディオンを弾くのさ、と相手は言ったよ。道理で、おたくには青あざがあるんだね、と自分は言った。いいや、と相手が言ったんだ。これはうちのかかあからもらったものさ、と。酒場ではいつも警官が二人座っており、二人を呼び寄せるべきか、よく考えた。でも、ここらの人たちは俺のことをまだあまりよく知らず、そんなことをしたってただ不都合が生じるだけさ。しかもアコーディオン弾きだったら、こいつに痛めつけられてカナリアのようになってしまったんだ、と言い張ったかもしれない。本当だったら奴の残りの目も叩いて青くしてやるところよ。当然の仕打ちだ。

桑の実通りにはアカシアしかない。酒飲みは通りの始まりに住んでいる。通りの終わりで眠っているのはリリー。今では靴屋もだ。老いた靴屋は痩せて小さいが、手は大きく、爪は弓なりに曲がっており、革で褐色に変色し、十個の炒ったカボチャの種のように美しかった。私が仕事場にやって来たとき、靴屋は手で自分の頭をなでていた、まるでそこに髪の毛があるかのように。はげ頭はカセットレコーダーから流れるかすかな民族音楽の中で汗ばみ、表の花壇にあるガラス玉のように輝いていた。靴屋がぶつかりでもしたらはげ頭が割れてしまう、と思われても不思議ではないくらいだったのだ。

おや、踊って靴がまたしてもすり減ってしまったのかい、と靴屋は冗談を言った。それが冗談だったのか、私には分からない。私に分かっているのは、仕事場へと行って新しい靴屋の前に立つちょっと前に自分が初めて本当に歌に合わせて踊ったこと。生の与えられた一部であるかのように死が近づいてくる歌に合わせて。夜のダンスパーティーがレストランであってからというもの、最初の夫とはもう踊りはしなかったし、パウルとは一度も踊ったことがなかった。私はパウルと踊った後に靴屋に行くべきではなく、少なくとももう一日待つべきであったし、待っていたら靴屋は生きていたであろう。靴屋の死は私の責任だった。

奥さんが精神病院に入るまで靴屋は楽士であって、今でも夜になるといつも大通りのレストランで演奏をしている兄弟や義兄弟や娘婿と変わらなかったのだ。音楽家ではないんだ、と靴屋は私に言っていた。音楽家は楽譜で演奏するが、楽士は魂で演奏するんだよ。

私はダンスが好きじゃないし、ダンスの好きな男なんかもう二度と結構だった。パウルと出会ったときのことだ。私はすぐにダンスのことを話題にした。それってそんなに重要かしら、私はダンスが好きじゃない、女の人ってダンス好きだけど。僕は無理して踊る男しか知らない、とパウルが言った。そうさ、だから男たちは真夜中まで女と踊る。その十五分後に女とやるためにね。

どうしてかしら、最初の夫はダンスが好きよ、と私は言った。あの人ダンスに夢中なの。それって些細なことだと言うけど、あなたまだ結婚してなかったじゃない。音楽がかかるときはいつだって、私は夫のことをもう理解できなかった。あの人のダンス中毒と私のダンス嫌いが私たちを引き裂いた、細かくバラバラに。音楽がかかると、私たちの間に大きな隔たりができてしまった。私は自分の殻に入り、後ずさりし、臆病になったし、相手は自分の殻から出て、飼われた猿のようにはしゃいだ。言い争うときはいつも、二人の溝を広げないように黙っているのがよかった。でも黙っているのは、本当はどんな不躾よりも悪かったが、それは無言で侮辱が数え上げられる侮辱よりも、怒りをぶちまけて言い争うほうがよっぽど我慢できるからだ。たしか九月初めのことだったけれど、私たちは二人とも休暇を取っていた。黒海かカルパチアに行くにはお金が足りなかったのだ。そこで私たちは一晩楽しもうと思い、週末、レストランに向かった。夫は靴屋のファミリー・オーケストラが町一番の音楽を奏でる大通りのパレス亭に行こうとしたけれど、私には高すぎだ。でもその通りにはセントラル亭がまだあったが、そこは二百レイもあれば食べて踊ることができる店。他の人たちもおそらく私たちと同じようにお金のことを気にしていたようで、レストランは混んでいた。肉には刺すような酸味があり、キャベツのサラダはノミハムシ駆除剤のにおいだ。透き通ったままの白ワインなら水で薄められるという理由で、置いてあったのは白ワインだけ。たいていの人たちにすれば食事は美味しく、何ひとつ厨房に戻すまいとしてパンで皿を拭っていた。彼らはウサギのように口を動かしていたが、それはさっさとダンスに行こうとしていたからだ。グズグズと食べながら時間を引き延ばしていた私。夫は私よりは早く食べたものの、他と比べるとかなりのんびりしていた。オーケストラに活気がなかったのは都合がよく、私は踊る気にはならなかったのだ。どんな音楽にものれる夫は、そんなことにはお構いなしだった。フロアを見たところ、踊っている人たちは夫と同じ調子だ。ここでは皆お金のことを気にしていたので、今宵はお金を払うだけの価値がなければならず、人々は歓声を上げた。男たちが甲高い声を上げ、女たちは低い音をブルブルと鳴らし、喝采の声を高く上げたのである。メドレー曲が一曲終わったとき、人々は白目をむいて笑い、まるで重たい鳥たちが着地しなければならなかったかのようによろけたのだ。夫はもう食べ終わり、ナプキンで口を拭いていた。ワイングラス越しに鼻が揺れ、波打っていたのだ。夫は貧乏ゆすりをした。テーブルの上ではこわばったままだったが、テーブルの下では地面が揺れていたのである。私はこう言った。

もしかしたら私たちやっぱり旅行中なのかもしれない。食堂車の中みたいに地面が揺れてる。あなたたちだったら、ドアのきしみとかコオロギの鳴き声とかに合わせてもダンスをするだろう。ダメ、私、「あなたたち」とか言って、夫を一緒くたにしてはならなかった。夫がしばらく前から指をくわえて眺めていなければならず、我慢していたからだ。夫はワイングラスをテーブルの真ん中へ押しやり、長めの、こわばった目で私を眺めていたが、その目はまるで鍵穴のように細くなっていた。彼は口を尖らせ、口笛を吹き、両手でテーブルを叩いて拍子をとっている。私はこう言った。

今は食堂車の中よりもっと悪い。禁断症状が出てる。まもなく夫はダンスに私を必要とした。まもなく、それは今だった。夫が尖らせた口を真一文字に結び、短く微笑み、すぐに口笛を吹き続けるような、この太々しい慇懃な強迫。私を言いなりにするためにはこうやって支配するのだ、決して争うのではない。ウェイターがテーブルを片付け、グラスがふたつだけ残された。まっさらなテーブルの上に本当はグラスなんてないかのように、私たちはあからさまに震えながらグラスの後ろで身構えていた——私は争う気になっており、夫はダンスのチャンスをうかがっていたのだ。夫が勝った。それは彼が自分を制して、心を奮い立たす瞬間をことごとく無駄にしたからだったが、私にすればそれはあまりにも馬鹿げたことだったのだ。明日になったらなくなってしまうお金をなんのために支払うのか。せめて夫はまずい料理をダンスで埋め合わすべきなのだろうか。私は彼の手をとってフロアへと向かった。私たちは何組かのカップルの間を踊りながら進み、オーケストラの前まで出たのだ。夫は私をくるりと回す。アコーディオンの鍵盤がブラインドのようにぼやけた。

体が重くなってるね、腕がしびれたよ、と夫が言った。

実際の自分よりも身軽にはなれない。

ダンスのときは百貫デブだって軽やかになるもんだ。君は踊っているんじゃなくて、ぶら下がっているのさ。

夫はレストランにいる一番太った女性を指さした。食事をしていたときからすでに私の目を引いていた年増女だ。テーブルについていた私には、黒いチェス駒模様のついた白い服があまり目に入らなかったが、ただ目に入ったのは、その女性が乳房越しに皿の中をのぞき込もうとすると、テーブルの真ん中まで皿を押しのけなければならないということだけだった。女性の短く太った腕の先っちょに握られたナイフとフォークはほとんど料理に届かなかったのである。

あの女性のドレスがひらひらするのは、向かい合った深い折れ目がついているからで、女性が軽いからじゃない。ドレスのことならちょっと分かる、と私は言った。

でも女のことは分かってないな、と夫が言う。

チェス駒模様が白い折り目からはためいたのだ。雪とアザミの綿毛、義父の白馬、食べるときに私の鼻先を引っ掻いた砂糖ごろものかかったウェディングケーキ。頭が重かった。踊らなければならなかったとしても、香水共産党員を父に持つからといって夫を責める権利は私にはなかったのだ。私は気を取り直したけれど、もうやめようとしていたことをもうやってしまった。他人になら多くを禁じることができるし、最も近しい者にならなおさらだ。だけど自分自身に禁じることはできない。輪郭がぼやけたアコーディオン鍵盤の前で踊る私を、脳みそが昔のことで煩わせている間に、夫は中年女性にお近づきになろうとしている。チェス駒をリードしながらちょうど叫び声を上げていた男の腕を夫は軽く叩いた。お相手の方はダンスがお上手ですね。

まあ確かにな、俺のリードがいいしな、と男は言った。

それから年増女の踊り手が再び叫び、女がうなり声を上げると、私の夫も一緒になって叫び声を上げたのである。

もう一度叫んだりしたら、両脚が背中にくっつくくらいの勢いで走れる限り走って逃げてやるから、と私は言った。

それから夫がもう一度叫び、私は足を床に残し、女がブルブルという低い音を出し、私は動かずにいたのだ。

絶えずペアの交代があった。言葉もなく行われたペア交代。男と女の懇ろな法則か、あるいは素早い成り行きに従ってのことだった。申し合わせなどここでは見られなかったのだ。私は調子が狂ってしまった。

君はほんの一握りの人間で、ダンスのときは骨が重くなってしまうのさ、と私の夫は言った。

さっさとあの貯水タンクをひっつかまえなさいよ、と私は言った。そしたらつかまる所が得られるわよ。

**老婆が**頭を震わせながら私を指で小突く。ちょいと、あんたアスピリンを持ってないかい。いいえ、でも車掌なら。だって水を、いや見間違いかしら、でも瓶は持ってます。瓶を持ってます、と私は言う。老婆の目は以前はもっと大きかった。年取った人たちによくあるように、生卵の白身のようなごくごく薄い粘膜で、目尻がぶら下がっている。頭と一緒に揺れる老婆の耳飾り、卵型をした二つの緑石。かなり揺れるので、耳たぶの穴があまりにも長く下に切れ込み、ほとんどちぎれかけている。歯みがき粉と歯ブラシ、この二つだったら老婆に渡すことができただろう。もしかしたら車掌ならアスピリンを持っているかもしれない、と私は言う。ファイルを持った男はカバンに手を突っ込む。まだ一粒あったと思うんだが。しわくちゃになった細長いセロファンがガサガサと音を立てる。男はそれを平らに伸ばす。空だね、いま思い出したけど、今朝、最後のアスピリンを飲んじゃったよ。市場には薬局があるよ、とドアの脇にいる若者が言う。老婆が振り返る。いま薬が要るんだ。市場にはいつ着くんだい。老婆は背もたれから別の背もたれへと移動し、両手で身体を支えながら、車両の中ほどに行き着く。車掌は鏡にうつる老婆を見る。婆さん、座るんだよ。でなけりゃろくなことにならないよ。あんたは逆のほうに周る電車に乗らなきゃならなかったんだよ、そしたらもっと近かったのにさ。老婆は車掌のところまでよろめいて歩く。おやまあ、私しゃあんたにきいたんじゃないか。あんたは言ったろ、ここでは自分が正しいんだと。せめてアスピリンくらい持ってないかい。

**もし自分を**愛していないのなら、踊りは路面電車の混雑より煩わしい、と私は義父に言っていた。もし自分を愛しているのなら、何かもっとましなことをしなきゃいけないし、足をばらばらに突き出して頭をくらくらさせることもできる。

もっとましなことをするってのはどういうことだい、と義父が言った。踊りってのは仕事じゃなく娯楽だし、生まれつきの才能とは言わないまでも、素質なんだ。それに文化の一部だよ。カルパチアには丘陵地とは違う踊りがあり、海辺にはドナウ川沿いとは違う踊りがあり、都会には田舎と違う踊りがある。踊りは小さな子供の頃に両親や親戚から習う。となるとお前の家族は浮ついていたんだ。ダンスを習わなかったというのなら、お前は何かをやり損なったんだよ。

違う、と私は言った。あの頃、私の家族は浮ついていたんじゃなくて重く沈んでいたのよ。収容所帰りじゃ家ではもう誰もそんな浮かれた気分にならなかった。

そんなことはもうたっぷりの水で流されたことだし、お前が生まれる前のことだ。そう義父が言った。大概の人間にすれば人生なぞうまく行かないもので、言い逃れをしてんのさ。いっぺん運の悪いことが起こっちまうと、それをすべての元凶と受け取るんだよ。なあ、いいかい、お前は若すぎるけど、俺は十分いい歳だ。あのな、収容所なんかなくても人生は大概うまく行かないものだよ。

大晦日のことだった。パラプッチュ、義父は大家族のことをそのように呼んだ。パラプッチュは義父母の居間でお祝いをした。パラプッチュが何を意味するのか、きちんと知ろうという気が私にはまったくない。その言葉は、私には群れという言葉のように響いた。なぜならその家族はかなり大所帯で、誰もが各々のやり方でいい加減だったからだ。そして誰もが他の者に我慢がならなかったにもかかわらず、絶えず顔を突き合わせていた。義父からしてすでに、少なくとも二重人格だ。義父は誰の胸の中にも巣を作り、それから内部から肋骨の中にうまく入り込むことができたのである。

ダーヴィト、オルガ、ヴァーレンティン、マリーア、ゲオルゲ、それにまだ他に何人かがいた。どの名前が誰のものなのかなんて、どうして私に分かるだろう。みなが靴を脱いでいて、数えてみるとドアのそばに十人分の靴があった。義父の一番下と一番上の兄弟が、太った妻と痩せ細った妻を伴ってやって来ていたのである。真ん中の兄弟は病気で家のベッドに寝ていたが、その妻は彼女の兄弟と、彼女か彼の長女と、一人の義理の息子と一緒にここにいた。義理の息子はつるはしのように酔いつぶれている。私の義父が上着を脱がせてしまうやいなや、彼は帽子とマフラーをつけたまま浴室でたまらず吐いてしまった。その晩私が覚えた名前は二つで、アナスターシャとマルティンだ。アナスターシャ、それは死んだおばあちゃんと同じ名前で、私の義父のいとこだった。五十かそこらで、自称いまだ処女で、三十年来ビスケット工場の簿記係をしていたのである。マルティンのほうは男やもめの庭師で義父の同僚だった。彼はその大晦日にアナスターシャをものにするとの話だったのだ。

アナスターシャは冷たい肉でできている、と義父が言った。でもいつか、相手が誰であれ、ボタンが外れるよ。

年に七、八回、親戚が来るときはいつも、義父は居間にある写真を、裏側が表になるようにひっくり返した。パラプッチュだ。義父の両親が六人の子供たちと一緒にいる。御者台に座って、女の子をそれぞれ一人ずつ膝に乗せている母親と父親。男の子たちは二人ずつ二頭の茶色の馬の背にまたがっていた。他の日にはいつも白い馬が掛かっており、写真の馬には短い鞭を持った若い男がピカピカの乗馬ブーツを履いて乗っていたのである。それは義父であり、そうでなかった。義父は、当時、今とは違う名前だったのである。

私は夫と一緒に踊り、私を回さないように頼んだ。ときどき上下に揺れた私たち。夫の父は、そこにいたときはいつも、落ち着きはらったままだった。私は例の義理の息子と踊ったが、彼は吐いてしまうと、着いたときほどは酔っていなかったのである。両足はまるでぶら下がったままで、彼はフォックストロットを踊るさなかに片方の靴下を見失った。マルティンがそれを拾い上げるとシャンデリアの椀部に引っ掛けたのである。それからは例の義理の息子の義父もしくは叔父と、そして私の義父の兄弟たちと、マルティンとのダンスだった。年配の男たちは手をしっかりと握る、寡黙な踊り手だ。私は黙って体を回されるがままでなければならなかった。私の義父が両腕を広げネクタイを緩めて私の前に立ったとき、私は言う。

こっちに来てテーブルに座りましょうよ、お話ししたっていいでしょ。

ああ、なんだって、と義父が言った。ダンスは若さを保つ秘訣だよ。

義父は少し前まで風呂場におり、香水が漂ってきた。義父はテーブルの隅にある小さなボウルから、リキュール漬けサクランボを一粒つまんだが、それはコンポートの味で、人を酔わせる。私は二、三個余計に食べすぎており、リキュール漬けサクランボの蒸気が頭の中に残った。サクランボを口に放り込み、赤い汁を人差し指からしゃぶり取った私の義父。もう一方の手が合図を送ったので、私は立ち上がった。義父がサクランボの種をしゃぶり、私の手を腰に押しつけたのだ。私は相手のズボンの中にあるものに気がついた。私はそんなことに興味がなく、義父の息子が兵役に就いて一年経っても興味がなかったのだ。私がタオルを戸棚にしまうと、義父は私の後ろにひざまずいて、私のふくらはぎに口づけをした。

おいで、分かるだろうよ、奴がいないときにお前を癒してくれるものが。

私は両足を固く組み合わせ、戸棚を閉じて言った。

私、あなたのことが我慢ならない。

どうしてだい、と義父ならきけたはずだが、そしたら私、相手に何かを言ってやった。だけど、義父はこう言う。

なあ頼むよ、どうやったら子供たちを助けられるかって頭を悩ましていたら、こんなことになったのさ。

義父は息子と入れ替わりたがっていた。当時、おさげ娘と入れ替わるために、私がパパの気を引こうとしていた頃、それは必要に迫られてのことだったし、可能性のあることでもあったかもしれない。今回は違った。自分の夫も義母もそんなこと聞いてなかったし、私が白い馬や香水共産党員やその改名について何を知っているかも聞いてなかったのだ。彼は自分自身ともすでに一度入れ替わっており、そのことに関しては手慣れたものだった。もし私がそれを忘れるようなことがあれば、戸棚が私を打ち殺したであろう。私は騒ぎを起こさず、当時は口をつぐんでさえいた。パラプッチュ全員が災厄に見舞われないように。

午前三時頃、大晦日の夜は私たちをしわくちゃにしていた。まるで私たちがこの部屋で丸一年を過ごしたかのように。結婚で身内となった者の肉体をものにしたいという欲求は、あくびに転じたのだ。互いに信頼し、一晩互いの目の届かないところにいた夫婦たちは、再び一緒になっていた。義母は自分の夫と言い争っていたが、それはクリスタルの瓶が割れてしまったからだ。長女は酔っ払った自分の夫と争っていた。相手がタバコで自分のズボンに二つの穴を焼きつけていたからだ。私の夫は私を責めた。私が最初にマルティンと新年を祝う乾杯をし、その後ようやく夫と杯を合わせ、私がそのことに気づかなかったと言って。旦那が金のカフスボタンの一つをなくしてしまったのよ、と言って生気のない妻が嘆いていた。その夫がまだ右手の袖に残っているカフスボタンを私たち全員に見せ、私たちは浴室や部屋、廊下を探し、ズボンの古いボタンや硬貨、ヘアークリップ、香水のふたを見つけて、それらを一緒くたにテーブルクロスの上へ並べる。末の弟は自分の太った妻と争っていた。相手が車の鍵を置き忘れてしまったからだ。彼女はハンドバッグをひっくり返して中身をテーブルの上に置いた。こぼれ落ちてきたハンカチや二個のアスピリン、それに錆びた鉄でできた小ちゃなアントニウス十字架。これが私たちを救ってくれるのよ、と彼女は言い、それにキスをした。

そいつを食ってしまえよ、と彼女の夫は言った。そしたら、ひょっとするとお前が奇跡を起こして、車のドアを指で開けられるかもしれないぜ。

マルティンはあごをテーブルの上に乗せ、女たちのふくらはぎをもう一度順繰りに見ていった。彼に注意が払われることはなく、この時間だともはや家族の一員ではなかったのだ。光は刺すように照りつけ、頭皮では五ミリほどの毛が下から生え、次から次へと銀色にきらめいた。髪は茶色に染められていたのだ。

誰もカフスボタンを見つけられなかったので、皆が探すことをやめて廊下でコートを着て、靴を履いた。アナスターシャは錆びついたピンセットを持って浴室から出て来る。手からはしずくが垂れ、額の周りで髪が濡れ、あごには水滴がついていた。

どうして手で水を飲むんだい、と義母が尋ねた。そこにはグラスが十分あるじゃない。

アナスターシャが泣き出した。

あんたたちに今ちょっと言わなきゃならないことがある。あのやもめが、昨夜、浴室で私にひどいことをしたのよ。最低だわ。そんなことあり得ない。

ピンセットはテーブルにある他の拾い物と並べて置かれ、小さなアントニウス十字架と取り違えそうなほど似ていたが、誰もそれにキスをしない。アナスターシャがさっとコートにくるまり、勢いよくドアを開け放った。

待ちな、と私の義父が言った。すぐに他の者も行くから。

ついて来てくれなくたって結構よ、とアナスターシャが言った。

片方がなくなったカフスボタンをつけている兄が彼女の脚を指さした。ストッキングを履かずに出て行こうとするなよ。

アナスターシャは靴の中に車の鍵を見つけた。

運よく見つかったのはアントニウス十字架のおかげだな、と生気のない義理の妹に義父が言った。

それなのに誰も信じてない。そう妹が言った。

それからアナスターシャをしっかりと抱きしめたのである。

マルティンは自分の運を試したのよ、真に受けちゃだめ、それだったらあり得たことよ。

マルティンはもうおらず、どうやって、いついなくなったのか、誰も知らなかった。マルティンはマフラーを置き忘れ、それが廊下に掛かっていたのである。

すべてが終わった後で、義父は写真を正しい面にひっくり返した。義母はシャンデリアから靴下を引き下ろし、通りと中庭の間にある窓と扉を開け放ったのである。雪が降るぐらい寒い夜が吹き込んできた。隙間風に吹かれてシャンデリアが揺れ、義父のネクタイと彼の息子の髪の毛がひるがえる。すると白い馬は壁から私のほうへと一歩踏み出し、祝い事で消耗した人々を新年に迎えに来た。廊下へと後ずさった私。あくびをし、ネクタイを頭の上にかぶせた義父。パンやケーキのくずやサクランボの種を絨毯から手の中に集めた義父の妻。

眠る前に食器類を台所に戻さなくちゃ、と彼女は言った。

私には手伝うつもりなんかなかったのだ。彼女の夫がテーブルの上にネクタイを置いて、その輪っかをほどこうといじくりまわし、ネクタイはお店のショーケースにあるようにきちんとした輪に整えられた。

そそくさとおやすみを言った私。

今日見る夢は本当になるぞ、と義父は言った。

新年にパラプッチュの会話はすべて紛失したカフスボタンから始まったのである。この家にはボタンはなく、せいぜいトイレに落ちているのが見つかるくらいだ。私が知っていたのは別のボタンのことで、私は夫に話していた。金のカフスボタンはお義父さんたちのナイトテーブルの上か宝石箱の中にある、と。

どうしてかぎ回るんだい。そう夫はきいた。

だってカフスボタンに足はついてない。そう私は言った。また宝石箱の中を見てみると、カフスボタンは消えていたのである。イースターのときに義父は金のネクタイピンを見せびらかした。

愛しの女房からもらったんだ。

そう言われるほど彼女は夫に愛されていなかったし、そんなことは分かっていた。義父には園芸農園に私と同い年の愛人がおり、その女性はダニとハジラミの駆除に取り組んでいたのである。栽培植物寄生生物駆除担当技師党員という彼女の正式名称を笑わずに言うことは誰にもできなかったので、女性はシラミ検査党員と呼ばれた。私の義母は、自分の夫が園芸農園に行けないからといって、日曜日ごとに喜んだ。だがイースターになると義母の顔はパイ生地のようにグニャグニャになっていて、夫をいくら見ても満足できなかった。相手は、愛人に電話をしようとして日曜日に電話を風呂場に持ち込むのを隠しもしないほど、自分のネクタイピンにご執心だったのだ。私の義母は息を吸い込んで言う。

私の古い指輪を金細工師のところに持っていった。指輪が小さくなりすぎたのよ。

私に首が近づいた。夫は細長いこわばった目で私を見たが、私に沈黙を強いるときはいつもそうだったのだ。そのとき私は相手の耳元で言った。

あなたのお母さんは本当のことを言ってない。本当はカフスボタンじゃあなたのお父さんのネクタイピンを作るのに十分じゃなく、お義母さんの指輪だって見当たらないのよ。

**一匹の太ったハエが**ブンブンと音を立てて高々と弧を描きながら車掌の頭の周りを回っている。車掌の腕にとまるハエ、ハエに打ってかかる車掌。車掌の首にとまるハエ、ハエに打ってかかる車掌。すると車掌は自分の首筋を叩いてしまい、パシッと音がする。逃れて、窓枠にとまるハエ。車掌は開いている窓ガラスから外へとハエを追い払おうとする。ハエはブーンと音を立てて飛んで行く。ハエの羽音は聞こえない。レールの音はもっと大きい。何だい、と老婆が尋ねる。すっかりやけになっているじゃないか。ハエだよ、と車掌が言う。ああそうかい、眼鏡なしじゃそんな小さなものなど見えないわ。すぐにあんたのとこに来るよ、と車掌が言う。なんで叩き殺さなかったんだい、と老婆がきく。車掌はハエを捕まえないよ、とファイルを持った男が言う。運転しなきゃならないだろ。ハエを追い回すんじゃなくてさ。ハエ一匹のために脱線でもしたら大事じゃないか。私のとこにハエは来ない、と老婆が笑う。なにせこんなに震えているからな。そりゃいいや、と車掌が言う。それだとハエが寄りつかないからな。

いいや、と老婆が言う。よくなんかないね。あんたも年をとればきっと分かるだろうよ。蚊なんかはそれでもやって来るんだよ、まあそれにノミがそうだ。私はA型、ノミにとっては一番の血だってお医者様が言っていた。私はＡＢ型ですよ、とファイルを持った男が言う。じゃあお嬢さんは、と老婆は尋ね、口をへの字にして閉じ、待っている。Ｏ型よ、と私は言う。Ｏ型かい、それってジプシーの血ね。そう老婆が言う。Ｏ型って誰に対しても輸血できるけど、Ｏ型はＯ型からしか血をもらえないのよ。車掌が自分のこめかみを叩く。このシカバネ女め、と車掌が叫ぶ。他の奴を探せよ。俺はまだくたばってないし、糞の山でもないぞ。車掌は私たちのほうにハエを追い払う。私たちもくたばっていない。私はここでは一番若いし、もしくたばることを問題にするならば、私が最後になるはず。俺もＯ型だよ、と車掌が言う。飛蚊症のように窓ガラスでブーンと音を立てているハエ。腹は老婆の耳にある揺れる石のように緑色に大きく光っている。

**私は**老いた靴屋がいる仕事場に行くのが好きだった。靴屋がおしゃべりだったからだ。音楽はわしの命だ、と靴屋が言った。だがここだと、ネズミどもの音を聞かんためにも、音楽が要る。わしは家でも音楽を聴く。眠りに落ちるまでな。以前はわしのヴェェーラが一緒に歌ったもんだ、一日中な。彼女は晩になるとよく声が枯れてしまって、はちみつ入りの熱いお茶を一杯飲まんといかんほどだったよ。

靴屋の妻は、午前中に陽があたるフェンス沿いに、毎年夏になるとダリアを植えた。

わしのヴェーラは祝福された手を持っとった、と靴屋が言う。ヴェーラが土に植えつけたものは何でも花を咲かせたよ。だがな、ヴェーラが家にいた最後の夏のことだが、成長半ばのダリアからヨウラクユリ、ヒャクニチソウ、ヒエンソウ、キキョウナデシコの見慣れぬ葉っぱが生えてきたんだ。花が咲くときもそのようになって、どの茎もかなりめちゃくちゃだった。ダリアはひとつの奇跡だったが、狂っていたよ。外の柵では人々が立ち止まったわ。花が枯れてしまう前に、わしの娘がダリアをことごとく引っこ抜いてしまった。風が狂気の種をあたりに撒き散らさんようにとな。ヴェーラはいつだって物静かな人間だったが、ダリアが咲いてからというものほとんどひとことも話さなかった。ヴェーラは健康体だったが、家の中では何の役にも立たなかったから、娘が毎日ヴェーラを買い物に送り出したわ。ヴェーラが店から帰って来るときはいつも、ジャガイモの代わりに豆を、ミネラルウォーターの代わりに酢を、トイレットペーパーの代わりにマッチを持って帰ってきた。それが直らんとなると、娘がヴェーラに買い物メモを持たせたわ。わしの忘れっぽいヴェーラは店でメモを見せたが、またしても歯みがき粉の代わりに靴紐を、タバコの代わりに画びょうを持って家に帰ったんだ。すると娘がすぐさま店に向かったわ。男の店員も女のレジ係もメモを持った女を思い出すことができた。

いいえ、と彼らは言ったのだ。その方が買ったのは靴紐でも画びょうでもなく、まったくメモどおり、歯みがき粉とタバコでした。うちには靴紐がまったくありません。何週間も前から注文しているんですけど、まだ納品されていないんです。それに画びょうはどっちみちうちでは扱っていません。ヴェーラは午前中のせいぜい一時間だけ散歩に送り出された。ヴェーラはよく自分のではない別のハンドバッグを持って戻ってきたのだ。たいていは中に身分証が入っていたよ。それで娘は住所を手がかりによそ様のハンドバッグを引き渡し、母親のハンドバッグを取り戻した。ヴェーラ自身のハンドバッグが見つからず、いよいよよそ様のハンドバッグが家に持ち帰られると、ヴェーラは手ぶらじゃないと出かけることを許されなくなったのだ。戻ってきたときには、スカーフの代わりに帽子をかぶっていた。冬は寒いから、わしらはヴェーラを外へは出さんかったわ。そして次の春には、ヴェーラがワンピースを着て外に出かけ、息を切らしながらスカートとブラウス姿で戻ってきたことが更に三度もあった。それを見てわしはヴェーラを精神病院にやることに賛成したよ。どこを見ても服屋なんてなかった、と老いた靴屋が言った。盗みとは一切合切無縁で、ひとつ確かなことは、ヴェーラが一度たりとも盗みをしなかったことだ。近所の人たちも、通りを歩くヴェーラはいつもごく普通の印象であり、ほとんど地味すぎるくらいだ、と言っておったわ。だがヴェーラは挨拶をされても、それを返すことはなかった。歩きながらこう言ったんだ。

急がなくちゃ、お米を火にかけてるの。

老いた靴屋は親指と人差し指を口元に添えた。そんなことは今じゃもう重要じゃない。どうでもよいことで、人生ではいくらでも起こることさ。

私も靴屋に死んだおばあちゃんのこと、それにパパが死んだ後におじいちゃんの言っていたことを語った。人生なんてランタンの中の屁、靴を履く価値なんてないよ、と。

それなら、君のじいさんの言っていることは正しいな、と靴屋は言った。そりゃあ、哲学者と言ってもいいにちがいない。馬鹿な奴ならそんなこと言わないよ。

そう言って靴屋はどの釘にも靴がぶら下がっている板壁を指さした。

ご覧なさい。靴の掛かった釘が、わしには違うものに見える。でなけりゃ、わしはパンにありつけん。

親指と人差し指の間にある、革用ワックスで黄ばんだ靴屋の皮膚は、唇の下で広げると、水かきに変わった。

わしのヴェーラはな、少なくとも自分のことは自分でかなりやってのけたんだ。だが、ヴェーラのいる精神病院には若い女が二人いて、警察のところでおかしくなっちまって、何もしなくなった。一人はロウを工場からくすね、もう一人はトウモロコシひと袋を畑からくすねたんだ。こう言いたいんだろう、だからどうした、と。

靴底半分に使うゴムも革もありません、と若い靴屋は言った。ミトンをはめるように両手でパウルのサンダルを着け、靴底を上に向け、つぶれたキイチゴをじっと見る。靴屋の出っ歯が出たり入ったりし、私は心ここにあらずだった。ホコリヘビの男の子は死んでいたが、それは私が遊ぶことを我慢しなかったからだ。パパの場合は、私から身を隠そうとしなかったから。おじいちゃんは、私が死んだと嘘をついたから。そしてリリーは、私が真ん丸の太陽と言ったから。老いた靴屋の場合は、私が世界にうんざりするために踊っていたから。口元の歪んだ男がサンダルを再び新聞紙にくるんだ。

十日後にちょっと立ち寄ってくださいよ、そしたらまた会えます。もう十二分に会った私は、うなずいて出て行ったのである。

商店街では風が吹き、菩提樹は緑色の実の房を落とした。どの房にも皮の葉が二枚ついていたのだ。枝についているハート形のギザギザした葉とはまったくの別物。夏の晩になると、空の上には白い雲のソファー。手に小瓶を持った女性が一人、薬局のドアからするりと出てきた。液体とタンポン、親指はインディゴブルー。私が時間を尋ねると、女性は答えた。

もうじき八時半よ。

若い靴屋が言ったような十日後ではなく、この日の七時と八時半の間に、私はパウルのために何かしてあげたかったのだ。私にはうまくいかなかった。薬剤師が通りに背中を向けながらショーウィンドーの中に裸足で座っており、その横にはコートのボタンすら入らないような、中国の文字が書かれた小さな箱の山があったのである。それらはコンドームの箱に似ていて、中国語の他に蝶がのっていた。リリーがこう言っていたことがある。
中国人ってずるがしこくて、ニューヨークの一角にある中華街に住む中国人のために欠陥のないゴムをアメリカ向けに輸出するのよ。穴だらけのやつはブルガリアや私たちのところに送る。

薬剤師の箱にはそれぞれひとつずつ綿が詰めてあって、それぞれ義眼が包まれていた。女性は、明るい茶、暗い茶、緑斑点、明るい青、暗い青の義眼を、むき出しの木材の上に一列に置いたのだ。明るい茶色の目はパウルの頭に似合っていて、私はそれらを数えた。それから自分用の暗い茶を数えたのだ。この薬局ではパウル用の目のほうが多かった。ガラスの向こうで、深紅の陽を浴びながら、薬剤師は二列目を並べ始める。彼女は水槽の中に座っていた。私がガラスを叩くと、彼女は振り向き、額から髪をかき上げ、作業を続ける。くすんだ緑色の斑点のある目が彼女用だった。

空の白いソファー、水槽の中にいる薬剤師、菩提樹の実、若い靴屋のミトンになったパウルのサンダル、アカシアのある桑の実通り——老いた靴屋の死後、もはやどんなものも自分を抑え込まなかった。風はヴェーラのダリアから出る狂気の種を町にまき散らしはしなかったが、靴紐と歯みがき粉、タバコと画びょう、スカーフと帽子、これらの間にめまいの種をまいたのだ。いまや、街のこの赤い夕暮れ時には、盲目が勧められており、誰に対しても義眼がある。しかし棺桶のふたはコツコツと音を立てるが、それは特に、世界にうんざりするためにダンスをしながら幸せを築こうとする者たちに対してだ。そうだ、それなら私たちが王冠をかぶり、世界にうんざりすればいい。しかし、それは逆で、世界が私たちにうんざりするのであって、私たちが世界ににうんざりするのではないのではないか。

私たち、それは決して誰しものことではない。必ずしも全員が狂うわけではないが、それは全員が呼び出されるわけではないのと同じことだ。私は最初のメモの件以降、リリーが呼び出されるものと何週間も思っていたにもかかわらず、彼女は呼び出されなかった。最初の尋問のときに口蓋が甘ったるく脳まで上がってくることに対して、私はリリーに心の準備をさせたかったのだ。二回目も、どの回もそれは同じだが、もう驚くことはない。リリーには不安はなかった。

だって私、あなたのメモなんて見たことないじゃない。

まるで、それが呼び出されない理由であるかのように。まるで、不安のあまり心臓が裂けてしまうこと以外に何も知らない者たちが、最も餌食になりやすいわけではないかのように。脳の中に口があると、署名は素早くできる。おそらくネルと包装場の娘たちは私についてきかれたのだ。ネルは私を嫌っていたし、娘たちはほとんど私を知らず、私のことなどどうでもよかった。私だって娘たちのことなんてどうでもよかったが、外の通路でドアが開くだけで娘たちの喉で会話が詰まってしまうのは、何もいいことを意味しなかったのだ。

リリーの言っていることは正しく、彼女は決して呼び出されはしなかった。もし私を弁護したのだとしても、幸運だったのだ。自分自身のことは擁護できなかったであろう。一度だけリリーは尋問について私に尋ねたことがあった。

あなたの少佐って何歳なの。

ずいぶんな言い草ね、どうして私のなの、と私は言った。

私なら相手を十歳若返らす。

四十歳くらいよ。

あらまあ、とリリーは言ったが、その瞬間、彼女は少佐のことなどもうどうでもよくなった。だから分かったが、もし彼女が呼び出されたら、最初の尋問ですでにアルブの指はリリーの体をいじったことであろう。リリーにすれば受け入れるか拒むかだろうが、いずれにしても少佐は容赦なく復讐するはずだ。こんなやり取りをした数日後、リリーは両親が夫婦喧嘩をしたと言った。リリーの母が継父を外出させようとしなかったのだ。理由は逢い引きだったが、しかし、成人女性とのそれではなかった。公園にある新聞スタンドの話しだったが、そこはリリーの継父が午後五時に現われるという場所だったのだ。リリーの母は言った。

今日あなたはここにいるのよ、私が本社に電話をかけて、先方に病欠だと言っておく。どうして子供って、目につくどこにでも、後から育ってくるのかしら、威厳をもって言ってやらなきゃだめよ、お相手にはもっと若いのを探しなさいってね。

リリーの母は継父の邪魔をした。継父は札入れをポケットに差し込み、相手を押しのける。

威厳をもって言うだって、いったいどこに俺の威厳があるんだい、あるわけないよ。家じゃお前が偉いだろ、と継父は大声で言った。だが、市場だとお前はさっさとスイカを俺の手に押しつけて、右手を手ぶらにする。あほうの少尉が手の甲にキスができるようにするためだ。それからお前は淑女ぶってこうも言う。光栄に存じます、とな。うちだとお前はかなり大胆だが、そんな奴がひょっこり現れると、心配で口の中のつばも飲み込めやしない。心臓の薬でも飲んだほうがいいぞ。

私は人生ってどう展開するのか知りたいと思い、靴屋からの帰り道に世界にうんざりする可能性をすべて挙げてみた。一つ目にして最高なのは、たいていの人がそうであるように、決して呼び出されず、決して狂わない場合だ。二つ目は、決して呼び出されないが狂ってしまう場合で、靴屋の奥さんや下のエントランス脇に住むミク夫人がそう。三つ目は、呼び出されて狂ってしまう場合で、頭がおかしくなってしまった施設にいる二人の女がそうだ。パウルや私のように、呼び出されても狂わないのは四つ目。特によくはないけど、私たちの状況を考えると、最高の可能性だ。歩道につぶれたスモモがひとつあって、スズメバチが腹一杯むさぼっていたが、それはふ化したばかりのハチと老いたハチだった。一家族まるごとの場所が一個のスモモにあるとしたら、それはどんなふうでなければならないのか。太陽が街から野へと移った。最初に見たとき、太陽は夜のためにどぎつく化粧をしていたが、次に見たときには撃たれていたのだ。――一面のヒナゲシのように赤いとリリーの将校は言っていた。そう、これが五つ目の可能性だ。とても若く、うんざりするほど美しく、頭は狂っていないが、だけど死んでいる。死んでいるためには、リリーと名乗ってはいけない。

私はすり減ったサンダルをまた家に持ち帰った。赤い車はもう歩道には停まっておらず、空っぽのアスファルトから見て取れるものは何もなく、タバコの吸殻は何があったのか知らなかったのだ。大型ゴミ容器の中で猫たちがガサゴソと音を立てて餌をあさっていたが、それは夜が縄張りを何もかも消し去り、目を青く光らせたよその猫がやって来て、勝手に食べてしまう前のことで、ついには飢えのうめき声とさかりのなき声がひとつになったのである。夏の今宵に比べて私の表情は冷たかった。脇にある居住区から食器のガチャガチャとなる音が聞こえたが、誰かが何かを落としてしまったのだ。人々はこの時間だと食事中だった。半月の中にヤギの顔、それに犬の顔が出かかっていたのである。月はどちらの顔がこの夜にふさわしいのか決めねばならなかったものの、あまり時間はなかった。二階から鉢植えがしずくを滴らす。育成のためにたくさんの水を与えられていたペチュニアの中で、一本の風車が回ってカラカラと音を立てたのは、月がひとつの顔を決めたときだった。私はこの日たくさんのことをして、ことごとく失敗したにもかかわらず、私たちにとっての最高の可能性を見つけたのだ。

私たちは二人とも狂わない。

私の倒錯した幸せは厚かましくこめかみで脈を打った。私は大馬鹿者ではなかったのだ。いまやどのお店ももう閉まっていて、私たちの台所の窓が明かりだった。パウルが待っている、二足の新しい靴とともに、それと、どちらの靴を履いて、どちらの靴を道具棚にしまうべきかという問いとともに。パウルはきれいなほうを履くべきだ。もしかすると彼にとってきれいなほうの靴は、リリーの写真に写っていたのと同じように、私にとってひどいほうかもしれない。私は彼女の写真を一枚しか持っていないが、正直に言うと、眺めていることが多い。誰も疑いやしないリリーの美しさについて私が話すと、パウルは眉間にしわを寄せる。

彼女のどこがそんなに美しかったんだい、君のほうが僕の好みだよ、嘘じゃないぜ。リリーの一番の美点は、君が彼女をとても好きだったことさ。

すると、私はそう聞くたびに、もう顔なんて持っていたくなくなるし、これまで何度もこう言わざるを得なかった。

パウル、あなたって性根はいいけど、趣味は悪いわね。

だけど、こんな晩は、ショーウィンドーの中にあった義眼のことや、私たちが狂いはしないという可能性のこと、何より私が大馬鹿者でないという可能性のことを、靴の試し履きをしているパウルに話す気になったのだ。

居住区の脇にバイクが一台停まっていたが、ミラーとライトはもぎ取られ、シートは裂け、ハンドルとクラッチペダルは曲がっていた。パウルの赤いヤワだ。髪の毛の下に鳥肌が立った。エレベーターを待つ間、何だか自分が自分の皮膚の内にいるのではなく、壁にあるポストへと分別されてしまっているかのように感じたのだ。でもエレベーターが上がったとき、ポストはそこに掛かったままで、中に乗り込んだのは、私、つまり最悪の大馬鹿者だった。

店からの帰路、パウルの後ろを灰色のトラックが一台走り、ずっとバックミラーに映ったままだ。パウルはトラックを先に行かせようとして、道の端を走る。車の通りはほとんどない。パウルはかなり速度を落とすが、トラックはぴったりとくっつき、ロータリーの真ん中ではまるでヤワの下をくぐって行こうとしているのかと思うほど、ずいぶんと接近する。そのときバイクが舞い上がり、パウルはバイクなしで宙を飛び、木から落ちる枯れ枝のように倒れてしまう。思い切って目を開くと、草が見え、声が聞こえる。パウルの周りには靴があり、ズボンがあり、スカートがあり、そしてずっと上にあるのは何人かの顔だ。それからパウルは尋ねる。

バイクはどこだい。縁石のそばだな。

トラックはどこだい。誰も見てなかったのか。

僕の靴はどこだい。

あんたの足元だよ、と半ズボンの老人が言う。

袋に入れてハンドルにかけていた靴だけど、どこだろう。

なんてこったい、と老人が言う。奇跡的にまだ口の中に歯が残っているというのに、もう靴がいるっていうのかい。天使さまに守られているのに、それでは十分じゃないのかい。

僕の守護天使は灰色のトラックに乗っている、とパウルが言う。どこへ行ったのかな。

トラックだって［訳者注　トラック（Laster）と悪癖（Laster）の言葉遊びがある］、あんたはぶっ飛ばしすぎる癖を直さんといかんな。

半ズボンの両足は大理石のようで、かなり色むらがあり、毛一本生えていない。パウルにどうにか全部の歯が残っており、しかも頭もしっかりしていると分かると、周りの人たちは立ち去っていく。老人はパウルが立つのを、それからバイクを起こすのを助ける。そしてパウルにハンカチを手渡す。

せめてあごについた血を拭き取りな。

灰色のトラックを見ませんでしたか。パウルが尋ねる。

たくさん見たとも。

ナンバープレートを見ましたか。

運にナンバーはついとらんよ。

トラックの話ですよ。

運を天に委ねておくんだな。でなきゃあんたの守護天使さまがへそを曲げちまう、と老人が言う。

その間、パウルはアイロンをかけたばかりのハンカチであごの血を拭う。

今、パウルは暗い部屋のベッドの上で横になっていて、事故の話の後に私に尋ねた。

ハンカチって、汚れたまま返すものかい、それとも持っておくものかい。

私はただ肩をすくめるだけだった。パウルが老人について語れば語るほど、相手がそこにいたことはますます偶然ではなくなったのだ。ハンカチを使ってちゃんと振る舞ったという口実の後に、別の口実がでてきた。

またしても二足の靴が盗まれたことが、私には事故以上に腹立たしい。

私は窓から見た、ずっと下にある、静かで、人気のない通りを。そして月、それは今日ヤギの顔に決めていた。月がなんの間違いもしていなかったとしたら、そのことは今夜にとってよいことだ。半ば窓から外に向かって、私は言った。

最後に呼び出されたとき、アルブは手にキスをしながらにやりと笑ったのだ。お前たちはよく河岸へバイクで行くじゃないか、お前と旦那だよ。事故が起こることもあるぞ。

ヤギの顔が現われ、空が動き、部屋が揺れたが、そのとき、私はもう外を見ていなかった。人々は住居区の倒壊が心配じゃないかと私にきくが、その度に自分たちが何のことを話しているのかやはり分かっているのかもしれない。

パウルは明かりをつけていた。

どうして君は今になってそんなことを僕に言うんだい。

落ち着きのない目に向かって何を説明できるかしら。

なにせ僕にはそんなこと信じられなかったからね。アルブが気まぐれに事故を思いついたのさ。ただれ目、しなびた歯ぐき、冷たい手はすでに使い古されてたんだ、僕はそういった話なら信じたよ。

外は真っ暗な夜で、中は明るかったが、暗闇の中の大きな話し声が止むまでは、私たちはパウルの額やあご、指の関節や膝、肘の傷に触れてはいなかった。汚れになり、染み込んで乾きっていた血。浴室から脱脂綿とアルコールを持ってきた私。パウルのことを抱きしめたくなったが、敢えてしなかった。かすり傷は、外的なものなら私たちには煩わしく、内的なものならたいしたことはなかったのだ。パウルは髪をかき上げると、そうするだけでも痛いかのように顔を歪めた。

ほっといてくれ、そう彼は言ったのだ。

パウルは素早くしっかりとアルコールを傷口にたたきつけた、膝に、肘に、指の関節に。ひりひり痛むあまり涙がこぼれると、何もかもが見えなくなる寸前に腕の裏で目をぬぐった。額とあごについては私が軽く叩いて拭いてもよかったが、それは彼が鏡の前に行こうとしなかったからだ。私は彼とは違ったふうに軽くたたき、思わずためらい、パウルはつくり笑いをし、私はついにこう言わざるを得なかった。

誰に見せつけてやるつもりなの。痛かったら、叫ぶものよ。

するとパウルは叫んだが、いたっ、ではなく、
僕をよく見ろ、そしたら君が僕に何を黙っていたかが分かるぜ、と。

相手は私の首をぎゅっとつかみ、ペンチのように圧迫した。そこで私は命じられたことをして、目でもって相手に飛びかかったのだ。私によってきれい拭き取られたあごの傷はむき出しで輝いており、私には吐き出された一口のスイカのように私の目に映るのを感じた。だが、そのとき、最初の夫のスーツケースが橋の上にあるのを私は見たのだ。今なら、私は言うべきだし、言わなければならないし、言うことができるにちがいない。

もう誰もこんなふうに愛の憎しみを抱いて私に触れてはならない、分かったわね、もう絶対

によ。そう言う代わりに、私は相手の手を私の首からぐいと引き離した。このようにつかまれて始まることは、欄干で宙づりになって終わる。できたら、元通りにしなくてよければいいのだけど。できたら、最初の夫が私の前で自分を蔑んだように、いつかパウルの前で私が自分を蔑む必要がなければいいのだけど。

僕らは明日からバスと路面電車で行くことになるよ、とパウルは言った。曲芸師たちはいささか苦労するだろうね。

彼は台所へよたよたと歩いて行った。扉が開き閉まった冷蔵庫、ゴクゴクという音、ラッパ飲みをしたパウル、シュナップスじゃなければよいのだけど、きっと水じゃない。グラスがひとつ棚でカチャンと鳴り、テーブルの上に置かれた。満たされる音が聞こえたが、グラスは大きくなかったのだ。パウルは音を立ててすすり、私は待った。もはやグラスが置かれることはなく、座るための椅子もなく、押しのけられていたのだ。擦り剝いた手の一方でグラスを持って、パウルは今むこうの台所に立っていた。月がそこへ移動してしまうと、ヤギの顔がひとつ力なくパウルを見つめ、傷によっての彼の顔が元どおりに歪んだのだ。

私の脇にあるドア枠の上にとまり、ブローチのように動かずに光を浴びていた一匹の蚊。蚊は不用心で、私でも打ち殺せた。私たちが光を消すと、蚊は歌い、たらふくになるだろう。蚊は運がよく、今晩は刺す必要がなく、口さきを使って血をぬぐうだけでよい。あいにく蚊には繊細な鼻があり、私を好むだろう。きっとパウルの血はあまりにもシュナップス臭い。

ハンカチの老人はどうも胡散臭いよ、とパウルが台所から叫んだ。奴は笑い転げているだろう。生きているのが嬉しくて、僕はなんにも分かっていなかったんだ、ほとんどなんにもね。

シュナップスないしはヤギの顔がパウルから恐怖を奪ってしまっていたものの、蚊は私の恐怖を奪わなかったのだ。

私は尋ねた。

月は台所の窓から見るものかしら。

次の日の朝、太陽はベッドの中をまさぐり、私の腕がかゆくなったが、蚊に刺されたのは二箇所で、一箇所は額、もう一箇所は頬だ。前の晩、パウルはシュナップスによって眠りに落ち、私は疲労のあまり眠りに引きずり込まれたが、それは蚊が私に向かってくるよりも速かった。頭が日々に耐えるためには、どうやって頭を保ったらいいのかと寝る前に問う習慣はやめてしまっていたが、それは保ち方が分からなかったからだ。こう問うたびに眠りを忘れることができると分かっていた私。メモの一件があった最初の週は、三日続けて呼び出されたが、そのとき、私の目は夜に閉じられることはなかった。キラキラワイヤーとなっていた神経。肉には量るべき重さなどなく、ただ伸びきった皮があるだけで、骨の中は空っぽだ。冬の息みたいに自分から逃げ出してしまわないように、あるいは、あくびをするときに自分自身を飲み込んでしまわないように、町では用心しなければならなかった。自分の中が凍えてしまうほど、口を大きく開けることはできなかったのである。私の内側が空っぽになればなるほど、自分よりも何か軽いものによって自分が支えられているという気になり、そのことが気に入り始めていたのだ。他方では心配になって、幻覚がよりいっそう美しいものになってしまうんじゃないか、幻覚に抗ってそこから引き返すために指一本さえも動かさないいんじゃないかと思った。三日目、アルブのところからの家路が私を公園へと追い立てたのだ。顔を芝生にうずめたものの、私は何も感じなかった。そこでそのまま死んでもよく、呪われた人生になってもよかったのだ。思い切り泣きたくなったものの、涙の代わりに急に笑いの発作が出た。地面がうつろによく響いてくれる、笑い疲れたのだ。起き上がったとき、もう長いことなかったぐらい、見栄が強くなった。服のあちこちを直し、髪を整え、草の茎が靴の中に入ってないか、手が緑になり、爪が汚れてしまっていないかと確かめる。それから緑の部屋となった公園からようやく歩道へと出た。すぐにその後、左耳の中でカサカサ音がしたが、一匹のテントウムシが這って私の中に入り込んできたのだ。物音ははっきりして大きく、人気のないホールを竹馬がカタカタと通り過ぎる音が頭の中全体でした。

そう、蚊は私が好みだったのであり、私はわが身をささげていたのだ。私たちはお互いに邪魔をしてはならなかった。顔はだめよと蚊に禁ずるべきだったか。陽にさらされると、パウルの額やあごにあるかさぶたは汚れた茶こしのようで、中に何が残り、何がこされるのか、誰にも分からない茶こしだった。

夜に傷がひりひりしたよ、とパウルは言った。私の口は渇き、絶えず窓際に行かなくてはならず、行かないとなると私は窒息してしまっただろう。

パウルが目をこすった。商店街では車の音がやみ、すぐに呼び鈴のように瓶が鳴ったのだ。窓際へ行くと、裏口にはライトバンが来ており、歩道には赤い車が昨日と同じ場所にあったが、ただし誰も中にはいなかった。陽のあたるまったく人気のない所では、ここで何をしているのかという問いは、まるで木や雲や屋根からその答えを知ろうとするのと同じくらい的が外れていたのである。私は空っぽの車にこの場所での駐車を許そうとしていた。上のここではパウルの足指が床の上でポキポキと鳴り、下のあそこにある歩道では女性が自分の影に入り込んできたのだ。夏の雲は明るく高くに、もっと言えば、柔らかく近くにあり、パウルと私は上のここにある間違った棚の上におり、あまりにも疲れすぎ、あまりにも地面から離れすぎていた。私たちの場合、敗北を食い止めようとする願いはどちらにもない。パウルにすら信頼を置いていない私。幸せの失敗は不都合なく進行し、私たちを打ちのめした。幸せは不当な要求になってしまい、私の倒錯した幸せは意地悪になってしまっていたのだ。私たちが交互に労りあおうとすると、うまくいかない。それはちょうど、パウルが窓際にいる私のところまで来たときに、パウルが首を外に突き出さないように、私が指先で相手のあごをなでたときと同じだ。パウルは優しさを妨げと感じて、外へ身を乗り出した。いまや目に入ったのはあの赤い車だ。優しさには特異な網の目があり、私が蜘蛛のように糸を張ろうとすると、私は自分からそこに貼りついたままで、自分の網がねばっこい塊になってしまう。私は窓をパウルに任せたが、無人の赤い車はパウルにとっても習慣的につかれる悪態の一つに値するにすぎなかった。だが、それからパウルは何も言わずに内履きのまま下に降りて行き、ヤワをエレベーターに乗せて上がってきたのである。私たちはオートバイを家の中へ運んだ。それから二日後の日曜日、パウルは桑の実通りを通って蚤の市へとオートバイを押して行った。

家に残ると決めていた私。リリーの墓に行き、靴屋の墓を探すことをせずに、桑の実通りに行く気にまったくならなかった。そんなことなら長続きしたのだろうけど。私はリリーの墓へ行くのが嫌になったのだ。リリーと自分のことなら耐えられたけど、リリーの墓にある赤い花には耐えられなかった。私の義父はその花をトラデスカンティアと呼んだ。市場ではウィーン女という名であったが、私にとっては肉の花であった。赤い茎、葉、花、どの植物にしても先っぽまで一握りの肉の切れ端だ。リリーが植物に餌を与えていて、私はベッドの足側に立って、歯がカタカタ鳴らないように指で口をふさいでいた。パウルの事故が起きた後では、私はこの世界のどの墓にも引き寄せられることはなかったのだ。その上私は、もう乗って行くことができなくなっても、ヤワを取って置くつもりだった。

私たちの愛はかつて自分で自分の周りを回り、私たちは蚤の市で知り合い、オートバイがそこにあった。今パウルは、ヤワを売り払うために、あのとき以来初めて蚤の市へ行く。パウルはこう言った。

もしオートバイを残しておいたら、僕らは卑劣な行動の中に閉じ込められてしまうよ。閉じ込められていようとなかろうと、私はオートバイを家に置いておくつもりだった。なぜかというと、卑劣な行動は事故であって、オートバイではないからだ。しかしパウルとオートバイが蚤の市で、ともに同じようにひどい目にあわされた状態で、ホコリが舞う中で立って待っていることも、やはり卑劣な行動であった。私はこう言ったのである。

かさぶたのある顔でそこに行かないで。

パウルは言葉を軽く受け取った。

まあ見てみろよ。ひょっとしたら君のビーチボールが戻ってくるかもな。

しかし、戻ってきたのは大理石のような足をした老人だった。日曜日の晴れ着を見事に着こなし、軽やかな麦わら帽子と絹のネクタイを身に着けた姿だったのだ。そしてパウルはヤワをその老人に売りつけ、じいさんは秘密情報機関の者じゃないよ、もしそうだったら他の誰よりも多く払ったりはしなかったさ、と言った。私にはそんなこと分からない。パウルは夜遅くに酔っぱらって蚤の市から家に帰って来た。冷蔵庫からソーセージを、引き出しからパンを取り出す。食事中にものに触れる度にこう尋ねた。

これ、何だい。

ソーセージよ、と私は言った。

じゃ、これは。

トマトよ。

じゃ、これは何だというんだい。

パンよ。

じゃ、これは何だい。

塩とナイフ、他のはフォークよ。

私を探さなければならないかのように、パウルは咀嚼しながら私のほうを見た。

ソーセージ、トマト、塩、それにパン、だけど君もいるな、と言ったパウル。

で、あなたはどこにいたの、と尋ねた私。

パウルはナイフの柄で自分の胸を指し示した。

シャツの中と君のそばさ。

パウルはパンの皮一切れをシャツのポケットに突っ込んだ。

僕がじきに逮捕されたら……、君がじきに……嚙み砕かれた食べ物が言葉を一緒に喉の中へと引きずり下ろした。食べ終えてしまうと、パウルは食器を流し台に、パンを引き出しの中に片づけ、テーブルからパンくずをふき取る。

もし今日まだ来客があるというのなら、うちの中はきれいにしておくべきだよ。

パウルは数分後に部屋に入って来て、ベッドの縁の私のそばに座った。

今日ここのうちじゃ何も食べられないのかい。

もう食べたじゃない。

いつだい。

五分前よ。

何を食べたのかな。

私はすべてを再び列挙した。

相手はうなずいた。

それじゃ人なら満腹だ。

それから私はうなずいた。

パウルが君のあの人と言わなかったのはいい。ヤワを売って得たお金を飲んで使ってしまったのは、そもそも彼の問題だ。どのくらいかなんか、私にはまったく知る気がなかった。乗っているときに私がもう二度と幸せと同じくらい愚かになれないこと、空はもう二度と飛んで行かず、私がもう二度とパウルの肋骨につかまることができないこと、そういったことが私の問題だ。二人が出会った蚤の市の後と同じく、そのお金で狩猟の森に隣接するレストランへ一緒に行かなかったことが。パウルは私が一緒じゃないときに事故に遭い、オートバイは壊れてしまったが、葬式後にする会食のように振る舞うのを避けたのかもしれない。パウルにとっては調理台のパンくずみたいに拭き取ってしまうことが大事だった。最初の夫と別れた後に私にとっても拭き取ってしまうことが大事だったのと同じように。

当時、私は自分を後戻りさせる物を首から外すために蚤の市にいた。私の結婚指輪ならお金になる。私は借金をしていたのだ。パウルは私の隣にいて、ブダペストとベオグラードのテレビ番組用の手作りアンテナを売っていた。アンテナは許可されていなかったが、大目に見られていて、町の多くの屋根についていたのだ。この蚤の市で、風に強く引っ張られている撥水加工されたパウルの青い布の上にあると、アンテナはシカの角にそっくりだった。私は靴を脱いで、私のがらくたが並べられた新聞紙の重しにする。私の足は汚れていて、私は相変わらず瞬く間に不幸になったが、その速さときたら、かつて並木道とパン工場の間でうとうとしていた少年のホコリへビによって不幸になった速さと変わりがない。足を引きずってここを通り過ぎる者でも身に着けている物をタダで売ることができたし、目を閉じて地面からぼろ服を取って着ることもできた。ただしそれが軍人や警察官となると人目についたが、それはいかなる制服も地面の上にはなかったからだ。草もなく、木もなく、舞い上がるホコリの中にいる人の群れと貧しい夏。私はここで金《きん》を売ったのだ。

ウールのショールだと儲けは三倍になっただろうが、プラスチックの腕輪とブローチ、麦わら帽子やビーチボールだとわずかなお金にしかならなかった。短いぴっちりとしたスカートをはき、手首から地面へと垂れ下がる紐に結婚指輪をぶら下げているそんな私には、二つの狡猾さが見事に合わさっているかのようだ。半分は、破産して、自分の体を見せる決意をし、欲情によって自分の商品を洗練させる闇商売女。もう半分は、体を売るついでに客の金《きん》をくすねる、バラ色の頬紅をはたいたこんな小柄な娼婦たちの一人。退廃ならここではとても印象的だっただろうし、一対一のように迅速明瞭にひと包みのお金をもたらしたことであろう。私は退廃と欲望にとらわれて、こんな妄想を楽しんだ。私は右脚を少し折り曲げ、かかとを左足に置き、指を伸ばして額にかかった髪をほぐし、自分の持ち物から挑発的にゆったりと目を上げた。私が唯一確信を持てたのは、私の短いスカートは歪んだ脚によってレベルを下げられており、首には乳白ガラスのほのかなきらめきが、上目遣いには男たちをひれ伏させる渋さが欠けていることだ。私が一番軽率だったのはホコリっぽい風だった。実際のところ、私は指輪が何グラムの重さで、一グラムの金がどのくらいの値打ちなのかすら知らなかったのだ。私が指輪のものなのであって、指輪が私のものなのではなかった。このバカ女を哀れんでということなら、私はもっと上手くやってのけただろう。だが、ここだとそれは場違いであった。

一人の老人が手の中で指輪の重さを計り、虫眼鏡で内側の刻印を調べた。

それは金《きん》よ、他になんだっていうの、と私は言った。

いくらにするつもりだい、二千かい。

売るかどうかは分からない。

二千百だ、取引しようじゃないか。

簡単に言ってくれるわね。

そうかい、もう一周りしてくるよ。

どれくらいかかるの。

そうだな、ざっと十五分だ。

そのとき、指輪はなくなっている。

だったらそれをよこせよ。

そんなに早くは無理。

いくら払ったらいいんだい。

お金は持ち合わせているの。

こんちくしょうめ、金をおでこに貼り付けとけってことかい。

最終的な金額は。

二千二百だ。売る気があるのかい、それともじいさんの膝の上がいいんかい。

まだじっくり考えることにする。

こんな若いメス猫が何を狩ろうっていうんだ、と相手は叫んだ。

私が相手を無視している間、相手は虫眼鏡をしまい、立ち去るのをためらっていた。意味なく一周りするよりもうまく取引を誘導するほうがよかったのだ。そこにはアイロンがかけられたばかりの青い縞模様のシャツを着て、私の目の前の土ぼこりの中で、見知らぬおじいさんが膝の上に腰を下ろさせるために立ってはいやしない。おじいさんのお腹、手、こめかみはリリーの将校から借りられていたのだ。真ん丸の太陽はこの日、脱脂綿の中に突っ込まれていた。

パウルには顧客が多く、アンテナを見せ、ブダペストやベオグラードの空を指さしながらビラを配った。私は膝を曲げて座っており、スカートがすっかり上にめくれあがると、意味もなくスカートをつまんだ。老人の言っていたことは正しく、猫が人間を見るように私はパウルをまじまじと見上げた。パウルの横にはオートバイがあり、何度も誰かがそれにぶつかる。私はぴくっと動き、オートバイがひっくり返り、パパが再び死ぬところを見てしまうのを待ち構えていた。パウルはアンテナ一本に対して二千レイを求め、半額を受け取ったのだ。一組の若い夫婦にすればその額はあまりにも高かったようだが、パウルは二人に対してお辞儀をした。

それだったらおたくらの心を今までどおりブカレストの方向に上げておくといいよ、じゃあ楽しんでね。

パウルは相手を侮辱することなくうまく振る舞い、馴れ馴れしく語りかけることができたのだ。しかし、私はすきっ歯で二重あごの行き当たりばったりの女性に麦わら帽子をあげたが、腕輪には毛深い少女の腕と合計金額がうってつけと思った。工場では自然の成り行きのように月に二回机の上に給料袋が置かれたが、それは見慣れぬ筆跡の郵便物だったのである。誰もが数え直すこともなくお金をしまい、封筒を投げ捨てた。封筒に書かれているものを変更することはできず、人は小心で無精のままだ。私はお金に困っていたが、どのようにして要らなくなったガラクタに売り文句をつけ、次から次へと売りつけてお金を稼ぐのかを知らなかったのである。

敷地の柵にはひび割れたコンクリート管が横たわっていた。一方の端には男が一人座っており、ブリキ缶から曇りガラスの古ぼけた電球に赤ワインを注ぎ、飲み干す。もう片方の端には愛情にかかずらう男がおり、膝の上には一人の子供が座っていて、男は子供の髪にキスをした。男たち二人の間では管の裂け目から錆びた針金が突き出ていたのである。私は頭の中で私たち三人の立場を入れ替えてみた。すると子連れの男はランプのかさの中身を飲み干したが、そんなことなら私にだってできる。すると今度はブリキ缶の男が子供にキスする番だったが、男はやり方を忘れてしまっていた。紐についた結婚指輪を持っている私のような女は、やり方を身に着けることすらない。それに指輪なんて二人とも私よりも早く売ってしまうだろう。土ぼこりが地面を天まで持ち上げる。ろくでもない一日だった。最後の二本のアンテナの前にいたたった一人のお客は、その瞬間、風だったのだ。パウルは目を細めた。

それって君の結婚指輪かい。

弱々しい頷きで私の本心がばれてしまったのだろうか、それとも私が獲物を狙う若い猫だってことを相手がとっくに知っていたのだろうか。

六千は欲しいな、と相手が言った。五千以下ってことはないよ。

一匹のハエが私の足の親指に止まり刺したけれど、私はそれを横目で黙って眺め、そいつを叩き殺すことが恥ずかしく思えたが、それはすぐにでもこう言わずにおれなかったからだ。

そんな価値なんて私の結婚にはなかった、と。

誰がそんなこと言うんだい、君かい、それとも君の旦那かい、とパウルは尋ねた。

そのとき私はトイレに行きたくなったが、向かう先は敷地の裏はずれにある二棟の木の小屋だ。

指輪をここに置いていきな、とパウルが言った。
パウルが指輪のことを考えてくれて、私のことを気にかけてくれてたらいいのに。彼は私の手首の紐をほどき、私は服を脱ぐときの子供たちのように腕を差し出して目を背けた。だが、すんなりそうはいかなかったのは、皮膚の薄いところで飛び跳ねる私の脈拍が相手の手の中へ入り込まんばかりだったからだ。手にとっては結び目が、私にとっては触れられていることが問題だった。手を放されたとき、私はもたもたと靴を履く。パウルは私の結婚指輪を小指につけ、小指をアンテナの上へと伸ばし、紐の端を垂らし、韻を踏みながら調子外れにある文句を口ずさんだ。
片隅で金《きん》を持つ身振り
手にキスをする振る舞い
それって分別を奪う行い
それは可笑しな歌だったが、パウルはしごく真面目で、一人のペテン師と人々が立ち止まったままだ。私は長い列を抜けて立ち去るときに笑った。柵の裏手の敷地のはずれには、忘れ去られた建築現場の落ち着かない静けさがあった。クレーンとクレーン、管と管、砕けたコンクリートとコンクリート、それらの間をつたっていたペチュニア、ヒルガオ、イヌタデ。すでにしばらく前から、私にはまったく別の指のことが思い浮かんでいた。

メモの一件から二日目に呼び出されたとき、私は手にキスをされると、トイレに行きたくなるということ以外に何もすぐに考えることができなかったのだ。アルブは言った。

さあどうぞ、廊下を通って左だ、最後から二つめのドアだが、ハンドバッグは置いていくんだ。

私は廊下を左に行ったが、せかせかしたくはなく、それでいてゆっくりとし過ぎたくもなかった。二つ扉を隔てて電話が鳴っていたが、帰るときも相変わらず鳴っていて、電話を取る人は誰もいない。中庭にはガソリンのスタンドがひとつ、ディーゼルとガソリン用の燃料ディスペンサーがふたつ、水ポンプがひとつあった。灰色のトラックが二台、緑のカーテンがついたバスが一台、小型バスが一台、青い自動車が一台、白いのがもう一台。それに赤いのが二台。廊下の端っこの扉の向こうで泣き声が聞こえた。洗面台の上には鍵型石鹸がひとつあり、二本の黒い髪の毛が引っついていて、くずかごの中には血のついたハンカチが一枚ある。そうなるともう私の心臓は喉もとでつっかえ、急ぎ足をひそめ、明らかに必要以上にそそくさと戻った。

**今、路面電車のベルが鳴り、**一匹の犬が通りを横切る。背の高い、まだら模様の痩せっぽちで、しっぽを巻いて、足には生乾きの泥がへばりついている犬だ。どこで泥なんてつけてきたのだろうか、この暑さなのに。犬の鼻づらからは泡が垂れていて、ベルを鳴らしたところでもう甲斐がなく、死んでもちゃんと取り扱われるだろうし、ようやく四肢を投げ出せることだろう。こんなのがますます増えているよ、とドアのところにいる若い男が言う。ファイルを持った男がうなずく。噛まれた人にはかろうじて懺悔の時間があるよ、うちの近所にいた子供みたいにな。その子の口からは、犬の鼻づらから出るみたいに泡が出ていたよ。犬の泡さ、もうお手上げで、狂犬病になっておしまいなんだよ。頭を震わせている老婆が言う。犬どもの異常は畑にどっさりある化学肥料のせい。あいつらが肥料をやるが、太ったネズミや、奇形の鳥や、刃のような草だけがでかくなる。他のものはどれもこれも発育が悪く、神さまに忘れられてしまったわ。もしわしがそんな犬に噛まれちまったら、何と言ったらいいんかい。あんたら若者だったら少なくとも何とか走って逃げられるだろうが。二、三年前だったらわしはまだ一番足の速い女で、その頃、息子がまだ言っていた、かあさんはまるで竜巻だな、ゆっくりしな、ゆっくりしなよ、と。走って逃げたらもっと酷いことになるよ、と若い男が言う。そんな犬が来たら、立ち止まり、どっしりと構えて、畜生の目を催眠術のようにしっかりと見なきゃならないよ、と。目がよければの話だが、眼鏡なんかかけていたらダメだわい、と老婆は笑う。ああ、神さま、眼鏡がなけりゃ、わしは尾っぽと頭の区別もできん。ひょっとすると、尾っぽをしかと見るのも役立つかもな、試してみなけりゃ、と車掌が笑う。だけどな、この間のことだが、公園で三つ足の鳥を見た、と老婆が言う。誓ってもいい、嘘じゃない、わしは眼鏡をかけていた。そんなこと信じたくなくて、それで二人の若者に、本当にそうなのかときいたわ。そしたら本当にそうだった。頭痛はどうですか、とファイルを持った男が尋ねる。よくない、と老婆は言う。歳月は忘れられ、どっかに行っちまうものだが、目や足や胆嚢は時間を覚えていて、そうして何もかもが現れる。車掌はシャツのボタンを上から下まで外す。まず最初は市場だ、すぐに着く、と車掌は言う。

**要するにお前は**南に行きたいんだ、とアルブは言った。ここのオペラ前にも噴水はあるし、鳩もいる。だが、お前のような小娘どもはオレンジの木が好きだが、行きつく先はどこかな、は、はぁ、どこかな、連れ込み宿、太い金ネックレスを着けてかかとの高い靴を履いた銀行強盗、ニキビが膿んで歯が長く――アルブはかじられてすり減った鉛筆を顔の前にかざした――男根がこんなに短いごろつきども、それが行きつく先だよ。

切れ端が尺度なのは、アルブがそのような一物を持っているからだ。

私が別の国に行ったからってこの国から何を奪うというの、と私は尋ねた。

少佐は親指と人差し指の間にある切れ端を上下に動かし、まるで独り言を言うかのように、私が聞くべきでないことを呟いた。故郷を愛さない者には、そんなことは分からぬ。考えを持てぬ者は、心で感じなければならぬ、と。

リリーは彼氏たちの手を重視していた。彼女だったら、アルブの指を引っ張ることなしには、このほっそりとした手が均衡を保つ様子を眺めることはなかっただろう。ここの事務所の中で何が起こったとしても、リリーなら、どの男からも抵抗されないことを忘れなかっただろうし、男を町へと呼び出して、手込めにしてしまったことだろう。気が急くあまり心臓が引きちぎれそうになると、寝そべるために床やベンチと少々の草地が見つかる。アルブであっても、肩書きや分別を失くして、リリーの美しい肉体中をさまよったことだろう。自分の大きな机に戻り、再び少佐の肩書きになると、あからさまに人目を気にしてまずは髪をとかし、上司へのうまい言い訳を考えたはずだ。くしゃくしゃになった不安を抱きながら嘘をつかなければならないのだ、私と同じように。私ならアルブにそうなって欲しいと思っただろうし、リリーのことなど理解しなかっただろう。年配の男たちに対していっそう深く色づいたスピノサスモモを一対の目に宿しながら、リリーなら何だっていうのよと私に言ったはず。秘め事をおおう数枚の皮がむかれても、顔に咲いた人に好かれるタバコの花は核心について話さなかった。私たちなら互いに傷つけ合っただろう。私がリリーを傷つけ、リリーが私を傷つけて。けれども、傍目から見ると、私たちは穏やかにカフェに座っていた。あるいは、散歩していたのだ。

それじゃ私らは決して終わりに行きつかないぞ、とアルブが言った。

事情説明のため、知っているすべてのイタリア人を書き記せとのことだ。そうした事情が私をうんざりさせ、時刻は夕方にさしかかり、私はイタリア人なんて誰も知らなかったものの、そんな事を言ったところで無駄だ。相手は猛り狂った。

お前は嘘をついている。

何もかも知っているぞ、とやはりアルブは難癖をつけた。きっとアルブのような者なら、私が嘘なんてついていないことは分かっていたのだ。それだけいっそう長く、勤務時間が終わるまで、勝手に無理やり私をここにとどまらせた。脚を伸ばし、ネクタイを緩め、頭を後ろに反らしたのである。いらいらと髪をとかし、髪の毛が櫛に引っかかっていないかどうかを見て、お尻のポケットに櫛を突っ込んだ。机をバシンと叩き、私の目の前に立った。私の鼻を白紙の書類へと押しつけ、耳をつかんで私を椅子から引っ張り上げたので、まるで焼きつくように痛んだ。それから彼は私のこめかみの毛をつかみ、人差し指に巻き付いた髪をねじり上げ、まるで房飾りでもつかむようにして私を引っ張って事務所を突っ切ると、窓のところまで行って、元の椅子へと私を座らせた。再び書類の前に座ったとき、私はこう書いたのだ。

マルチェロ、と。

私は唇を噛んだが、マストロイヤンニとムッソリーニ以外の名前なんて思いつかなかったし、それらの名前ならアルブだって知っていた。

苗字は知りません。

じゃあそのマルチェロとやらにどこで知り合ったんだ。

海です。

どこの海だ。

コンスタンツァです。

そこで何を探したんだ。

港です。

汚らしい港か、それで男は。

船に乗っていた男でした。

なんという船だったかな。

船は見ていません。

船を見なくとも、制服を見ただろう、とアルブは言った。

普通の夏物を着ていました。

だが船乗りだったんだろう、匂いで感じ取ったわけだ。

男がそう言ったんです。

アルブは私が嘘をついていると分かっていて、それを私に強いたし、私は孤独のあまり自分の言ったことを信じた。それから相手はかじられてすり減った鉛筆を引き出しにしまい、閉める前に中を見て言ったのだ。

家に帰って、よく考えるんだな。明日の朝十時きっかりまでにだ。だが、きっかりだぞ。フランスとデンマーク向けだってあるんだ。とすると、さらに他の奴もおそらく一緒に書いたわけで、何だかたいそうなものが出てくるぞ。十時きっかりだ。

フランス向けのメモ、そんなの聞いたのは初めてだった。ネルがアルブに嘘をついたのか、それどころかメモを二度書いたのか、包装場の娘一人の仕業か。アルブはメモを引き出しにしまっているのか、そして明日それを示そうというのだろうか。あるいは、私を明日までに半狂乱にさせようとして、出て行く前に、何か見つけだしたもののことを私に言うのか。私の舌は凍りついてしまっていて、それはもう二度と終わることがない。

再び外を歩くと、太陽はすでに赤く滲み、あらゆるものが夜に備えて配置されており、町にあるどの影も横たわっていた。私は頭の中で雑踏を、その上ではたるんだ頭皮を持ち運び、さらにその上にある髪を風が持ち運んだ。風は吹き飛ぶために、信号機は光るために、自動車は走るために、木々は立つために作られている。その中に一つの意味があるのだろうか、あるいは一つの役割しかないのであろうか。舌が脳みそ中を甘ったるく行き来きし、私はキオスクを見て、私は空腹なんだ、そうにちがいないんだと思い込んだ。ケシの実ケーキを一切れ求め、ハンドバッグに手を入れて財布を探した。すると手が硬い紙に当たったが、それは私のものではない。ベンチへ向かって数メートル歩き、ケーキを膝の上に置き、バッグからその紙を取り出した。包み紙キャンディで、黄灰色をしており、両端は固くねじられ、中になにか硬いものがあり、ゆるく包まれている。私は包みを開いて目を凝らした。私の見たものはタバコでも小枝でもなく、パセリでもなく、鳥の爪でもなく、それは爪が青黒くなった一本の指だったのだ。私はあわててそれをバッグの中へ押し戻した。キオスクの裏手では板の割れ目から光が漏れており、私はまるで病人に与えるかのようにケシの実ケーキを自分の口の前に掲げたのだ。光が前へ引っ張られたことで、キオスクが私のほうへずるりと滑ってきた。私がゆっくりと噛むと、砂糖の粒がこめかみまでぎしぎしと音を立てる。私は何も思わなかったし、そうでなければ何もかもが一挙に私とは関係がなくなってしまった。もちろん私は健康で、ケーキを食べたのは一人の弱った女であり、彼女は食べねばならないと思い、生きようとして食べたのである。そして私は、手の中のケシの実ケーキがすっかりなくなるまで、それって美味しいよと相手に吹き込んだ。それから私は指を包み紙に包み、その両端を再びねじったが、私は心の中でほどけてしまっていた。追い払われるためにそこかしこで色目が使われる死、それは、アルブのカレンダーに日付が印づけられていなかったとしたら、思いきって前に進み出て、来たるべき日を探り当てることができたのである。キオスクは立ったまま、ベンチは空いたままで、私は歩きに歩いた。私には、痩せていたり太っていたりする死が、ふさふさと髪をたくわえたり分け目をつけたり、花冠のように編み込まれたりはげ頭になったりしながら、私の日付をこの町で探しているのが分かったのである。私はボタンが閉じられていたり開いていたりするシャツを、長かったり短かったりするズボンを、サンダルと短靴を、紙袋を、バッグを、網袋を、空っぽの両手を見た。通行人たちは死が私の日付を探るのをまったく別々に助けたのである。

五本の外灯に近づき、ゴミ箱の中をのぞくと、そのうちの二つは半分ほど空だった。ごみは気にも止められずにさっさと捨てられる。指の爪は黒く、肌は冷たいビニールと取り替えられていた。表に出てどのくらいの間その指は私のバッグの中にあったのだろうか。よりによって私がその指を捨てる羽目になったのだ。夏のアスファルトは熱くなったタールの臭いがし、ケシの実ケーキや晩の空気やヨシや川辺の柳の茂みが私に吐き気を催させた。水が茂みを舐め音を立てていたが、十分な深さではない。数名の散歩者が夕闇に紛れ込みながら、別の方角へと歩いて行き、うなだれていたが、各々が一組みになり、一組みが四人になって、流れに逆らって別の橋へと向かった。紙の詰まったトランクがいつか置いてあった橋の欄干のところ、そこが指のための場所だったのである。私は気が進まぬままそちらに向かい、小さな包みを水の上に差し出してから落とした。包みは紙をつけたまま水面を打つ。水が和らぎ、あちこちに揺れて、包みを飲み込もうとしなかった。川にしてみればまるまる一人の人間のほうがよかったのかもしれない。私にとってはその一切れでもうんざりだったし、包みが誰のものか分からなかったことも十分すぎた。まるまる一人の人間が死んでいたのか、あるいはその人の指だけが死んでいたのかどうか分からなかったことも。

アルブは指について決して何も言わない。私も何も言わない。翌日十時きっかりの、このような見え透いた、狙いすましたような健忘症。手にキスを受けるたびに、健忘症が目をしばたかせる、今日までは。指の一件以来、私はアルブのところではもうトイレに行かない。

私は吐き気によって穏やかになるが、ただそれを他人にうつそうとするときだけはきつくなる。ある人に対して、私は黄灰色の包み紙キャンディについて話した、リリーにだ。アルブを訪れた三日後が、私が工場に復帰した最初の日だった。私がどこにいたのか誰も尋ねたりはしない。ネルは盗み見ることと、コーヒーを沸かすことと、換気と、書類の判子押しで時間を埋めた。午後にネルが事務机の上に半円状に並べたボタンの見本について、私にはさっそく意見があったのだ。だけど、言うことなんてできやしなかった、白いのが歯のエナメル質のように、茶色のがほとんどクルミの殻のようで、灰色のがホコリまみれの雨のように美しいなんて。

仕事の後で私はリリーとカフェに座り、単刀直入に語った。私は皮をすっかり取り除いて、核心を話し始めたのだ。それに引き換えリリーは髪の房を人差し指に巻きつけ、私から椅子を遠ざけた。目立たないだろうとリリーは思ったものの、しかしすきがあったのだ。なにせ私は目が見えないわけではなかった。リリーがこう尋ねたときに私に向けたあの小さな悪意ある目。

それが人間の指だっていうのは確かなの。

頑なに冷ややかなタバコの花、それは吐き気になかなか蝕まれようとしなかったのだ。私はテーブルの縁に置いた手を握りしめ、人差し指をテーブルのほうへと伸ばした。

じゃあ、これは何よ。

指を引っ込めて、と相手は言った。

見間違えることってあるかしら。

見たから、指をしまって。

何を見たっていうの、タバコ、それとも鳥の爪。

それ言わなくちゃいけないの、それとも、私がそれを信じればあなたは満足ってわけ。

ああそうなの、私を信じてくれるのね。あんたがそんなに慈悲深くて私は幸せだわ。

私だって同じくらい慈悲深かったし、リリーをこれ以上苦しめる気はなかったので、私は指を引っ込め、そして、猫が大型ゴミ容器のところで指を食べるのかどうかについていったいどう思っているのよ、と尋ねはしなかった。どのくらい時間がたったら爪は黒くなるのかしら、と尋ねなかったのだ。そしてまた、高くてほっそりした茎をして、庭で花を咲かせている指帽子《ジギタリス》［訳者注　別名「魔女の指ぬき」］が私にとってどんなに恐ろしかったかも、リリーに言わなかった。ケシの実ケーキに吐き気を催しながらアルブの包みを本人に返そうと決心したことも、黙っていたのである。それに、明日の朝十時きっかりにアルブが包みの返却を要求すると、包みを川に流したときに考えたことも。

去年の冬に工場横の食料品店でピクルスの小瓶を買って、二回に分けて食べた、とリリーは言った。最後のキュウリをフォークで瓶から引き上げたのよ。フォークには一本のキュウリ、それから一匹のネズミだった。それって指よりもひどいんじゃない。

だけどネズミは勝手にキュウリの中に入り込んだのよ、と私は言った。それに、ネズミをわざと誰かが缶詰工場で瓶に入れたとしても、それはあなたを狙ったわけじゃない。だって誰だってキュウリを買うことがあり得たんだから。

誰だって可能性はあったけど、でも私がそれを買ったのよ。

まるでリリーはアルブを擁護しようとするかのように、うなじの髪をかき上げた。すると髪がふくらみ、私たちは黙ってお互いに顔を突き合わせたままにしていたが、目はそうしなかったのだ。何とはなしにリリーは言った。

明日は絶対に電気代を払わなくちゃ。

リリーと私は、控えめというにはあまりにも長く、お互い黙っていることに慣れていたのだ。そしてどちらかがまた話し始めると、とにかく何かを口にするのだった。勝手が分かっているものにとって、指の後のネズミとネズミの後の沈黙と沈黙の後の電気代は同じ意味だ。話し続けること、それも口にされない何かについて。そうなってしまうと、顔では、話が続く限り、額と口がバラバラだ。

蚤の市にある木造小屋のところで、行列が二つできていた。誰かがフェンスの外で用を足さないように、若い警察官が一人見張っている。一つ目のトイレは空いていて、扉がついていなかったが、それでも列は二つあった。すると二つ目のトイレからは、男が両手に扉を持って出てきたのである。男は一つ目のトイレの前でしばらく前からもぞもぞとしていた男に扉を渡すと、手渡された男は背中を前に向けてトイレの中に入り、扉をこちらに向かって立てた。スッキリした男は用を足してからズボンの前を閉めたのだ。彼の靴には飛び散りの跡があった。

あんたたち、なんでこの子を先に行かせてやらないの、とサングラスをかけた女がきいた。まだちっちゃいんだよ。半ズボンとサンダルを履いた少年が女の服を高く引っ張り上げながら泣いていて、女は少年の手を叩いた。

服を離してちょうだい、ねえ。

泣かせときなよ、とある男が言った。そしたら、その子もそんなに小便したがらなくなるぜ。

男はズボンのポケットからマッチ箱を取り出し、少年の顔の前でガサガサと振ってみせた。

こいつをやるよ。

その子は首を振った。

名前はなんていうだい。

ツッカーフロー《砂糖蚤》、と子供が言った。

お前はツッカーフローなんて名前じゃない、と男は言って、マッチ箱をまた振った。それから母親に向かってこう言ったのである。

心配いらないよ、ヒマワリの種が中に入ってるだけさ。

女は子供のうなじをつかんだ。

ほれ、言ってやんな、何て名前だい。

子供は腕を上げて、顔をおおった。とうとう間に合わず、おしっこが足からサンダルへとつたったのだ。私は振り返って、パウルのところに戻った。

扉がもらえない。

パウルはだらしなくオートバイにまたがった。最後の二本のアンテナが売れた後だったのだ。パウルは要らなくなった紐を空に放った。

いったい何を言っているんだい。

私の指輪で得たお金をパウルはズボンのポケットにしまっていたが、そこなら安全だ。パウルが一緒についてきてくれた。木造小屋の前には相変わらず長蛇の列が二つできている。扉は一枚のブリキで、ちょうどテーブルの板と同じ大きさだ。ハエがブンブンとうなり、並んでいる者たちは言い争い、金色でかつ黒い臼歯と根だけ残った歯とすき間をむき出しにした。パウルは前に押し進んだ。取り決めがあった。

君は僕の扉を受け取るんだ。それから僕が扉を受け取る。それからあいつだ。

再び誰かが用を足し、扉を持って前に出てくるとき、取り決められたことは反故にされた。多くの者が急を要し、叫び声が上がったのである。警官はフェンスに寄りかかって、クッキーを食べ、赤いプラスチックの櫛の歯を使って親指から小指まで順番に爪を磨いていたが、実際には一刻の猶予もなかったのだ。

そんなに叫ぶな、と警官は言ったが、そちらを見ることはなかった。

弱い者を助けてくださいな。ポニーテールの女が言った。私は妊娠していて、もう立っていられません。足が折れてしまいます。

あんたのどこが妊婦なんだい、と老婆が尋ねて、警官をじっと見つめた。あんたはケツの中に子供を身ごもっているんだろ、腹なんて出てないじゃないか。

俺は審判なんかじゃないぞ、と警官は言った。

それで妊婦が言ったのだ。天にましますす偉大なる神よ、双子を身ごもるほうがこの扉を得るよりもよっぽど楽です。

双子のほうが二本の木製義足よりもいいさ、と警官は笑った。義足が必要ないように取り計らってやるよ。

警官は櫛を上着に入れて、一枚のクッキーを口に押し込んで、使用中トイレの前に立った。そう、妊娠していようがいまいが、今、彼女が扉を受け取れる、もうずいぶんと長く立っていたからな。

妊婦はパウルに扉を渡すと約束した。トイレから出てくると、誰の手がブリキ板を力ずくで引っ張ったのかを見ずにそれを放したのだ。パウルの後ろにいた太った男が振り回して、これは俺さまのものになったのだと口汚く言った。パウルはトイレから目を離さず、扉が内側から揺れ始めると、それに手を伸ばして取り上げたのである。

おい、お祈り中じゃないか、そう急かすな、と太った男は言った。便所の中じゃあ神さまが迎えてくださるが、外じゃあ悪魔の大騒ぎだぜ。

神さまのお迎えだって、と警官が言った。ひょっとするとお前と同じ顔をして便所に入り込むロバのお迎えかもしれないぜ。

パウルは私を小屋に押し込んで、その前にブリキ板を立てた。中には屋根がなく、天はうっとうしい緑のハエを送り込んだ。足場として汚物で汚れた二枚の板が地面に空いた穴の上に渡されていた。滑り落ちやすくなっており、私は二か所の乾いたところを探す。壁には赤の油性ペンキでこう書かれていた。

人生なんか全部クソだ

俺にはそれに小便をひっかけてやることしかできねえ。

外にいる人々の声が聞こえ、パウルも叫び声を上げた。この中だとちゃんと邪魔されずにすんだ。足の下で臭うもの以下になるなんてできやしない。あの太った男はこの中で強烈な悪臭に酔ってしまうことを神だと言いたかったのか。私は深く息を吸っては吐き出し、急ぐこともなく、滑り落ちる危険があるにもかかわらず目を閉じた。外に出てはじめて私は人間汚物のひとつになる。私はパウルと並んで歩いたが、敷地に並べられた人々やガラクタの列はなくなった。タバコの吸いさしが靴底に踏まれてできた肋骨模様の間に落ちている。ホコリが飛んで私たちの首すじに入ってきた。私としては便所のドアのことで感謝しなければならなかったが、私の舌が口の中で持ち上がらない。こんなクズの中で売られた私の金、六千レイは私にとって財産。ホコリは私たちの足と同じ道を歩み、先に立って歩いて行った。風は走り出し、大きく旋回し、落ちる。敷地を囲っていた金網のフェンスでは、紙切れと古着がからまった。パウルはオイルクロスをたたみ続け、それが青い書類カバンくらいになるまで小さくし、荷台の上に挟みこんだ。それからお金を数えて私に渡し、私の肘は自分が肘であることを忘れて緩み、パウルは手につばを吐いた。彼は紙幣を数え、私はといえば、相手の指が間違えて作業から離れて、私の手首をつかむのを待ったのである。

私のビーチボールとブローチは相変わらず新聞の上にあり、それらのことを尋ねる者は誰もいなかったし、私はここを立ち去って、これらをここに残したままにしておこうと思ったのだ。パウルはビーチボールを膨らませて、上に放り投げた。ビーチボールは私から離れて飛んでいき、皮をむかれたスイカのように、地面から、汚らしい日曜日から引き離される。ボールはとても美しく、もう私のものではなかったようだ。でも私なら、私だったら、すぐにひざまつき、目で笑い、口で泣こうとしただろう。それはパウルとの最初の倒錯した幸せだった。幸せのど真ん中めがけてパウルは尋ねたのである。

ポケットをいっぱいに、心を空っぽにした日曜日には、何をするのかな。

パウルはブローチも持ち上げて、スボンの脚のところで磨いたが、それは銅線でできた曲がったあごひげをもつガラスの猫だった。ブローチをシャツにつけた。パウルが自分の脇にあったオートバイを押したとき、猫のあごひげがピクッと動き、猫が息をし始めたのである。

よかったら狩猟の森に行こうよ、とパウルは言った。そこだと外で座れるんだ。レストランに入ってもいいしさ。

あなたがその猫を投げ捨てるのなら、と私は言った。あなたって怠け者のように見える。

そうは思わないよ、とパウルは言って、それを後ろのホコリの中に投げたところ、ちょうど一人の男性のスレスレのところに飛んでいき、男はちらりと目を上げる、遅刻したときのような大股で出口へと向かった。

義理の母親がチキンスープを作ってあいつを待っているんだよ、とパウルは言った。急ぐことなんかないのさ、どっちみちスープは冷めているからね。

パウルはこんな土ぼこりの中で私の結婚指輪を売り払っていた。大枚を叩いて遊ぶのにうってつけの気立てのいい尻軽女だと私のことを思ったのか。私が狩猟の森にある小さな植物園といくつかの花のラテン語名を知っていたのは、夫とその両親と何度か一緒に散歩したからだ。

当時、私は彼らと一緒に、下の中庭に住んでいた。庭の歩道からは直接部屋へと行ける。冬には石炭ストーブがお香のようなどんよりとした空気を暖気の代わりに天井へと噴き出していた。春から晩秋にかけて壁や窓枠沿いにはアリが列をなし、部屋の隅や引き出しの中ではアリがかたまり、机の上やベッドの中ではばらばらに働いていたのだ。台所でもそう。義母がスープを注ぎ分けた。彼女の夫が皿をさし出すと、義母はしばらく鍋の底でお玉をぐるぐる動かした、まるで野菜を探しているかのように。義母は鍋をかき混ぜ、アリを端へと追いやる。それでも義父の皿にも二、三匹入っていた。義父はスプーンを使ってアリを皿の縁にすくい上げた、まるでそれがめったにないことであるかのように。

こいつらまたしてもどこからやって来やがったんだ。

義母は言った。

癇癪を起さないでちょうだい、それって胡椒よ。

それが胡椒なら、俺はナイチンゲールってわけか。

挽いた胡椒よ、あなた。

じゃあ、いつから胡椒に足が生えているんだ。そう義父は尋ねた。

離婚後、二袋の衣服や身の回りの物を持って引き払っていた私。スーツケースは、橋の一件以来、手にすることはもうなかった。カルパチア山脈から持ってきた石を、夫は門のところまで私に届けてくれたが、それはビニール袋に入っていたのだ。私だったら石なんか忘れてしまっただろうけど、今では私のクルミにとってとても大切なものになっている。私は自分が年齢不詳に感じ、今の私がそうであるように、自由と孤独をたいていは区別できなかった。独りでいることは重荷でもなければ、楽しみでもない。つらいことは何もなかったが、もっとも三年続いた結婚生活のうち二年間はあまりにも変わらずに居続けたのは別の話だけれど。私は髪を短くし、服を買う。そして、新しく借りた住まいのために寝具と冷蔵庫と二枚のカーペットを分割で購入した。真新しいときが方向を指し示している間に、さっさと変わってしまいたかった私。リリーには変わってしまう必要なんかまったくなかったし、鼻にうぬぼれはなかったが、それは冷ややかなタバコの花に何かが起こることなどないからだ。愛が終わってしまっても、愛は好ましく顔に残った。無駄になった感情によってリリーは苦しみを味わったが、自分に焦がれる目が他にすぐに二つ現れることも知ることになったのである。私はこの手で外見を変えたがったが、手には財布が、財布には山ほどの紙幣が必要だったのだ。私ははじめからすぐに何もかもを買った、よく考えもせずに。今と比べたら私の心配事はわずかで、メモの一件より前のことだ。二、三日後の午後、私は給料を使い果たし、お金を借りた。ネルからだけでなく、ちょっとした知り合いからも。借りたお金も手から飛んでいき、衣服へと消えた。朝、会社へ行くと、最初に自分の机にポケットミラーを置く。ボタンリストの合間合間に、私は絶えず自分を見つめる。ネルは日毎私をほめるようになった。髪を短くするなんて毎日は無理。ひどい状況ではないという確信を取り戻すために残ったのは新しい服だけ。少なくとも一日の間、服は私の顔よりも新しかった。もちろん借金のことは忘れなかったものの、ますます買い物をするようになってしまったのだ。目は見開き、熱っぽかったけれど、喉の辺りだけは窮屈だった。つかの間のことが良心の呵責よりも一段と強くなっている。午後の太陽に照らされながら大通りで、人々はリリーのほうを振り返ったが、それは彼女が美しかったからで、私のほうに振り返ったのは、私がリリーと腕を組み、大声で歌っていたからだ。

　むしろ木には葉というものがあり
　お茶には水というものがあり
　お金には紙というものがあり
　心には逆さまに降った雪がある

私たちは酔っ払いのふりをして、私は千鳥足で歌い、リリーは千鳥足で涙が出るほど笑った。そしてついに私はこう言ったのである。

　服が借金を作るんじゃないし、靴が作るのでもない。私でもないけど、お金こそが借金を作る。たいていの人にはお金が無精ひげと同じように後から後から生えてくるけど、私は、私と言えば、いつでもツルツルだ。お金がポケットの中にあるなら、私には何がしかがあるってこと。そして次の瞬間には突然すっからかんよ、だってお金はお店のレジに行ってしまうから。だけどレジの中でお金の価値はまったくそのまま。お金がそこにあって、私はそれを見ている。私は無一文、お金が二十センチほど私のバッグから離れているだけでそうなる、言っていること分かるかな。

　年をとるとお金って集まるもの、とリリーは言った。あなたってそれだから年をとりたいのね。何よそれ、連中の内で、あなたに貸したお札の数枚に執着する人はいやしない。あなたが逃げるわけじゃないんだし。

このところ満たされない私のうぬぼれを、リリーは自立と取り違えていた。私はもう逃げない。工場からは。でも私の分別から、額にある鉄の小型人形から逃げた。それは大晦日の夜が終わる頃にテーブルクロスの上にあった錆びたアントニウス十字架と同じようなもの。

義父母と暮らしている間、私は庭に立つたびに不安な驚きに襲われたが、それは義父によって数分で接ぎ木された生垣のバラが毎年夏になるとすっかりもつれて花を咲かせてしまうという思いだ［訳者註 「生垣のバラ」Heckenrosen という言葉は「交尾する」hecken という言葉を想起させる］。バラが新しく生えた枝に再び咲くことはなかった。バラの接ぎ木、それは私にとって、お尻に顔の手術をするようなもの。私は花なら何でも部屋に飾ったが、接ぎ木されたバラは決して飾らなかった。切られてもバラがほんの少しも変わらないかどうかなんて誰に分かったことか。私が離婚後に変えられた自分といえば、せいぜいが葉っぱだけだった。長かった結婚のゴタゴタが終わると、誰にも怒鳴りつけられない日々が訪れる。私は日毎に人々から遠ざけられ、誰の眼からも切り離されて、まるで戸棚の中に閉じ込められたかのようになり、そうあり続けろと願う。荒んで孤独になる素質は私にとどまったが、母のときのように突然あらわれる前に消えてしまった。それからというもの母は私に対して隠し立てがなく、最後に訪ねたときにもたった一人きりで家に残っていたのだ。もっとも同情の気持ちはわかなかった。私は母と違って孤独への素質を先延ばしにしなかったのである。皆に先立たれてしまった母ほど意固地でもなければ、何より自分の人生と関わるタイミングが母ほど遅くもなく、それに私はすっかりどこかに飛んでいってしまいたい気分になっている。もし私が母で、母が私だとしたら、私は早い段階で母の立場に甘んじていた。母は窓から射す光の中では赤の他人になって狂ってしまい、棚の食器のそばだと顔なじみになって逃げ出してしまい、そんな調子で家の中を歩き回ったのだ。私の理解だと、こうした素質は人生後半のもので、それに出くわした私はあまりにも若すぎたし、あまりも時期が早すぎた。

私はいつも微笑んでいる痩せ男の借家に住んだ。男の微笑みは顔立ちそのもののようで、表情のようではなかった。男が家賃のために来るときはいつも、後ろにせむしのこぶ、前に突き出た鎖骨があり、ドアの外に立っていたのは鳥かごだ。顔の皮膚は透けて見え、それはまるで骨が擦れて破れてしまうかのようで、皺はないものの、とても古びれていた。私は相手に対して五度目の言い逃れをし、お茶を出すからと言って部屋に入るよう勧める。男は身振りで遠慮し、うなずいては甲高い声を出したが、私はといえば、この鳥頭はあとどれくらい私に寛大かなと自問した。興奮でもして皮膚が破れてしまったら気分を害さないかな、と。

荒んだ孤独は、確かに私にふさわしいものではなかった。しかしネルと共有したものは厄介で、私は彼の憎悪にうっかり足を踏み入れてしまったのだ。ネルと私は出張で十日間ドナウ川とカルパチア山脈の間にある田舎町へ行った。彼はこの出張に行くことが決められており、誰と行くかを選ぶことができたので、私を推薦したのだ。ちょっとした旅行は私に都合がよかった。工場のある小都市のボタンセンターという名前から、私には何ら魅力的なものが思いつかなかったが、せいぜい思いつくのは草がはびこるコンクリート製建材と基礎溝に囲まれた十列の汚い建物からなる荒地で、何も建てられずまた何も片付けられていない場所だ。国内最大のボタン工場のため、ここは村とは呼ばれていなかった。三キロにわたって曲がりくねったアスファルトの道がホテルから工場の門までイラクサの野を通って延びていたのだ。風は深緑になって吹いたり止んだりしたが、それはまるで泳がざるを得ないかのようだった。朝早く私たちはこの絶えず途切れては再び始まる通りを歩く。私なら九日目になってもまだ道に迷っただろう、なにせイラクサは私たちの頭よりも高く伸びていたのだ。ネルはここに来るのは初めてではなく、ボタン工場の中と同じようにイラクサの中での勝手を心得ている。私たちの靴はホコリと露に汚れた。八時に私たちは門の前でネルのハンカチを使って靴の汚れを拭き取り、目録と素材見本を持って事務所と部署の間を駆けずり回る。午後五時になると私は、二つや三つや四つの穴の空いたプラスチックや真珠や角や、より糸でできたボタンやリンネルとビロードで覆われた軸のあるボタンの見分けがつかなくなった。こんなにたくさんあると、ボタンはまるで薬工場の錠剤のようだ。そうなると、例えば毎日三回食後に服用するために箱に詰めて薬局に送るべきであって、縫いつけるためにアパレル縫製工場に送りはしなかっただろう。午後になるとイラクサの通りは朝とまったく同じに深緑になった。露は乾き、ホコリは白くなる。鳥が鳴いたけれど、どこからかは分からず、空には一羽もいない。ホテルに帰る道で私たちは季節もののボタンと価格と納期について話した。

ホテルの表側にある部屋からは、一階建ての赤い駅舎が見える。レールの横の杭のところで一頭の白ヤギが草を食んでいた。綱の届く範囲でヤギは青いチコリと焦げた草を食べていたのだ。もしくはただそこに佇んでレールを目で追っていただけ。夜が大地と杭と綱を飲み込んだ。もっぱらヤギだけがほのかに光る染みのままだった。それと破風のずっと上のところで駅時計の文字盤が光っている。

私は二日目の夜にはもう向こう側の時計をベッドから見ていた。貨物列車が空を横切ってゆっくりと動いており、寝ることなんて考えられない。初日からここの時間は事務的で、列車がいっぱいに詰め込まれた夜もまたそうだった。ちょうど列車が一台も走っていないときは、廊下はどたばたいう音と男たちの声でいっぱいで、誰もがロシア語を話していたのだ。二日目の夜にはもう、磨き上げられた重いクリスタルの花瓶を念のために枕の下に置いておいた。水道水には塩素の味がし、塩素には求めていた眠りの味がしたのである。喉が渇いていないのに飲んだのは、ただ単に、飲むために起き上がってから再び横たわる必要があったからだ。私たちは夜レストランで食事をとった。私たちの丸テーブルの隣には、壁に沿ってお祝い用の長テーブルがあったのだ。テーブルの周りを数えてみると三十四人の小柄な男たちがおり、彼らは頬骨が広く、真っ黒な目と髪をしていて、灰色の生地でできた夏服と襟のない白シャツを着ていた。

連中ときたら毎晩ひとつのテーブルに居続けるつもりなんだ、とウェーターが言ったが、馬に乗りながらどう小便をするかとか、鎌でどうボタンを縫いつけるかとかを話し合うためだよ、と。アゼルバイジャンの代表団でさ、もう一週間も情報交換だっていってここのボタン工場にいるんだけど、その後にもう一週間友好訪問をするんだぜ。

どこで、と私はきいた。

やっぱりボタン工場でだよ、と言って相手は目配せをする。その点、友好訪問は初日からもう始まってたんだ。あいつらがここに来てからというもの、真夜中すぎに女の子たちが五人、ボタン工場から一階の奥の部屋にやって来るんだよ。ドアの前では押し合いへし合いで、ドアの後ろではバッグパイプみたいな嘆き声がするんだ。そんなのを聞く奴は、もうしくじったってことさ。出すものをなくなるまで出す奴もいれば、そのまま舞い上がる奴もいる。そしたら子供がちっぽけな町に現れる、そう俺はおたくに言うよ、子供は今にはなを垂らした鼻ぺちゃな混血のアジア人に育つんだ。

相変わらず同じ一人の男だけが長テーブルで話しており、口調は荒っぽく早口で、まるで顔に怒りを表さずに罵っているような感じだった。ほかの連中はみんな聞き入っており、ときどき全員が笑い、直前まで罵っていた当の男も笑ったのだ。男が私のほうに視線を向けることもよくあった。私は男を目の中に受け入れた、他にいい手立てがなかったからだ。ネルは季節ものボタンをもう一度私と一緒に点検した。私としてはアゼルバイジャン人たちについていくつかコメントをしたかったけれど、連中は何人いるのかしらと言っただけで、ネルからこんな返事を聞かされたのだ。

人の頭数なんて数えるもんじゃない、連中が気づくじゃないか。

たとえそうだとしても、なぜ数えちゃいけないの、だってそこにいるじゃない。イラクサの野や駅のヤギのほうが無害だったのかもしれないけど、だけどネルはそんなものに目もくれなかった。ネルはすっかり元気を取り戻しているようだ。それで列車のこんな騒音の中でも眠れるのよ、と私は思った。この男とヤギは。日中働くために夜に眠る時計人間、そういう奴は出張向けに作られている。この旅行の理由は初日から馬鹿げていた。イラクサの通りからボタンを注文するなんてことは。そこでは、人の目から涙があふれだし、工場内の住宅にある衣服の山なんて前からもうまったくあり得ない。もう三日目の夜には、十一時を過ぎると、またしても駅の時計が気になった。二時きっかりになっていたのだ。列車ははるか遠くから樹木のようにざわめき、それから空中で鉄が響くようになり、とうとう頭の中で破裂するようだったのである。その後は静けさが痛み、犬が吠え、やがて次の列車が来た。私の脳髄が一緒に滲み出す。ドアがノックされたのは、ちょうど列車が走っていないときだった。枕の下の花瓶をつかんで叫んだ。

パスチヨール トワリシュ［訳者注 アッチニ オユキ］。

俺だよ。

寝巻き姿で、裸足のまま、ネルが敷居のところに立っていた。

ずっとノックをしてたんだぞ。

あなたなら眠れると思ってた、私はこんな駅のとこじゃ一睡もできない。

ネルはベッドに腰かけて両手で頬杖をついた。窓を開けると、眠っているヤギがほのかに光る斑点となって闇の中に見え、遠く時計の後ろに赤い信号灯が、うんと遠くの外に青い信号灯が見える。ネルは横になった。

君のために寝てやるんじゃないぞ。

私たちは窓を開け放しにしたまま布団に入った。貪るような互いの喘ぎ声が線路を走る列車みたいに今に響くことは分かっていたのだ。私はまったく拒まなかった。こんな荒れ地で一昼夜を過ごした後だと、アゼルバイジャン人の誰が来ても手に花瓶を持って迎えただろうが、その後で股の間に入れてやる。ネルは喘ぎ、私の胸をわしづかみにし、私たちは肌を重ね合わせてとある駅の近くで寝ており、彼は愛を口にした。私は好きに言わせておく。放っておこう、拒むのは出張後にできる。私の場合、気持ちの整理にまだ時間がかかるかもしれない。

ネルは毎晩十一時頃にやって来た。天井灯は消え、洗面台の上にある白熱電球が灯っている。横に傾げられた首、曲げられた腕と足のぐらついた線、とりこになった二つの白い目、それこそがネルだ。他は何もかも暗闇の中。この町の荒れ具合によって萎えていたものを愛がまっすぐに直してくれるらしかった。相手は一晩中私を求め、その肉と脳は一つになっていたが、思考なんてもはや一切ないところでそれらは出会ったのだ。私は何もかもがうまくいかず、自分がどこにいるのか忘れられないままめそめそと泣いた。駅の時計に目をやると、時計が見つめ返してくる。私の頭蓋の中は切妻壁にある目盛りの入った文字盤のように明るいままだった。私としては荒れ地に向けて今回のような一歩を自分から踏み出すことはなかっただろう。もし自分から踏み出すとしたら、アゼルバイジャンの男一人と一緒。その男なら夜をもっと短くしてくれた、一夜にしろ、あるいはやがて訪れるすべての夜にしろ。だけどレストランの長テーブルでは、その男を見分けられなかったはず。私としては、まるで夕食を食べながら三十四個の同じボタンの中からある一つのボタンを探し出そうとしているかのような気分に毎晩なっていたでしょうね。つまりどの夜にも違う男が訪ねてくることもあり得た、外見からだとまったく区別がつかないけど。そもそもそんなことがあり得たとしたら、男なりの振る舞いだけで気がついた。あるいは連中はベッドの中でも同じだ。出張が終われば、十夜を共にした男であれ、一夜ごとに入れ替わった十人の男であれ、もう会いはしなかっただろう。ネルは私と関係を持つようになっていたが、私から誘ったわけではなかった。毎晩二時頃にネルを部屋に帰す。最後の晩ですら戻りたがらなかったけど、それでも何もかも台無しにしてしまわないように、おとなしく応じたのだ。

　帰郷前の朝五時頃、ヤギが杭の周りをうろついていた。パンを一切れやる。ヤギは前もって嗅いでみることもせずに食べた。列車の客室に入るなり私は寝てしまい、夜をことごとく取り戻したので、列車の轟音も周りの音ももう何も聞こえなかったのだ。列車が中央駅に着いてネルが私を起こしたとき、私の頭はどうしたことか彼の肩にもたれかかっていた。私たちは都会の騒々しい朝にバス停へと向かう。ネルはカバンを脇に提げたが、私が自分のカバンをお互いの間に提げたので、空いている腕を私に回すことができなかった。あの赤い駅舎の前で、ヤギが朝の冷気の中でパンを食べ、ネルが上着を羽織ったとき、私にはもう分かっていた、時間はまだまだやってくるけど、愛は少しもやってこないって。

　数日のうちに私は事務所で帰路につく前にネルに言った。

ダメよ、私、あなたの家に一緒に行けない。あなたも私のところに来ちゃダメよ。

どうしてだい、とネルは尋ねた。

十日であれ三年であれ、男たちはいつも理由を必要としていたのだ。ネルは言った、何の理由もないなんてあり得ないよ、と。夫と別れてからというもの、私は自分のショートヘアーに見合った生活を望んでいた。まだ十分に若いうちは、輸出用の服が送られる美しい国に行くことを。そういう服、それにもっときれいな服を着るに値する女になりたかったし、そんな服を買ってくれる気前のいい夫が欲しかった。園芸農園の三人娘たちはイタリアに嫁いで行っていたのである。義父は娘たちに根掘り葉掘りきいて、家にいる私たちに事の経緯を話した。この土地にいる若い娘たちの体を欲しがっている男たちは、たいていは独り身で、仕事では尊敬されており、母親が墓に入ってはじめて結婚するような者たちだ。穏やかでもたもたしており、あるのが思いやりなのかもうろくなのかが何とも区別し難い紳士たちは、二度目の円熟を迎えた小ぎれいな男たちである。ひょっとして私も、この土地から立ち去るためには、何とかリリーの趣味に行き着くかもしれない。必要なのは必ずしも美しさではなく、ただ若々しいことだけだった。それに控え目に見えなくてはいけない。結婚は申請を出してから二年後に許可される。お尻を丸出しにして家族という巣に入っていく。テーブルには、ナイフとフォーク、ちょっと運がよければそれらは銀製で、それに大理石の花瓶がある。そうなるまで、私は二年をつぶしたかった。私はイタリアに行きたかったけど、そんなことネルには何も関係なかったのだ。

あなたが理由ではない。私はそう言った。あなたのことを言っていたんじゃない。私のことでもなくって、私たちは出張だったのよ。

相手の表情は凍りついていた。それから目玉が四角になって瞬いたのだ。彼は手を振り上げて私にビンタを食らわせたが、その仕草はコーヒーを沸かすよりも、靴紐を結ぶよりも、鉛筆の先を尖らせるよりも手馴れたものだった。平手をもらって、私は頭がガンガンする。気が遠くなったのに、私は笑っていた。いいわ、倒れてドア枠に頭をぶつけたとしても当然の報いだったかもしれない。ただ相手が一週間後にイタリア宛のメモで私を告発したことだけは、当然の報いではなかった。私を解雇させようとして、自分で手書きして尻ポケットに差し込んだスウェーデン宛のメモでさらに状況を悪化させたこと、それは狩りだ。それにフランス宛のメモも……。

**婆さん**、着いたよ、と車掌が言う。老婆は立ち上がり、十回、十五回と頭を震わしさえすればよく、それからドアのところにいる。後ろのドアで水差しがカチャカチャ音を立て、靴が引きずられていく。私だったらここで降りて、何かを買い、リンゴ一個分のお代を支払いたいところだが、それだったら列に並ばなくてすむ。さっさとすませば、路面電車に何とか間に合う。もうすぐ九時、だけどまだきっかり十時じゃない。アルブならポケットのリンゴに気づきはしない。若草色の夏リンゴ。早生のリンゴはたいてい虫が食っていて、アザのような斑点でいっぱいだろうけど。かぶりつけば、泡みたいにあふれた果汁で口がすぼむ。そのようなリンゴはいまだ成長し続けているブラウスにぴったりだ。走行中に、あるいは降りてすぐ後の十時ちょっと前のときに、食べることができるだろう。取っておくことだってできる。アルブが私を引きとめるなら、私は長いことなんにも食べさせてもらえないだろう。でも、もしリンゴがクルミを台無しにしてしまい、リンゴのせいでアルブが私を引きとめたら、どうなるのか。空腹にもかかわらず、ポケットの中のリンゴが歯ブラシと同盟を結んでしまったかもしれないという考えが思いつくだろう。嫌々ながらもリンゴを食べるだろうし、美味しいと思えるほど空腹になるなんてあり得ない。ファイルを持った男が座席から飛び上がり、車掌のところへ行く。私も急いでアスピリンを買いますが、もうしばらくここで停車しますよね。そう長くはいないよ、と車掌は言う。俺だってトマトが欲しいが、俺たちは遅れているんだ。待ってくれるなら、私が手に入れてきますよ、とファイルを持った男が言う。車掌は瓶のふたを開ける。いや、次の一周はもっと速く運転するんでね、そしたら自分の時間が取れるよ。飲む前に車掌は飲み口を手でぬぐう。まるで最後に飲んだのは他の誰かで、自分じゃないかのように。

一切が頭の中でせわしげに動き回った。今週の日曜日、蚤の市の後、パウルの後ろに座って人生で初めてオートバイに乗ったときのことだ。道は上のほうへと湾曲していた。町の中心部では散り散りになった大家族の者たちが教会の扉を離れたきり、染みのように動かないでいたのだ。大人たちは歌とお祈りの後で語り合うことが多く、子供たちは再び笑ってソワソワすることを許されていた。黒い服と白の靴下に身を包んだ一人の老婆がまるで峡谷を通っていくかのようにプラタナスの並木道を抜け、そして叫んだのである。

ゲオルギアナ。

もっとも誰も老婆のもとには来なかった。けれど、何本かの木を通り過ぎていくと、頭の真ん中に赤いリボンをつけた女の子がゴミ箱のかたわらに立っていて、赤いエナメル靴でアスファルトをコツコツさせながら一曲歌っていたのだ。会話と同じ調子で先へと進んでいた大人たちとこちらに来ない子供との間に老婆は立ち、どうしてよいのか分からないでいた。首が短く縮こまってしまうくらいまで、私は乗りながら周りを見回す。黒い服が見えなくなり、オートバイは私の指という指を突き抜けてブーンと音を立てていたのである。

生涯にわたりパパは日曜日に教会へ通った。ママやおじいちゃんや私が一緒じゃなくても、パパは一人で行ったのだ。帰宅の途中、パパは公園裏の酒場で立ったままシュナップスを一杯ひっかけ、外国製のタバコを一服吸った。ちょうど一時には昼食のために席に着く。骨の髄まで罪が染みわたっていた晩年ですら、教会へ行った。こんなにもどっさり罪を抱えているのなら、私がパパの立場なら家に残っていたと思う。もう次の日に会う約束をしておきながら、おさげ娘との関係を終わりにしますなどとパパが日曜日に神さまに誓ったなんて、私には想像できない。私にはとっくに気づいていたことだけれど、月曜日におさげ娘は子供を連れずに市場に来た。だって自分の妻と寄り添うパパと同じく、おさげ娘は日曜日に自分の夫と寄り添いながら時間を数えていたんだから。月曜日の晩だと、主なる神のようなお方でも悪魔でも二人の邪魔をすることはできなかった。日曜日、私たちは昼食に鶏を二羽食卓に並べ、残りものを夜に食べたのである。パパは二羽の頭からとさかを選んで食べたけど、それは月曜日に罪のために必要としていたからだ。私はといえばおじいちゃんと脳みそを分け合ったが、それはおじいちゃんのように沈黙することを学ぶため。主はママの機嫌が悪いことを知っていたはずだが、パパがその主に罪を赦したまえと頼み込んでいたことは確かにあり得た。教会の扉の右隣にイエス様が掛けられていたが、大人たちが行き来の際に御足に口づけするために、口の高さに合わせられていたのだ。子供たちは腰をつかんで高く持ち上げられた。そうする必要がある間は、ママやおじいちゃんが私を抱き上げてくれたが、パパは決してやってくれなかったのだ。イエス様にはもう足指がなかったが、全部口づけですり減ってしまっている。子供の頃、パパは私にこう言った。

この口づけはどれも残り続けるんだよ。死んで最後の審判のときが来ると、口づけが口の周りで光るんだ。お裁きが下されて天国へ行くんだよ。

何色に光るの、と私は尋ねた。

黄色さ。

じゃあ私たちがお互いにする口づけは。

そういうのは光らないよ、だって後に残らないからね、とパパが言った。

聖テオドール教会の周りに住む者なら誰だって、イエス様の足指にあるホコリを少々唇につけていたのである。私がおさげ娘と入れ替わろうとしたものの、パパがあの娘の肉体から離れなかったとき、あの娘の口づけも残り続ければいいのにと思った。その口づけが最後の審判のときに足指の口づけに混じってぼんやりとした光を放ち、ペテン師の正体を明るみに出して欲しいって。

リリーがいつか言っていた。母はもう教会には行かない、だってこの頃のミサって国家元首へ嘆願し始めているから、と。

結構なことね、と私は言った。でも、旦那が老骨に鞭打って待ち合わせの新聞スタンドに毎週出て行くけど、それでお母さん、生活ができるのね。

ママは生活できる、とリリーが言った。だってそうしていかなきゃならないから。

私とパウルはすでにしばらくの間狩猟の森の中に座っていたというのに、私の頭の中はまだドライブのことでいっぱいだった。森を抜ける最後の道のりで、深く茂った枝が私たちの髪に当たる。木々は緑にざわめき、一面の空は木の葉でできていた。私は首を引っ込めながら懇願した。

そんなに急がないで。

パウルは自分の座席を私の座席にぴったりとくっつけ、口にビールの泡をつけながら私に口づけをした。私はまだドライブのことでぼんやりしていたが、口づけがそれに加わる。心臓がときどきかすかに鼓動した。意識をしっかり保とうとしたけれど、もっとも幸せは私にその時間を与えない。ガラクタが集まり、お金以外に何も期待できない人々がいる蚤の市が幸せをもたらしうるということに気づくのに、かなりの時間がかかった。頭の中の幸せが時間なんかじゃなく、よい巡り合わせを必要としているということに。私の指がパウルのあごの下にある暖かな首に触れていることもあれば、ビール瓶の冷たい首に触れていることもあった。お互いのことをほとんど知らなかったので、たくさんのことを語り合ったが、たいていは自分たちのことではなかったのだ。その日の午後遅くに何組かの家族連れが森にやってきたとき、パウルはビールを六本あけていたが、まだまだいけた。居住区での昼食を済ませた家族らは、工場に閉じ込められる翌週を前に、今しばらく頭の中に空を入れようとしたのだ。花柄を今風に彫り込んだ太い結婚指輪をつけていた割と年かさの夫婦が、私たちの席の空いた二つの椅子についた。

最後にきいておくわ、と言った妻。

知らないよ、と言った夫。

誰なのよ。

だから知らないって言ってるだろ。

知らないってどういうこと、お馬鹿のふりはやめて。

そうまくし立てるなよ、本当に忘れちまったのさ。

分別を忘れたってわけね、とっくに生まれたときから。

そうさ、そうでもなけりゃお前のちっちゃな脳みそに分別なんてないだろうよ。

あなたのお母さんの泥小屋にならあるのね。

君には分別が必要だよ、僕の愛しい人。

あなたの愛しい人ね、他の人ならあなたなんて相手にしないわ。

ああ、君はいまに僕のこと悼んで泣くよ。

いま何を考えたの。

どう言えばいいのかな。

きっと何か他のことを考えたのね。

いいや、他に何か考えちゃいないよ。

そんなこと信じられないわ。

違うんだよ。

違わない。息をしてると思ったらもう嘘をついているんだもの。

そう、そう、それどころか君とヤってるときもね。

だったらどのみちそうよ。

だけど君はかなり何度もしたがるじゃないか。

だって他のことじゃ何もあなたをものにできないわ。

君はしゃべるけど、でもパーマをかけた穴でしかないよ。

さあ言って、どうだったの、それとも違ったの。

やめろよ、知らないんだよ。

誰だったのよ……。

はじめから水中の渦のような調子で、声が鋭くなり、泥小屋は鶏舎に、パーマをかけた穴は房付きマットレスになったのである。毒が二人の目から針のように突き出た。女はこの場に二人だけしかいないかのように根掘り葉掘りきき、男は自分が一人きりであるかのように虚空を見つめたのだ。太陽は相変わらず乳色で、大きな木々のざわめきが聞こえ、空は押し迫り、たくさんの木の葉に埋もれて居場所がなく、靴は砂利の中でギシギシと鳴っている。男は女に嫌気がさしており、女のいいなりになっていた。そして女は私たち三人全員から目を離さない。私とパウルもとらえられており、お互いに見合うことなく黙っていたけど、それは私たちがお互いに合図を送っていると思われないようにするためだ。互いがバラバラに聞き耳を立てていたが、口がきけないようになっていたこともあって、女が男から何を望んでいたのか私たちには分からなかった。パウルはテーブルから手を引くと、女はその動きを見定め、私を見つめながら、私が次に何をするかを待ち構えている。私がパウルのほうに身をかがめると、パウルは私の膝に手をやって言った。

行こうか。

私はまっすぐ座り直したが、女はパウルの手がテーブルの上に現れるのを待ち構えていた。パウルはそのことに気づいていたにちがいなく、私の膝の上に手を置いたままにする。もう一方の手でウェイターに手招きをした。

私に払わせてよ、そしたら売れた結婚指輪が喜ぶわ、と私は言った。

私は幸せをわざと軽く扱おうとすると、ちょうど相手の二人は黙り、今までのパウルと私と同じように聞き耳を立てたけど、二人がまだ何やら聞いているのにその内容を理解していないことが私には嬉しかったのだ。パウルは自分の財布からお金を取り出し、私のお金には手を付けようとしなかった。女が自分の結婚指輪を眺めていたとき、パウルと私は同時に言う。

さようなら。

それはまるで私たちがぜんまいを巻かれた二体のおしゃべり人形であるかのように響いた。女は手を少しばかりテーブルから上げてあいさつを返す。男はまるで私たちの助けを必要としているかのような顔つきをして言った。

お元気で。

男の状況では、私たちよりも男のほうが助けを必要としていたが、私たちは木々を抜けてずれのある高層ビルまで行った。私はその夜に初めてパウルのところで眠り、そのままとどまったのだ。

肉体が実際の私たちよりも老いては若返り、呼吸が静まるかもしくは苦しくなってずたずたになってしまうまで、私たちはこの最初の夜に愛し合った。その後まるで犬たちが空をうろついているかのような吠え声を聞く。それから街路は時計のチクタクいう音を聞きながら眠り、地面は静かになった。空が白んできたものの、文字盤はまだ外からの光を受けていない。まもなく下の商店街にライトバンが到着した。私はベッドから下り、手に服を持ってこっそりと部屋を出る。鳥肌を立てながら私は廊下に立ち、寝床の温もりが残る肌の上に服を着た。パウルが目覚める前に、私はさっさと靴を履いていなくなりたかったのだ。その後、実際にはそうしなかった。そのままとどまっていられること、そのことはまるで靴がここにあるのと同じで、まるで台所に造り付けの棚が下がり、椅子の背もたれにくっきりと明るい太陽の筋が射し、それが伸びた後にテーブルの上まで達しているのと同じ。ここにとどまり続けること、それは書類上、工場だとだいぶ前から書かれていることだけど、毎週土曜日の後は月曜日だから。私はグラス一杯の水を取って、舌にある粉っぽい味を飲み込んだ。蚤の市で買い取られるもののようにとどまっているのではなくずらかるほうがいい、と思った。去る者はまた再び戻ってこれる。赤エナメルの缶が机の上にあり、それを開けると、挽かれたコーヒーの香りがして、私はふたを閉めてそれを置き、脂ぎった自分の指紋を見た。夜に見た夢はこんなのだ。

私のパパが晴れ着の白シャツを着て、家の中庭にある木のテーブルに横たわっており、パパの左耳の傍らには桃が一個あったが、それはパパが数年前に自分で植えた木々のうちの一本になったものだった。胸郭が湾曲した鳥顔の男は夢の中だと私の家主ではなく、パパの襟先と胃の間をシャツの上から四角形に切り抜いたが、その切り方はまるで三番目から五番目のボタンまで定規で引いたようだ。男は肉でできた白塗りの小さな戸を取り出す。

私は言う。血が出てきた。

男は言う。こうなったのは彼の奥さんのスイカが原因なのさ。ほら、スイカは奇形になってしまって、もう成長せず、卵よりも大きくない。俺たちはそれを取り出して、桃をはめ込むんだ。

男は胸からスイカを持ち上げてそこに桃を置く。桃は熟れて赤い頬をしていたが、洗われていなかった。毛を見れば分かる。

それはおさげ娘のものよ、と私は言う。だけどその桃は決して成長しないし、おさげ娘はそれを新鮮に保っておかない、と。

一つを彼女に残しておかなければいけない、彼女は何かの野菜だと思うだろう。

ここにあるのは果物よ、と私は言う。

どうかな、と男は言う。

男はその小さな戸を胸に戻すが、それはぴったりだ。男は外壁のほうへと向かい蛇口を開け、ガーデンホースで手を洗う。

その小さな戸を縫わないの、と私は尋ねる。

縫わないよ、と男は言う。

じゃあもし落ちたら。

これはぴったりくっついて、成長してふさがるし、初めてやったわけじゃない、つまり俺は熟練の建具屋なんだよ、と男は言う。

パウルと私は生じては消え去る睡魔をことごとく打ち負かして愛し合った後、パウルには静かな眠りが、私にはいろいろな光景を振り撒く眠りが不意に訪れた。肉でできた小さな戸はもしかすると持ち運び可能なトイレの戸のせいで見たのかもしれず、家主が外科医なのは、私が未払い家賃を払うためのお金をそのとき持っていたからだ。パパとおさげ娘には夢に出てくる理由はなかった。おさげ娘と替わりたいという私の望みには、パウルとの最初の夜に介入する権利はない。赤エナメルのコーヒー缶はあまりにも多くの光を受け、太陽の中で説明のつかない空想を抱いているが、私が空想を抱いているのではない。

パウルが後ろから私の目をふさいだ。

じっくり考えてみたんだけど、君は僕のところに引っ越すんだよ。

相手の足音が聞こえてなかったので、私はパパといる現場を押さえられたような気がした。できない、と私は答える。

でも提案を受け入れていた、まるで選択の余地がないかのように。彼が両手を私の目から外したとき、一人の女性が斜向かいにある窓の中で白いクッションを二つ振っており、私は言った。

分かったわ。

それなのにいぶかしく思ったのだ。そして次の瞬間、缶からコーヒーを山盛り四さじすくってポットの中に入れて、パウルが言った。

よし。

美しい言葉だったが、それというのも悪くなりようがない言葉だったからだ。パウルはアンズジャムの瓶をテーブルの上に置き、パンを切った、あまりにも多すぎるくらいに。

私は朝、立って歩きながら食べる。ちゃんと朝食をとらなくても、なにかを胃の中に入れておくためだ。けれどここでは座ったままでいた。私はパパや肌から取り出された小さな戸のことを、スイカと桃のことを語る。おさげ娘については触れずにいた。しかも、赤いコーヒー缶に夢が映し出されていたことも、黙っている。それに、そのコーヒー缶によそよそしさを感じてしまったことも。すぐさま好きになれないような人が相手だと、私がそのことを口に出さなければ、このよそよそしさは徐々に薄れていく。工場に来たとき、ネルに対してそうだった。だけど物の場合だと、気に入っていることが原因でよそよそしくなってしまう。自分に相対するものについて、私は深く考え込む。もしそれについて何も言わないとなると、その物は人前でのよそよそしさと同じように消えてしまう。私の考えだと、それって時とともに成長して髪の中に入っていく。

夫と離婚した後、誰も私にむかって怒鳴らないような平穏な日々を送っていると、他の人たちがよそよそしさを感じるさまが目につくようになった。その頻度は人々が他人の前で髪に櫛を入れるのと同じくらいだ。工場で、街で、外で、それから市電やバスや列車の中で、窓口前でもしくはミルクとパンを求めて列を作って待っているときに。映画館の中で、明かりが落とされる前に、人々は櫛で髪をとかすし、それどころか墓地にいてもそうする。このように頭のてっぺんから額にかけて髪を分けること、よそよそしさは携帯用の櫛で分かるのだ。息をひそめるよそよそしさだけがすっかり削られ、櫛が油っぽくなる。きれいな櫛を持っている者はそのことをしゃべってしまい、よそよそしさから逃れられない。思い返してみたところ、ママ、パパ、おじいちゃん、義父、夫、彼らは全員が汚れた櫛を持っており、ネルも、アルブもそう。リリーと私は清潔なのを持っているときもあれば、汚いのを持っているときもあった。そう、このようによそよそしさが私たちの間にあった、おしゃべりと沈黙が。

パウルと私はコーヒーを飲み、日光がテーブルの上に射していた。私は自分が見た夢について語り、それからはひとことも言わず、櫛のことも何も言わなかったのだ。パウルは私の夢によそよそしさを感じており、私の顔を避けて、窓の外を見た。

神経質だな。そう彼は言った。とにかく君の外科医が戸は再びふさがるって約束したわけだ。

窓ガラスの向こうでは、三羽のツバメが空の一部分を横切っていった。ツバメたちは先頭になって飛んでいたか、あるいはただ三羽だけでいて、後ろからやってくる数えきれないツバメたちとはなんの関係もない。私としてはそのまま数えるべきで、唇をすでに動かしていた。ツバメが何羽いるか知ろうっていうのかい、とパウルは尋ねる。

私はいろんなものを数えるの。ある電信柱から次の電信柱までにあるタバコの吸い殻か、樹木か、柵の板か、雲か、石畳の数、もしくは朝バス停に着くまでの窓の数か、ある停留所から次の停留所に着くまでにバスから降りる歩行者の数か、とある午後に町で見かける赤いネクタイの数を。会社から工場の門までの歩数を。そのように世界は秩序づけられている、と私は言った。

パウルは部屋から一枚の写真を持ってきたが、それは壁には掛かっておらず、掛かっていたら私の目についたと思う。けれどそれは額縁に入れられており、ガラスの下にはつぶれたゴキブリがいた。

僕の父が死んだとき、写真を額縁に入れて、部屋の中に掛けたんだ。二日間掛けたところ、ゴキブリがそこにいてね、家族の中に入り込んできた。このゴキブリは正しいよ。誰かが死ぬと、自分自身に対する不安のあまり、まだ生きている人よりももう死んだ人のほうが愛されるかのようになってしまう。その後僕は写真を外したんだ。

ゴキブリ以外はパウルの母親が目に入ったが、頬にえくぼを浮かべながら、片腕を夏服の左腰にそえ、もう片方の腕を夫の腰に回していた。パウルの父親は制帽をかぶり、チェックのシャツを着ており、袖をまくり上げ、ゆったりめの半ズボンとハイソックスにサンダル履きといった姿だ。片腕を妻の肩に回し、もう片方の腕を右腰にそえていた。二人とも同じくらいの体格で、互いに抱きつき、腰にある二人の腕は二つの取っ手のようだ。私は寄せ合う頬に当時はまだ何も心配していなかった。仕舞い込める日よけカバーがついた最初のベビーカーのうちの一台が、両親の前にある。写真に写った日よけカバーは開かれ、中でパウルが座っており、ベビーキャップの糊付けされたツバが三日月のように額にかかり、あごの下にはリボンがあったが、それはお腹にまで垂れ下がっていた。左耳は帽子からはみ出ている。パウルはおもちゃのスコップを持った片手を上に伸ばしていた。それとベビーカーからは足側に蹴り出された毛布が垂れ下がっている。一家の後ろには丘があり、白い花を咲かせたスモモの木々があり、てっぺんには鉄鋼コンビナートがたっていたが、まるで煙突から出た煙のようにぼやけていた。工業がもたらす幸せにひたる労働者一家、新聞向けの写真。すると私は日向のテーブルに座っているパウルに白馬に乗って香水をつけた義父の話をしないではいられなかったけど、この写真も五十年代のものだ。

あなたのお父さんは白馬に乗った私の義父とはまったく違う、と私は言った。でも二人とも共産党員ね。片や町の溶鉱炉に勤め、片やピカピカの乗馬靴を履いて田舎道を駆けていく。一方はあくせくと働き、赤々と燃える鋼鉄を自分の知性よりも大事にし、他方は馬で駆け、人々を窮地に追いやりながら香水の匂いをさせている。

私の結婚式でおじいちゃんは一曲だけ私とワルツを踊った。口を私の耳に押し当てて言う。一九五一年にはすでにこの犬めは香水臭かったが、そんな奴がうちの一員になるんだ。奴はもう一度わしらをからかうつもりか、奴は。奴はここでわしらと食事をするつもりか、奴は。まあ、よかろう、そしたら奴は奴用の引き出物の皿をもらう。わしは家でやってやる、奴の飯に毒でも盛ってやる。なんと平静におじいちゃんはこんなことを言い、いかにやすやすと呼吸を乱さず、ワルツの拍子を崩さずにいられたのか、有言実行の人のように。外目には私の長いドレスが揺れていたが、内側では私は棒立ちの杭だ。二三回、相手が私の裾を踏んで、すまんと謝った。私はひとこと言っただけ。

大丈夫よ。

ロングドレスが煩わしかったので、おじいちゃんがドレスを何度も踏みつけてもう着られなくなればいいのにと思わず望んでしまった。ダンスの後で、おじいちゃんはホールを横切って私を席へと連れ戻してくれた、夫のいるテーブルの端に。椅子三脚分の向こうでは私の義父が娘の肩ごしに身をかがめていたが、娘の耳飾りが外れている。おじいちゃんが私の袖をさすった。

あいつのところに居座るつもりか。

おじいちゃんが義父のことを言っているのか、それとも夫のことを言っているのか、もはや尋ねることができなかった。おじいちゃんはホールを横切って出ていったが、両方のことを言っていたのだ。この目でおじいちゃんを私は探す。夫は自分のほうに目を向けるように私の手を引っぱった。私の目がちゃんと向き、指が黒いズボンの上にある夫の手に挟まれたときには、白い袖があたかも遠くに伸びていくように思えたのだ。それだけにいっそう、夫が、まるで手を三つ持っているかのように、いつまでもこの指を離さず、私と一緒に生きて欲しいと思った。おじいちゃんの気持ちをえぐるものは、私たちの罪ではない。そのとき、また音楽がかかり、料理が運ばれてきた。給仕たちが料理を持ちながらテーブルの間を抜け、ドアを通って出てきたが、そのドアを通っておじいちゃんは出ていったままだったので、食事にすら手をつけなかったのだ。

義父は食べ終えており、手はギトギトに光り、爪はマニキュアを塗ったかのようで、頬は紅潮、目はキョロキョロしていて、毒を盛られた形跡などない。皿の上にはきれいに身をしゃぶり取られたチキンの骨がある。それからもう一度音楽の演奏があった。船員のように白い上着と青いスカーフ、それに白い帽子を身に着けたコックがウェディングケーキを前のテーブルに運んでくる。それは金線細工の家で、砂糖ごろもでこしらえた窓とカーテン付きの四階建で、屋根の上には蝋でできた二羽の鳩がとまっていた。コックは私にナイフを手渡し、私は切り分けなければならず、白いころもから茶色の内壁へとナイフを突き刺し、全員の皿に一切れずついきわたるようにする。義父の前でも高い皿と深い皿が下げられていた。義父はケーキ皿を差し出す。

薄く切ったのだけでいいよ。

だが義父は親指と人差し指で分厚い一切れを指した。私はまるで毒を口にしたかのようになってしまい、耳がよく聞こえず、息ができず、鼓動が高まる。私はおじいちゃんを探しに行った。外の通路にも、前の厨房にも、楽器がある楽士たちの控室にもいない。おじいちゃんはワインやシュナップスの樽がある所に座って、何か、あるいは誰かを待っているわけでもなく、私がそばに腰を下ろそうとすると、言った。

ここに座ったら衣装を汚してしまうぞ。

私は隅にある非常はしごにもたれかかった。

奴は香水をつけ、わしらは駅へと追いやられ、二週間列車に乗り、それから四百五十世帯の家族がいるところに送られて、世界のどこかの杭の前に立っていたんだ。いくつもの杭がまっすぐ並んどって、上には空、足元には赤土があり、その間にいたのはわしらと気の狂ったアザミだ。太陽が何もかも焼き焦がした。何日もお前のばあちゃんとわしとは杭のところで地面を掘り、アザミで穴を覆ったんだ。摘むときには肌が裂けちまったよ。わしらは西風が吹けば皆やられてしまうだろう、それに喉の渇きときたら、向こう三キロに水場もなかったわい。鍋とボウルを持って川に行ったところで、わしらの穴に着くまでには水は全部こぼれとった。わしらはノミやシラミにやられ、お前のばあちゃんは丸坊主にしてもらわにゃならんかったし、わしもそうだったわ。ただ女たちの場合は話が別で、アザミにすらこんな白い髪が生えていて、至るところであちこちに飛んで、風のせいでじっとしている暇などなかった。お前のばあちゃんが言ったよ、ほら、あそこに白い馬がいる、私らを追っかけてくるのよ、毛皮をもらえるわ、と。あいつは身の回りを叩き、頭を抱えて叫んだ。そこをどいてよ、と。あいつは辺りをさ迷い歩き始めて、もはや何日も穴ぐらに帰ってこないこともあった。わしはアナスターシャ、アナスターシャと叫んだ。あいつの名前はどのアザミの葉の向こう側にも届いたが、あいつは返事をせんかった。大声で叫んだせいで、喉の渇きがこれ以上ないくらいひどくなってしまったわい。それからわしが前に立ったときには、あいつは水をすするみたいに赤土を食べておったよ。その上、茶色くなって折れてしまった歯を見せて笑うこともよくあり、歯ぐきはしばらくズタズタに剥がれてしまっていたが、その後は縮み、そしてなくなってしまった。もう出る血もなかったよ。フクロウのような丸々とした目、口の中でぎしぎしと立てられた音、幽霊が赤土の中でうずくまっていた。こっちは喉の渇きで死にかけていたし、あいつは恥じることもなく地面をつかみ取ってすすっていたんだ。わしはあいつの手、口を叩いた。アザミ髪を恐れるあまり、あいつは眉毛やまつ毛をむしり取っていたんだよ。二つの水滴となった目ん玉も、頭と同じようにむき出しの状態だった。神よ、喉が渇いていると、その水滴を飲み干してしまいたくなったわい。あいつが死なず、持ち堪えられるように力いっぱいしてみたんだ、なにせ愛なんちゅうものはあり得なかったからな。わしはますます激しくぶったが、それはあいつが自分の名前も、いくつで、どこから来て、誰といるのかも分からなかったからだ。わしらは二人ともくたばる一歩手前におり、あいつは情け容赦なく狂って穏やかだったが、こっちは忌々しいほど頭がはっきりしてたちが悪かった。あいつは自分のことなどどうでもよくなり、わしをこの世に置き去りにしたが、死もまたアナスターシャを呼んだ、わしの声よりもはっきりとな。こんなでたらめの死がな、そしてあいつは奴の手に落ちてしまったんだ。こんなこと誰が受け入れられようか、わしはぶたずにおれず、それを大勢が見ていたものの、誰も邪魔をせんかった。他の者とてわしよりましではなかったが、そんなことこっちの知ったことじゃない。わしは粗暴で、あいつは穏やかなままだったが、そういうことなのだよ。わしは頭がまともじゃなかった。狂喜しながら力を込めて相手の首筋を押して、こう叫んだ。おかしいと思うだろうがな、俺たちは豆のさやみたいに干からびちまうし、ここじゃ誰も馬にはなれないんだよ。分かったか、棺桶になる木なんかここじゃ一本も育たない。俺には分かるぞ、俺たちは自分で自分を棺として使うんだ、と。あいつが足を引きずり、目をぎゅっと結ぶことも少なくなかったが、それ以外のときはしょんぼりし、わしをじっと見つめて尋ねた。警備の方ですか、雇われているんでしょ、と。やれやれ、あいつはこのならず者が自分の夫だと思っていないんだ。ばあさんが墓に入るやいなや、最初の冬がやって来た。あいつは運がよかった、どれくらいの白い髪が落ちるかもう目にする必要がなかったんだ。雪は激しく打ちつけ、それ以上に恐ろしく地面を覆うものは他になかった。雪はやまず、その様はただもう走るだけだったわ。太陽が雪を磨き上げた、どこもナイフのような波状にだよ。赤土も夏になると暑さの中を走り抜けた、黄色になり、赤黄色になり、灰色になって。まるで空の果てまで漂って行ったかのように白青色になったことも少なくなく、もっとひどいめまいに襲われたもんだ。だが、雪は赤土とは違った燃え方をするので、体の向きを変えたところで、雪は目をうつろにしてしまう。わしらの多くが理性を失った、一人でか二人でだが、そんなこともうどうでもよかったんだ。あいつが死んでから間もなくトラクターが一台来て、わしらの穴を平らにならしていったわい。わしらは建てるものを建てねばならず、結局わしらが人間であるには、故郷へ戻るという選択をわしらの頭から叩き落さねばならないということだった。ひょっとするとそれでよかったのかもしれんで、わしは赤土をたくさん踏みならし、レンガを乾かさねばならなかったが、天気はじめっとしており、すぐに冬がやって来たんだ。考える暇などなかったわい。カビが生えたあいつの服を交換して板を七枚手に入れた。他のみんなと同じようにわしは家を建てたが、それって想像できるかい、それは縦八メートルに横四メートルでなくてはならず、二千三百個のレンガが一軒の家だった。どの煉瓦も縦三十八センチメートル、横二十、厚さ十二センチメートルだったわい。どの壁もレンガの縦と同じ厚さだった。天気のせいで何もかもが傾いて曲がったわ。屋根にしたワラやアザミや草を、いつも風が吹きさらってしまった。外壁には記号が描かれたが、それは縁がギザギザの四角、円、ある種の家屋番号だったが、それというのも、数字は禁止されておったからな。死を乗り切るために、わしは馬を一頭描いた。わしらの内の誰も馬にはなれんと最後までわしには分かっていたわ。冬になるたびにこの地域だけが一つになってしまったが、いつもそのくらい雪が降っておったからな。わしはもう四年その家にとどまったが、そのときの様子はきかないでくれ。もうお前さんは行くべきだ、とおじいちゃんは言った。奴の息子を愛しておるなら、今すぐ行くべきだ。

あの人にはそのために何かできるかしら、と私は尋ねる。

おじいちゃんは目を上げた。

お前の問いはあべこべだよ。

私にはそのために何かできるのかな、と私は尋ねた。

奴にはそれに抗って何かできるだろうか、とおじいちゃんは言った。いや、できんな。

再びホールへ戻ったとき、私は誰かに自分を皮膚の外側へと引っ張り出してもらいたかった。誰もそうしてくれないので、私は中に何かを詰め込んだ。ウエディングケーキにはまだ窓が二つついた壁が半分あり、私はカーテンを食べた。夫は自分の母親とそれに彼女の白いエナメルバッグと踊っている。お義母さんは夫の背にぶら下がっていた。パパはママの白い破風型ヘアーと踊っていたのだ。義父は自分の娘とそれに彼女の白い靴と踊っていた。私は自分の足元を見下ろしたが、この白が家族の中に入り込んでいる。誰がそれに抗って何かできるのかしら、でも誰かがそうしなくちゃいけない。

収容所の中庭に一頭の馬がやって来る
頭には窓がある
見張り台が青白く立っているのが見えるかい
おじいちゃんは庭仕事をしながら歌うことが少なくなかったが、それは婚礼の歌ではなかった。

**路面電車が**信号で止まっている。またしても赤だ、と車掌が言う。まったくいったい誰のためだい、まるまる一週間のうちに自分の足で通りに出る奴なんかいないのに、奴らが信号なんかこしらえて、むくんだ尻をして事務所から離れないでいやがる。そんなわけで町まで行って、てめえの信号を見ようなんて奴は一人もいない。奴らは信号のご褒美に報奨金まで頂こうってのに、俺の分はばっさりカットだ。俺の路線運行に時間がかかりすぎるからだよ。立っている者たちは信号に注意を向けて黙っている。すると中の一人がたまらずくしゃみをするんだ。一度、二度、三度。信号のせいでくしゃみが出るんじゃない、太陽のせいで出るんで、四度、五度。誰かがひっきりなしにくしゃみをするのに、私には我慢がならないが、いつだって小柄な痩せっぽちの男どもで、奴らはくしゃみを止めることなんかないし、マナーもへったくれもない。この短足ブリキ野郎どもときたら、せいぜい最初は片手を口に当ててるけど、二度目からは知らん顔よ。毎回これで最後だと期待するけど、それでも次のくしゃみを待つのをやめられない。頭がくらくらするときに、数を数えると、それも役に立つ。今六度目のくしゃみをしたが、鼻をふさいで七度空気を吸い込むべきじゃないか、何かを数えるべきじゃないか、そしたらくしゃみは過ぎてしまう。そんなこと、男が知らないというなら、車両中に響く声で言ってやろうか。違う、空気を飲み込むのはくしゃみ止めなんかじゃなく、七度空気を飲み込むのはしゃっくりを止めるときだ。内側のむずむずが収まるまで、男は小鼻を揉み込まなければならないが、それがくしゃみ止めだ。彼の両目はまるで栗のように腫れぼったく、すぐにでもくしゃみを止めないと、両目が飛び出てくるわ。そんなことこっちの知ったことじゃない。男の喉は無理がたたって赤くなり、両耳は燃えている。男は今や七度目のくしゃみをハクションとし、それを眺めていたせいで私の頭にはすでにゆとりがある。しかしまあハクション以外のくしゃみをすることはないものだろうか。でももうこれでおしまいだけど、ダメだ、男は八度目のくしゃみをする。男には何も残っておらず、自分自身をくしゃみで吹き飛ばしてしまい、縮こまって鼻くそになってしまう。

**パウルは**写真を引き出しの中にしまいこんで尋ねた。

君の義父は五十年代当時、何だったんだい。

党特別作業員よ、と私は言った。接収の担当者。私のおじいちゃんは隣村の丘にぶどう畑を持っていた。香水共産党員はおじいちゃんの金貨と装飾品を差し押さえて、おじいちゃんをおばあちゃんと共にバラガン平野への追放リストに載せてしまったの。おじいちゃんが戻ったとき、家は国のもの。また入居が許されるまではと裁判を起こしたけれど、部屋はパン工場の事務所になっていた。家のことがずいぶんと話題になって、それはたいてい食事時だったけど、おばあちゃんのことはただときどき話されただけ。

おばあちゃんはさっさと死んでしまおうと心に決めたものの、忌々しい最初の夏にはそれをやってのけなかった。待つことができなかったし、泥小屋を経験しなかったの。私が結婚する日に、香水共産党員は初めて田舎町に帰ってきた。もう分かりきっているように、それは軽はずみなこと。誰ももう自分のことなんてわからないと考えたのかもしれないし、そうでなければ考えることすらなかった。地区の人たちは義父にとってまったくの悩みの種。もしかしたら義父は自分の役に立った何人かを覚えていたかもしれない。ならず者たちの名前は名簿から分かったけれど、顔までは分からない。私のおばあちゃんは彼の選択による死者の一人にすぎず、死者の数は多かった。義父は戻ってきたときにお祝いをしようとする。新しい名前で自己紹介したって、おじいちゃんは歩き方と声ですぐに奴だと分かった。あの当時の名前は職務上のものだったけれど、今のはもともとの名前よ。義父は御者の息子で、父親は戦後に二頭の茶色の馬を使って車力として生計を立てていた。方々の家に木材と石炭を、それから石灰とセメントも運んだ。立派な彫刻のある霊柩車を用意できない人々がいると、棺を墓場に運ぶ仕事もときどきあった。それはお金を見るよりも馬糞を掃いているほうが長い一生。息子たちは馬をいたわるために、満載の荷車の後を走ってついていかなければならず、荷車が止まると、荷を降ろすやらシャベルですくうやら、そうでなければ荷袋を運ばねばならなかった。白い馬は私の義父にとって駄獣との別れで、義父は白馬の背にまたがり、泥沼から脱したのよ。まるで砥石にまたがった猿のように、馬に乗って村の中を走り、御者よりも金を持っている者をことごとく憎んだ。香水は義父が持つ第二の皮膚。香水共産党員って、どうやったらそんなものがあり得るのかな、と私はパウルに尋ねた。そもそも共産党員って何なの。

僕は、とパウルは言った。僕はお行儀よく教育を受けていて、学校の宿題をやっていたら、父さんが僕を台所に呼んだんだ。ひげ剃り用の泡だて皿がテーブルの上にあり、かまどの上には熱湯があった。父さんは刷毛を使って僕の鼻の穴まで石鹸を塗って、カミソリを持ってきたんだ。当時の自分には十列に七本のあごひげもなかった。僕は自分にプライドを持ち、ひげ剃りを始め、党に入ったが、これらのことは父さんにとってつながっていたんだ。父さんは、自分は時代が来る前に生まれ、時代とともにしか歩むことができないと言っていた。最初はファシスト、それから非合法主義者。だけど僕は時代の子供として生まれただけに、時代に先んじていなければならないと言われたよ。今日では真の非合法主義者の何人かはわけがあってこう言う。我々の数は少なかったが、我々の多くが残ったんだ、と。多くの者が必要とされ、スズメバチのように古い生活から抜け出した。いやになるほど貧しい奴は共産主義者になったよ。収容所に入りたがらなかったのは金持ちの多くさ。今はもう父さんは死んでいるけど、本当にあの上に天国があるなら、父さんはクリスチャンだと名のっているよ。オートバイは父さんのものだった。母さんは機械工だったんだ。今は退職していて、毎週水曜日になると、市場広場にある金物屋の隣のケーキ屋で、作業班が同じだったシワだらけの仲間たちに会っている。僕が子供の頃に父さんと一緒に町中を歩いていたとき、市民公園の顕彰板にある父さんの優秀労働者写真を見せられた。リスに目を向けるほうがましだったけど、どのリスもマリアーナと呼ばれ、カボチャの種をカリカリと食べていたのは、人々にクルミがなかったからだ。公園の入り口でカボチャの種を買うことができた。これは搾取だな、と父さんは言ったよ、カボチャの種一握りが一レウだなんて、とね。父さんは買ってくれなかったよ。

リスは自分で食っていけるのさ、と父さんは言った。

僕は手が空っぽのままマリアーナと呼ばなければならず、リスたちはやって来ても無駄骨だったんだ。呼ぶときはズボンのポケットに両手を突っ込んでいたよ。大通りにある顕彰板の前で父さんは言った。

息子よ、右にも左にも目を向けることなく、いつもまっすぐ見て、それでいて柔軟さを保つんだ。

それから父さんは僕の頭に帽子をのせ、それも右耳の側よりも左耳の側が深くなるようにして、僕らは先に進んだ。交差点で目を瞬かせながら父さんは言った。

最初に左右を見る、いいか、車が来ないかどうかをだが、それは進むときには必要でも、考えるときには有害だ。

一度だけ父さんはこの町に僕を訪ねてきたけど、父さんが誇らしげに思ったのは、僕が高層ビルにいて、鼻先に山がある故郷の一軒家とはずいぶんと違って、そこに一息つける見晴しがあることだった。父さんはバルコニーに出て行ったけど、見に来ることはその後二度となかったよ。父さんは道具とアンテナに蹴つまずいて尋ねたんだ。

何だこれは、お前はここでヤミの仕事をしているのか。アンテナが外国の番組を見るためにあるということを、父さんは第三者のことをしゃべっているかのように言った。

俺の息子は金が好物で、そうなると社会主義はお笑い草になる。そしたら何が生じるのか、正真正銘の資本主義だ。そのときはぶっ倒れるまでアンテナを立て続けることになってしまうが、金をまき散らすほどの金持ちになることはない。

僕は言った。金儲けはお笑い草じゃないし、禁止されてはいないよ。

そう言うと父さんはこう言っていた。許可されてもいないが、お前は誰に問い合わせたんだ。

どうして資本主義なんだい、と僕は言った。僕はドルを稼いでいるわけじゃないし、ユーゴスラビアやハンガリーにあるのはここと同じく社会主義で、テレビの中だってそうだよ。最近、党は闘士よりも受益者が多い、と父さんは言った。往々にして金は人をダメにしてしまう。

だけど父さんの話は自分の息子のことだよ、と僕は言った。父さんの息子は一人だけで、それが僕だ。で、父さんは何を得たんだい。堆肥フォークとトラクター用に溶かされた熱からできた経歴さ。他に何があるんだい。天国は相変わらず地上にはない。だけど父さんの脳は赤い花を咲かせている。父さんが神さまのところに行ったら、相手は額に灯火を見つけてきくんだ。おい、罪びとよ、わしに何を持ってきたのかな、と。錆びついた二つの肺、ダメになった椎間板、慢性の眼炎、難聴、すり切れた一着の背広です、と父さんは言う。下界には何を残してきたのかな。自分の党員手帳と制帽とオートバイです、と父さんは言う。

父さんは笑った。やれやれ、お前さんが神さまになるってことかい。だがな、私は天国にいてもお前のせいで自分を恥ずかしく思わずにはおられないことを分かっているか。何せその上からは屋上でお前がしているヤミの仕事がチェス盤の上のように見えているからな。

話す気がなくなっていたのは僕のほうで、父さんのほうではなかった。父さんは時計を見て言う。この町では、外国の放送を必要とする者がほんの数パーセントであってもらいたいものだな。ここのゴシキヒワどもが自分のアンテナを持つようなら、どうしたってておしまいさ。

僕は言った。父さんは感じが悪く、古くさくて、妬ましく、僕に対してもそうさ。

父さんは黙り、喘ぎながら制帽を左耳側に押しつけた。制帽ののっかり具合は顕彰板の前にいる子供の僕が見たのと同じだ。ただし父さんはそれを今は一人でやっていて、時計を見て言った。何やっても無駄だよ、今は腹が減ったな。

あなたのお父さんって気難しかったのね、と私は言った。そうでもなければそんなにも頑固にしゃべらなかっただろうけど、他の人にはひどくはなかったのね。私の義父の場合はお高くとまっていたので、誰に対しても落ちぶれた訳を言うことなんか決してない。あるのは噂だけ。だけど、どんなふうに香水共産党員が馬に乗って家から家へと渡り歩き、木陰で自分の白馬を結び、馬のたてがみの周りに鞭を結んだかは、よく知られている。白馬がノニウスという名前だったこともね。おじいちゃんが言っていたけど、農民たちは干し草と新鮮な水をバケツ一杯持っていかなくちゃならなかったのよ。白馬は食べては飲み、乗り手はその間、が隠されていないか家宅捜査をする。畑の平面図に書類上番号がつけられていた。土地を収用するたびに馬のところに戻り、白馬の首にある鞭のまだら模様がついた革紐を引っ張る。紐の端には絹のふさが、柄の端には動物の角でできたキャップがついていた。柄をひねってキャップを開けると、そこには鉛筆が入っている。男はジャケットから一枚の紙をひっぱり出して数字をひとつ線で消した。町中を馬に乗っていくたびに、吠え声が後ろから聞こえてくる。白馬にまたがっている男がこの村から平穏を奪うことに犬たちが気づく。男はここの犬どもを嫌っており、男の鞭が空を切り、犬どもをいっそう煽った。猫、鳴いている猫たちは、小さかったので、ヒヅメの脇でひっくり返っている。三発、四発、ときには十発目の鞭の音が猫の首筋もしくは耳と耳の間に炸裂した。それから男は馬で先に進み、ヒヅメの音はホコリに埋もれてももはや聞こえてこない。犬どもが通りから運び出されたのは、夕方になり、もう男が馬で出かけないとようやく分かってからだ。そこでは明るい色の腹が横たわり、日に当たる中、即死状態で膨れ上がっており、目や鼻はハエのもの。秘密情報機関に男は、大、中、それから小の農民を手渡していた。男は勤勉で、次第にあまりに多数の、そしてあまりに貧しい農民が引き渡されてしまう。町のお歴々は数人を次の列車で村に送り返した。

ある朝、白馬は馬小屋で死んでいたけど、ふすま飼料に毒が盛られたからだ。昼も夜も近隣の男たちが役場で尋問されてはさんざん殴られ、それを村のならず者であった二人の職員が交代で務めた。三人の男たちが容疑をかけられて逮捕される。三人とも死んだけど、三人のうち誰もやってはいない。その夜、白馬は二人のならず者によってトラクターに乗せられ、ブドウ畑の裏にある村と田舎町の間の谷に埋められた。義父も一緒に行く。義父とならず者の一人は風防カンテラを持ってトレーラー上で馬の死骸と並んで座った。二人はシュナップスを飲まずにはいられなかったけど、それは馬の臭いが強烈だったからで、もう一人のごろつきはしらふで運転席に座っており、一行は丘に向かう。大雨が降っていたので、ぬかるみにトラクターがはまり込んでしまった。運転席にいた奴が翌日語ったところによれば、コオロギやカエルやその他の夜の虫ケラどもが生えたばかりの草むらの中で競うように鳴いていたし、馬の死骸は月に届くまで臭っている。俺たちは悪魔の袋の中だぜ、と男が言った。偉大なる共産党員はこの夜に猛り狂う。党員はぬかるみの中をさまよい、むせび泣き、罵った。何度も何度もヘドを吐かないわけにはいかず、目はほとんどはち切れんばかりで、胃の中はすっかり空っぽ。墓が掘られ、馬がトラクターから降ろされてしまうと、共産党員は地面に身を投げ出し、馬の首筋にしがみつく。もう離さなかった。二人のならず者は党員をキャビンの中に引きずり入れて席に縛らなければならない。党員は帰路もそこに座っていたが、拘束され、泥だらけで、ヘドにまみれて黙っていた。トラクターが帰路の半分ほどで再び丘の上に着くと、運転手は党員の縄を解いて尋ねる。しばらく休憩しましょうか、と。縄を解かれた男はぼんやりと頭を振った。月が党員の目の中に射し込み、目は雪のように死の光を放つ。トラクターが音を立てる中で党員は祈り始める。つかえながら主の祈りを次から次へと唱えていると、ついに村のはずれに家が数軒見えてきた。この埋葬が党員の終わりだと今でも村では信じられている。この夜、人の中に巣くっている不安が襲ったのは上層の共産党員ばかりではなかった。悪魔の袋の中で二人の職員も自分たちに死の鐘が鳴っているのを聞く。運転手も教会に通い始め、聞いてくれる者になら誰にでも埋葬の夜のことを語った。香水共産党員はその区域から引き上げさせられる。運転手は馬を埋めたばかりではなく、自らの手で毒を盛ったんだという噂は決して途絶えない。運男は短い間いなくなってしまい、奴は自分がするのと同じように逮捕されたんだと村では信じられた。だが再び姿を現し、数日後には左手しかない。誰もが男のことを知っていたので、彼は姿を消そうと思い、別の村で教会の使用人に応募して採用された。そこでは戦争で手を失ったことになっている。男が出て行った後、男の台所で、それも小麦粉の保存容器の中から手が見つかった。戦後数年間は教会使用人には障害者だけしか採用されなかったので、男はみずから手を切り落としたのだ。

パウルはコーヒーを沸かし、火の上ではお湯がシューシューと音を立て、台所の窓の前に黒ツグミが飛んできて、鋼の窓敷居にとまって自分の影をコツコツとつついた。

しばらくの間二羽が来たよ。そうパウルが言った。それから入口の脇には一羽が横たわっていて、そこにはアリがたかっていたよ。

パウルがコーヒーを混ぜると、スプーンがカチャカチャと鳴り、私は人差し指を口にあてた。

シッ。

僕たちは話を続けられるよ、どっちみち黒ツグミはすぐに飛んで行ってしまうさ。

だけどパウルは音を立てずにスプーンを置いた。テーブルの上で私の両手の前にあったのは赤いコーヒー缶と黄色のマーマレードと白いトースト一枚。外にあったのは垂直の空と淡黄色のくちばしとピッチで汚れた羽。いずれのものも他のものをじっと見つめていた。パウルはコーヒーをカップに注ぎ、湯気が彼の首の周りにあがる。私はカップに触れて熱くなった指で窓を指し示す。黒ツグミは飛んで行ってしまった。コーヒーはまだ熱すぎだ。

香水共産党員は園芸農園に配属され、まだそこにいる、と私は言った。白い馬の影響は今日まであり、彼は相変わらず下っ端の一人にはなってはおらず、あれからも一日たりとも働く必要はない。主任としても労働者としても必要とされていなかったので、管理人となり、その地位にとどまっていた。植物のラテン語名をお祈りの文句のようによどみなく言えるようになる。日曜日には妻や娘や息子と一緒に散歩に出かけ、後に私もそこに加わった。管理人はまっすぐなままの小枝を藪から折り取って、葉っぱをむしっては道端でツルニチニチソウをステッキで指し、ビンカ・ミノールだと言い、それについて知っていることを何でも口にする。ベンチの脇ではアルンクス・ティオイクスだと言い、ヤマブキショウマについて知っていることを何でも口にした。次の道ではエピメディウム・ルブルムやプルムバーグムと言う。あるくぼ地の脇では彼の植えたホスタ・ファルツネイ〔訳者注　レンゲキボウシ〕が大きくなっている。立ち止まって義父の言葉に耳を傾けなければならなかった。夫が言うには、義父は以前もっと厳しかったとのこと。夫や夫の姉が笑ったなら、彼は一日中二人とは口をきかなかった。去年の夏、私がまだ同居していたとき、私は後方の庭から花瓶用にフランスギクを取ってこようとする。義父がクルミの木のところで大声で独り言を言った。それも口だけではなく、手や足を使っている。義父は没頭しており、私が脇に立ってようやく私に気がつく。こちらに来るまで私が間違いなくずっと見ていたことを知って、臆せずに微笑むと、私が尋ねなければならなかったことを私に尋ねた。

太陽のせいで頭が痛むのかい。

いいえ、フランスギクを摘み取りたいのよ。

本当に調子はいいのかい。

ええ、お義父さんは。

どうして私のことだい。鼻は顔の真ん中にあるよ。

私もそうだけど、それでもやっぱりお義父さんは私のことをきくのね。

私が愚痴をこぼすことなどない、と義父は言う。

義父については二つのパターンがあるのかと考えてみた。一つは近くからも遠くからも生じる落ち着いたパターンで、そのときは死者たちが回らぬ舌でしゃべっている。彼らを払いのけるために心の重荷を揺すらなければならない。できることなら密かに。それが無理なら公然とだが、ただし同情されるようにではなく、賞賛を受けるようにだ。それっていったいどんな感じなのか、一番いいのは踊っている状態。私たちだけが家にいた、私と義父だけが。夫と義母はこの日の午後に町で用事があった。私はもうフランスギクを採りはしなかったけど、それは義父が恐かったからではなく、白のフランスギクが恐かったから……。

すでに当時から、ラテン語名を唱えたところで一枚の葉っぱも生えてくることなどなかった。バラの接ぎ木以外に義父の手が学んだものなどない。二年前に園芸農園ではとある工場長の国葬用に花輪を編まなければならなかったが、その数は二十で、車輪ほどの大きさのものだった。義父は有能さを見せつけようとして、何か特別なものを編ませようとする。長持ちするナデシコとキヅタの花輪の代わりに、オレンジリリーとシダを指示した。英雄墓地では車から降ろされたのは、花輪ではなく、茶色のもじゃもじゃしたものだけ。オレンジリリーが三十分後に枯れてしまうなんて、三十年経っても想像もつかなかったのだ。義父は解雇されるはずだったが、チーフエンジニアにはいつでも助けてもらえた。義父よりも二十八歳若く、体格がよく、学校を出たばかりの女性で、いつまでも駆けずり回ることができ、義父よりも指揮をとるのが上手だ。仕事日は長く、空は暖か、夏は緑だった。六月が七月になり、茂みの木で葉が生い茂ったときには、義父は新しいチーフエンジニアのもとで小さな墓に取りかかる。彼女のことは最初から嫌いではなかった。アブラムシやダニの数はその年あまり多くなく、二人には自分たちの時間がある。アブラムシ検査官であるその女性はオレンジリリーが一般的には長持ちすると園長に保証した。そして今年の夏は専門家の間で南仏のうどん粉病が話題になっていることも。うどん粉病が墓地で猛威を振るうのは、お墓では死の静けさを守るために害虫が駆除されなかったからだった。切り立ての花がうどん粉病の近くに来ると、花はたちどころに枯れてしまう、どの花にしてもだ。ナデシコについてもまったく同じことが起きてしまったのであろうと彼女は園長に言った。それに園長は彼女の知識を信じていたが、それというのも年金生活に入る直前であるにもかかわらず、園長の知識はナデシコとカモミールの違いを越え出ていなかったからだ。

**私としては、**うちの高層ビルから、下のお店から、工場から、もしくは町全体で、どれくらいの人がこれまで呼び出されたのか知りたいものだ。アルブのところだとやはり玄関ホールにあるどのドアの向こうでも毎日何かが起こっているにちがいない。ファイルを持ったその男は急いでアスピリンを買いに走って行ったので、車両の中に姿はない。もしかすると男は路面電車に乗り損ねたのかもしれないし、もしくは電車が満員だったのかもしれない。もし男に時間があるなら、次の電車を待つことができる。私の隣に一人の女性が座ったが、そのお尻は座席よりも幅があり、それに加えて彼女は脚を広げて座り、その間に手提げを持っていた。太ももが私に触れ、女性は手提げの中を引っ掻き回し、血のように赤いデコボコがついたふやけた新聞紙の三角袋を引っ張り出す。サクランボを一つかみ袋から取り出す、よりによってサクランボを。女性は種をもう一方の手に吐き出す。時間をかけて種をきれいに舐め取らないので、どの種にもまだ果肉がついている。何が彼女をそうも急かすのか、だって誰もサクランボを横取りして食べたりしない。女性はすでに一度呼び出されたことがあるのか、それともいつか呼び出されるのか。すぐに女性の手は種でいっぱいになるので、もう指を閉じることができない。

私としては、女性が種を床に吐いたり、気づかれないように落としたりしてもいい、私は構わないのだ。乗客は車掌のところにまで立っており、彼らもおそらくそんなこと構わない。車掌は種を夜になってようやく見つけて腹を立てる。車内を清掃しなければならないからだ。だけど車内にはもっと他のものも昼間から散らかっている。リリーといるとき老将校の頭には何が浮かんだのか。毎年サクランボの季節がやってくるだろう、五月サクランボから九月サクランボまで、望む望まないにかかわらず、世界が存在する限りは。そのことが今の将校にとって何だというのか、監獄にはそんな季節なんてない。大丈夫、車両内が今こんなに混んでいても、アルプのところだと私には十分な場所がある。それに今日のうちにまだ車両があるのなら、帰りだってそう。遅くなると路面電車はほとんど走っていない。私は待ち、数名のところに乗り込む、無意味な黄色い光の中に。もしそのうちの一人が、夜遅く、もしかしたら夕食の後かもしれないけど、サクランボを食べたいと思うなら、落ち着いて食べなければならない。

**二日後に**なってようやく私は家主のところへ行った。私は未払い分を支払った、二千レイを。家主の手は顔と同様に厚みのない皮膚で覆われていた。私はお札を手渡しながら数え、家主のほうではただ頭の中だけで一緒に数えているよと言ったが、つぶやき声が聞こえたのだ。しわくちゃのお札が一枚床に落ち、私はそれを拾って伸ばさなかったので、お札はだらしないままだったし、家主の手がしっかりと握ることもなかった。この老人は受け取るという点で蚤の市での私よりもさらに劣っている。次のように言ったとき、老人は何を考えていたのか。

なんてことだ。わしの手はジャガイモの皮をむいたせいで汚れている、今日はピューレを作るんだ。あんたの口に合うかな。

もう食事は済ませました。

シュニッツェルとサラダと一緒だよ。

その瞬間に私は老人のポケットから木製の柄が出ているのに気づく、それはナイフの柄。私が呼び鈴を鳴らしたとき、老人はそのジャガイモナイフを台所に置かず、ポケットに入れた。それとも誰かが来るのを待ち構えて、ナイフを身に着けておこうとしたのか。それとも手に持っていたナイフのことを忘れ、扉を開けるときになって訪問者が誰であれナイフで驚かしてしまうことにようやく気づいたからか。すぐに立ち去れるように、私は急いでお金を数えて手渡す。だけどそのとき私たちは取引をした。相手は微笑んで甲高い声でしゃべり、私の冷蔵庫と絨毯を買い取り、私から受け取ったよりも百レイ紙幣多く私に渡す。お金を持ってくるために、台所へと戻る。そして百レイの新札を持ってくると、ナイフが相変わらず上着の中にあるが、それはまたしても忘れてしまったか、あるいはわざと持っていたからだ。

一人の男の人のところで、一台のバイクがあるところに引っ越します、と私は言った。

蚤の市にいた男か、と相手は言う。

あの人をご存じなの、と私は尋ねた。

もしその男ならね。

あなたも蚤の市にいらっしゃったのですか。

狩猟の森にもね、と相手が言った。わしは冬になってようやく誰かを探すんだが、そのときは家賃がもっと高くなってるよ。おたくのためというわけじゃないが、もし何かうまくいかなければ、また戻ってくるといい。

それで冷蔵庫と絨毯を買い取ってくれたのですか。

ただ必要だったからだよ。

その瞬間、私には相手が品物のことを言っているのか、それとも私のことを言っているのか分からぬまま、こう言った。

私は、ずれのある高層ビルに住みます。

老人はそれがどこにあるか知っていた。

ずれのある高層ビルでの最初の朝、パウルと私は、太陽が真上に昇るまで、ずいぶんたくさんのことを話した。どのくらい両親たちのことを思い出さなければならないなんて、確かに変な話だ。二人のうちの一人が相手のところに行くときに、自分がどこから来たのかを言うためだけだとしたら。ハンカチ、制帽、ベビーカー、桃の木、カフスボタン、アリ——ホコリや風にさえ重みがあった。もし年月がまともに過ぎ去らなかったとしたら、過ぎ去った年月のことは饒舌に話される。だけど今息をしている者のことを話さなければならないとなると、まさに落ち着かない沈黙が舌に張りつく。

午後になるとパウルはお店に行き、バイソングラスの黄色いシュナップス［訳者注　一般に「ズブロッカ　バイソングラス」と称されているウオッカ］を一本買った。太陽は宵の中へ、酒はパウルの頭の中へ入って行く。食卓の上には急ぎ足のアリが一匹おり、パウルはその上でマッチ棒を左右に振った。

アリはどこへ、森の中へ。

森はどこへ、薪の中へ。

薪はどこへ、火の中へ。

火はどこへ行ってしまったのか、心臓の中へ。

不意にマッチ棒が燃え上がったが、それは魔術、というのもマッチ箱はテーブルの下にあるもう一方の手の中でパウルが持っていたから。マッチ棒はたわみ、炎が彼の親指を舐めた。パウルがふうっと息を吹きかけて、それから煙の糸をのぞき込む。

心臓は止まってしまっていた、

アリは進み続けている。

パウルは泥酔していたというより、ただ酔い始めていただけだった。耳にかかっていたものが一つあったが、それは内側よりも外側にかかっていた酔いだ。アリが心臓を通り抜けていくのは、私にとってぜんぜん笑えないことだが、パウルは笑い出し、私の舌もむずむずさせた。彼の酔いは私に取りつき、シュナップスには当時まだまったくやましさなどなく、私にはパウルの飲酒にまだ不安がなかったのだ。最初の半年、パウルはそれほどがぶ飲みせず、バイソングラスの茎は夕方になっても半分は酒に浸かっていた。それから最初の何週間は、仕事から帰ってくると、バルコニーへ行く。溶接の時にでる火花、それは何と速く消えてしまうのか。火はどこへ行ったのか、私はいつもマッチ棒と心臓の中のアリを目にした。パウルが口笛でなにかの曲を吹くことは少なくなく、音楽というよりも鉄やすりがかけられているみたいで、でたらめに響く。毎週のようにアンテナの角全体が仕上がり、蚤の市がある日曜日と山ほどのお金のためにはそれで十分だった。パウルはもう売りに出ようとはしない。二人の若い男がドアを叩いた。

国外周波数帯による闇商売および国家潜入、と彼らは言う。

何も尋ねることなく、二人は仕事道具と鉄管を持ってきた袋の中に詰め、リフトを使って下の小型トラックに降ろしたが、トラックは台所の窓から見える位置にあった。仕上がったアンテナを彼らは階段の吹き抜けに置く。パウルは言った。

全部片づけたらドアを閉めて帰ってくれ。

パウルは台所にシュナップスの瓶を取りにいき、扉を閉めた。私は邪魔にならないように吹き抜けの壁にもたれて、二人に目を向けている。連中は両方の手に一つずつアンテナを持ち、階段をすべて歩いて降りて行った。パタパタした急ぎ足とそれに加わる反響、盗んだ角をつけた臆病な野獣。連中は互いに相手を置き去りにすることはなく、二人一緒に三度の往復を繰り返した。最後には片方の男が疲れて頬を膨らませたが、見たところ背中にシャツが張りついている。男は言った。

我々の義務でね。

どうぞ、と私は言った。もっとも正反対のことは私に言わないで。

私が連中に角をすべて持って行かせ、連中がいなくなってから、私はパウルが開けてくれるまで台所のドアをノックしなければならなかった。シュナップスはなくなっており、パウルは千鳥足で部屋を横切ってバルコニーに出て、叫んだ。

このスパイ女め、あそこに座って見てやがる。

むこうの集合住宅の二階層下で、女性が一人バルコニーに座って縫い物をしていた。

そのまま縫わせてあげてよ、あの人、こっちを見上げたりしない。

好きなところで縫えばいいさ、ただしバルコニー以外でだ。

あの人のバルコニーじゃない、あなたと何の関係もない人でしょ。

すぐに分かるぜ、とパウルが言った。

彼はよろめきながら部屋に入り、椅子を持ってくる。彼はその上に行儀の悪い子供みたいに立った。なぜかしらと考えながらパウルが滑り落ちないように私が支えていると、彼はズボンを下ろしてバルコニーから通りに向かってオシッコをし始めたのだ。女は裁縫道具をまとめて部屋に入った。

エンジン工場ではパウルが盗んだ鉄棒の件で会議があり、彼は首になる。ホールの仲間たちは黙ったまま座っていた。藪の中にある糞の山みたいにね、後ろの列でさ、とパウルは言う。あの頃からもう誰もが盗みを働いていて、今日まで続けているよ。じょうろ、コーヒーミル、電熱器、アイロン、ヘアーアイロン、ヘアカーラーを家で作るが、それらは売れ行きがよい。二人に一人がネルのような人だし、メモを書いてはならない、今回のことだってそうだ。

パウルは呼び出されないけど、赦されもしない。私は彼のもとに引っ越したときに、彼の日常に割り込んだ。私が息をするところでは、たとえどんなに息をひそめた生活でも探し出されるし、私の仲間だとどんな人でも見逃されはしない。パウルは共犯で罰せられる。呼び出されていない日にも、私の心は踏み込まれるが、それはパウルが尾行されているからだ。事故に遭ったのはパウルで、私ではなかった。パウルが危険にさらされるのは、それを私に見せつけるためか、あるいはそうされる理由がパウルにあるからだが、どっちにしても同じ結果になる可能性がある。だけど、決して同じことになるわけじゃない。事故以前だと、私よりもパウルのほうが待つのを困難に感じたのだ。彼が街ではしご酒をしていたとき、私は彼が帰ってくるまで待っていた。だけど彼は私が呼び出されていたときに、私が帰ってくるのを待っていたのだ。事故が起きてからというもの、私は彼と同じように待っている。後にも先にも櫛を持つ人たちをことごとく思い出すたびに、私が信用していると確信を抱くのはたった二人しかいない。リリーを信用する意味なんてもうないから、残るはパウルだけだ。お前の考えは見られているぞ、と少佐は言う。もしそうなら、人々も呼び出しを受けるのかどうか私なりに見ていなくてはならない。少なくとも隣人たちは。彼らは私にアルブの影を見て取るかもしれないけど、それはおくびにも出さない。

階下のエントランス横に住んでいるミク爺さんは、去年の九月に一度、私に向かって言った。四月に呼び出しを受けた、と。

お前のせいだよ、と相手は言った。

まるで私に責任があるみたいに。私がパウルの住む高層ビルに引っ越したとき、ミク爺さんは私によそよそしく話しかけた。彼が呼び出しを受け、私に責任ありとなってからは、私に打ち解けて話しかける。ミク爺さんは靴工場長のお抱え運転手で、今と同じようにうまくやっていて、きっとボディーガードみたいなこともしていたんだよ、とパウルは言う。ミク夫人は女子音楽高等中学校で秘書をしていた。夫妻には息子が二人おり、めったに手紙もよこさなければ、訪ねてくることもほとんどない。パウルはよくミク爺さんと話をするが、自分や相手のことよりも、ミク夫人について話すことが多い。夫人は夫と同年配で、年金生活に入ってからはいつも家にいる。それに対して爺さんは一日中エントランスのところか商店街をうろつき、話し相手を探しているんだ。

私が帰宅したとき、爺さんはエントランスの階段に腰かけて、実ったばかりの青いブドウを食べていた。相手は立ち上がり、私に付き添って中に入ってきたので、エレベーターのところまでブドウの汁がこぼれる。私がボタンを押し、上階のエレベーターがガタガタと動き出すと、お前のせいでわしは呼び出されたんだ、とようやく言う。

どうして行かれたんですか、と私は言った。私は行かなければならないのです。自分のことで呼び出されているんですから。他人事でしたら行きません。

誰がそんなこと信じるもんかい、と相手が言う。

私が数えられるよりも素早い動作で、彼は親指と中指で実をもぎ取り、私の耳もとに口を近づけた。相手が噛むたびに、汁が飛んだ。小指をピンと立てるキザな仕草は、食べる際に入れ歯をきしませる彼のような男をいっそう醜くする。二三粒どうだいと彼が尋ねたが、それは私が彼の手から目を離さなかったからだ。

別に責めているわけじゃない、と彼は言った。

それでは何をお望みです。

わしにも子供がいる。

子供を信頼しきって内緒ごとを打ち明けるものではありません、と私は言った。

エレベーターが下に降りて扉が開くと、相手は首を伸ばしてのぞき込んだ。床に誰もいなくても、まるで天井に誰かが立っているかのように。彼は開いた扉に片足を入れる。

わしはあんたをここで待ち伏せしてた。あんたがいつ帰ってくるか分かったもんじゃないからな。わしは記録しなきゃならないんだ。

相手の片目が私の後ろの壁にある最新のポストを映した。もしくは、眼球の瞳がおのずと白く四角くなったのか。もう一方の目を私はもうのぞき込まなかった。彼がこうささやいたからだ。

二冊の計算帳はもうびっしりで、わしは自分で買わないといけない。

爺さんはブドウを全部もぎ取っており、太い茎から出た細い枝の一本一本に青い皮の残りがまだくっついていた。それから爺さんは並んだポストに目を這わせながらエントランスのほうを見る。

　わしはあんたに何も言わなかった。わしは誓ったんだ。誓ったってのはどういうことかって。何もかもが書かれている、白の上に黒でだよ。

　ミク夫人は人生の半分を折り返してから宝くじに興じている。年金生活に入った後、宝くじにすっかり入れ込んだ。一生に一度は大穴を当てるわ、と夫人は前々から思い込んでいた。そして晩年に差しかかったので、思い込みはいよいよ強い。抽選結果のでる毎週水曜日には、赤い花柄がついた晴れ着で待ち構えている。玄関には夫人の茶色いエナメル靴があるが、当選結果を知らせる人がベルを鳴らしたときにさっと履いて出られるようにするためだ。たいていの場合、水曜日はまる一日ベルが鳴ることはない。それはそうこうするうちに、その日の集合住宅で厄介なことがあると知られているからだ。たとえベルが鳴ったところで、せいぜいのところ郵便配達人か忘れっぽい隣人が敢えてドアの前に来ているくらいだ。晴れ着のミク夫人がドアを内側からゆっくり閉めるたびに、夫人は何度も裏切られている。そうなると何もかもが崩れ去り、夫人は顔を肘掛け椅子にうずめてすすり泣く。ミク氏は壁にある皿を数枚叩き割り、破片を掃き集める。それから自分を抑え、妻の慰めだ。やがてローカルのラジオ局からヒットソングが流れてくる。何もかもが一週間経つ内に丸く収まるものの、またしても水曜日になり、彼の妻はまた同じ目に遭う。パウルは夫人が扉の向こうで泣いているのをしばしば聞き、どうやって我慢しているのですかとミク氏に尋ねた。わしは面倒に慣れているんですわ、と氏は言ったのである。その慣れは、氏がまだお抱え運転手であり、夫人がまだ秘書であったころ、夫人が学校や市内でルビーを、つまり赤いガラスの破片を集めていることに対する氏の慣れとまったく同じであった。妻には前々から芸術的センスがいくらかあるんですわ、と氏は言う。ひとつめの宝石入れがガラスの破片で一杯になると、彼女はそれを持って市の博物館に行き、それから金細工師を訪ねた。自殺をすると夫人に脅かされたこともあって、ミク氏は前もって酒場でシュナップスを数杯おごってやった時計職人のもとに夫人を送ったが、それは宝石入れにルビーが入っていると最後に誰かに口裏を合わせて夫人に言ってもらうためだ。晴れ着については何も状況は変わらず、それは水曜の晩に衣装棚に黙って戻されて、あちこちに涙の跡がつけられる。だが自殺にあるのは静寂だ。時計職人にとっては割に合う仕事だったが、だがもしわしが早めに気づいていたら、大枚をはたかずに済んだだろうがね、と氏は言う。

私が高層ビルに引っ越してまもなく、ミク夫人がエントランスの奥で壁に身をもたせかけていた。夫人は長靴下をはき、上から下までボタンがついた部屋着姿だ。頬には産毛が光り、あごは磨り減った白い皮膚で囲まれ、唇にそってまばらに生えた口ひげがあり、それぞれの鼻の穴の下で上向きに波打っていた。ミク夫人は人差し指を舐め、つばで目の周りをぬぐったが、それはまるで猫が毛づくろいしているようだ。私はエレベーターに向かった。その場から動かずに夫人は私に呼び掛ける。

お嬢さん。

夫人は私に赤いガラスの破片を見せた。

今までこんなに大きなルビーを見たことがあるかい。

いいえ、ありません、と私は答えた。

これってイギリスの女王さまにふさわしいわ、間違いない、送ろうと思うんだけど、どうかしら。

もし郵便局で盗まれてしまったらどうされるんですか。

それもそうね、と夫人は言って、それを服に仕舞い込んだ。

ミク氏の監視記録から夫人は何か情報を得ていたにちがいない。彼女の夫が私に監視について打ち明けてくれるかなり前のことだが、私が午後に町から戻ってくると、夫人はエントランスの真ん中に立っていて、食器用ふきんをスカーフのように巻いていた。夫人は腕で道を遮って言う。

最初におたくが出て行って、それからパウルだった。だけど帰ってきたのはパウルだけ。

今ここに帰っているじゃありませんか、と私は答える。

パウルの後にね、と夫人は言った。私のもとにはラドゥが三千十グラムで生まれてきて、それからエーミールが三千十五グラムよ。マーラは堕ろしてしまったけど、夫が生まれてくるのを望まなかったの。それから再びエーミールが来た、二度目よ、そんなこと起きはしないけど、当時は双子が別々に産まれてくることはあり得たわ。どれが食器用ふきんでどれがスカーフなのか、夫人はもはや分かっていない。だけど、自分の子供たちが生まれたときの体重をそらで言った。私のおじいちゃんが収容所の粘土煉瓦の寸法をそらで言ったように。

半分はミク氏が私の出入りやその他のいろいろなことを何でも書き記していることに対する嫌味から、そしてもう半分はそのことを私に打ち明けてくれていたことに対する謝意から、私はミク氏のために計算帳を一冊買ってあげた。監視した内容を私からの贈り物に書き込まなければならないとなると、氏は落ち着かない気持ちになるはず。私は慇懃に相手から気力を奪おうとしたが、それは争いなんて何ももたらさないものだったからだ。水曜日ではなかったので、呼び鈴を鳴らしたところ、半分かじりかけのラード付きパンを手に持ったミク氏がドアを開けた。パンの上で光っていたのは塩の粒。相手は首を横に振った。

大きすぎだよ。

それは存じませんでした。

わしのは小さくてもっと分厚い。

とにかく一度大きいのに書いてみてください、と私は言った。

上着のポケットに入るのでないとだめだ、と相手は言った、だめだ、だめだ、と。

それからというもの、アルブが手にキスをする際に私に言うこと、もしくはそこからあそこまでにある舗道の敷石、杭、電柱、窓の数を、私は計算帳に書き込んでいる。私は書き記すのが好きではない。書かれたものが見つけられる可能性があるからだ。しかしそれは書かれていなければならない。同じ場所にある同じものが今日から明日の間にその数をよく変えてしまう。見たところ何もかも以前と変わらずにあるが、数えてみるとそうではない。それに指貸し遊びをするときもだ。それは目を閉じて、雲や屋根の縁を、樹木が丸裸の時期に木や枝の分かれ目についた揺らぐ葉を、指でなぞる遊び。縁が高い位置にあればあるほど、指の運びはいっそうよくなる。下からまっすぐ上へと教会の塔の先端をなぞり、住宅の塔にそびえる風見鶏の下へ入っていったことは何度もある。屋根の上でも角であるパウルのアンテナを細い先端までなぞり、少しも省かなかった。それでいて隣にある別のアンテナには触れない。以前、なぞるために道端の小石を利用したこともあった。包み紙キャンディの一件以来、私は人差し指だけを使い、この指を繊細な輪郭にことごとく沿わせて曲げる。切り取られた指が曲げられるかどうかは、試さなかった。

リリーを一度なぞったことがある。彼女は工場の通路で踊り場一段分だけ高い位置に立ち、顔を横に向けていたが、私は相手の額がまっすぐで、鼻が孤立し、あごと首が温かな乳白ガラスでできているさまを示した。私の指はすべての階段ごしにリリーの肌と他の物との違いを感じ取る。私は肩の終わりにさしかかり、リリーは自分の手を胸に置いた。

私を透明にしてちょうだい、と言った相手。あなたならきっとできる。

私にはそれができず、ただ前にある翼だけをなぞり、後ろの腕は隠れてしまっていて、そのときリリーが言った。

今度はあなたの番よ。

そうはならなかった。通路で足音が聞こえ、リリーが階段を駆け下りたのだ。彼女のサンダルには幅の狭いベルトが二つしかついておらず、くるぶしがぴょんぴょんと飛び跳ね、ワンピースがはためいた。下のこちら側からだと、リリーの太ももが首まで届く。中庭で私たちはくすくすと笑ったが、私より彼女の笑い声のほうが大きかった。そのときリリーは泣いていたが、もしかするとくすくす笑いをしていたときからすでにそうだったのかもしれない。私が息をのむと、相手は本当に笑い、目頭をぬぐってから言った。

これってただの水よ。まだアントンのこと、覚えてるかしら、革製品を売っていた彼のことよ。

小鼻にいぼがあった人ね。

違うわ、それは写真家よ。

田舎に引っ越した人ね。

そうよ。彼には水がたまっていて、もう抜けなかった。ここの病院で死んじゃったけど、一昨日のことよ。私は何も知らなかった。あなたはもう知っているのかしら、私たちがどう求め合ったかを。

いいえ、その人がアントンって名前だったことすら知らなかった。

ノックの音がして、戸口に二人の会計士が立ってたんだけど、私は下着姿だった。連中はさっきのあなたみたいに息をのんだ。二人はどちらも積み重なった革ジャンの山に腰をかけ、手にあごを乗せてひそひそと話し合っていたのよ。アントンはといえば、まるでお客さん相手のように、レザースカートを私にかざした。こっちのスカートはあっちのよりも大きくて、女性には合わないサイズじゃないか、といった調子で。それから彼は指尺で私のウエスト、ヒップ、背丈を測り、膝半分までの長さも測る。こんなにすらりとしているんなら、ワンピースを作るのに子牛一匹で十分と言い、目を瞬かせながら会計士たちのほうを見た。彼は、私が彼と知り合って以来ずっとそこに乱雑に置かれていたプラリネ菓子の箱に寸法をセンチメートルで書き出す。そして、鉛筆を耳の後ろに差し込んだ。二人は腹が出てなく、お尻に縫込みが二つあり、それがすべてで、他に縫い目はない。それからアントンはプラリネを配った。会計士の一人は一つかみ分を取り、連れはアントンを一時間散歩へ行かせる。私はといえば、残るように言われた。するとアントンはプラリネの箱を閉じると、二人を追い出して言う。

お前らを殴り殺すぜ。

これで彼は田舎に行かなきゃならなくなった。

あなたも何とかして行きたかったんでしょ。

ええ。

だけど、当時あなたは言っていた、今じゃあの人は厄介払いよって。

それもそうだった。

でも彼がいなくて寂しかったんじゃない。

まったく違う、とリリーは言った。

**隣のサクランボ女**は自分の手を空っぽにし、種をすべて自分の満杯な手提げの隙間に落とし、空の三角袋をくしゃくしゃに丸めてその上に押し込んだ。女は汚れた手をもう一方の手でこすり取り、それからワンピースで拭った。その赤い花柄は染みには見えない。私には書類を抱えた高く伸ばされた手が見え、頭も見える。彼は今までどこかに隠れていたけど、市場でやっぱり乗り込んできた。私が思ったとおり、そんなに長い時間が彼にはないのだろう。あるいは人込みなんて彼には大したことがないのだ。押し合いへし合いするのが好きで、争いを探し求める者は少なくない。しかもまだ運がいいのは、けなされては黙るようなウサギがいるからだ。立ち上がったサクランボ女は、通路に無理やり体を押し込む。次の停留所で私も降りなければならないが、そこでは大勢が降りるのだ。長距離バスが角を曲がったところに停まっている。かごや袋、水差しを持った人たちが皆そこで降りて、バスターミナルから彼らの村々へと向かう。ファイルを持った男もそこで降りて、田舎へと向かうか、あるいはこの近くに住んでいる。もしかすると私たちは同じ道なのかもしれない。ひょっとしたら男は私が呼び出されているところで雇われているのかも。ひょっとしたらもう二、三駅先に行くのかもしれず、少なくない人たちがドアのところでぶらぶらしており、次の停留所で降りることなどまったくない。サクランボ女が暗褐色の歯ぐきを見せて私に微笑む。女は体を押し込んで後ろのドアのほうに向かう。必要なら、私は体を押しつけて前のドアのほうへ行くだろう、そっちのほうがここからはいくらか近い。あの人、サクランボの種を植えるつもりか。おじいちゃんが言っていた、バラガン平野には野生の種があるって。鳥がそれをついばみ、糞をした後にだけ芽が出る種よ。だけど、サクランボの種は地面に埋める前に、お日さまで乾かさなきゃならない。それからじゃないと木に成長しない。種が全部育つなら、女は手提げの中でサクランボ園を家へと運んでいることになる。人々は前へ後ろへと傾く、みんな同時に。種の入った手提げはその最中にどこかに行ってしまう。車掌はベルを鳴らし、窓ガラスから大声で叫ぶ。寝室でお前さんを死神が待っているぞ、線路でぼやっと座っていやがって。それから車両の中に向かって叫ぶ。どんな馬鹿も朝には起きて、一日を始めるんだぜ。車掌は自分に説いているのか、それとも私たち全員に説いているのか、彼になにが分かるのか。違う、例えば私だったら横たわったままだけど、アルブは起きる。

**毎晩、**倉庫から家に戻るとき、並木を背にした暗がりの中ではじめのうちは何も見えなかったが、それから目が夜に慣れてきて、だんだん見えるようになった。家々の門を数える。門はお互いに近づいたり離れたりして並んでいて、そこからあそこまで同じ家ばかりだけど、門はいつも違う数になった。自分たちの住む通りへと曲がったとき、私はパン工場の屋根をなぞり、すべての煙突と、それと風見鶏を手の中にある小石で夜から取り上げたが、それは家々の門がしかけた誤魔化しを変えてしまうためだ。安全より混乱のほうが好まれるものなので、私は数かぞえの遊びをした。混乱のほうがいいと考えられるのは、退屈しているときだ。数を数えた後、私は指貸しをして遊んだ、私の住むところで何もかもが私の敵になることがないように。バスの中でおさげ娘を見つけていたときには、私はもはやこのあたりで家の門を数えていなかった。そして時も同じように過ぎていったのだ。小さな町を離れてから、パン工場の風見鶏のことなど忘れてしまうくらいだいぶ経ったある日に限って、私は郵便局の裏手にある横道に入ると頭の中でこうつぶやいた。

クラリネットを机の上に。

雨が降り出した。私の目の前を一人の男が通り過ぎ、傘を開いたが、私は立ったままだ。通りのもう一方のはずれで傘が帽子のように小さくなってしまうと、私は傘をなぞった。指貸しがまた始まったのだ。クラリネットを机の上に置け。アルブがそう言っていたのは、私がブラウスの大きなボタンを回していたからだ。私は両手を机の上に載せ、その命令のことを忘れたが、相手がその命令を繰り返した。その日アルブは私の肩に一本の髪の毛を見つける。相手はそれを取るとき、指で私の頬を高くなで上げた。かなり近くで香水が匂い、首には滑らかに剃り上げられた毛穴があり、アルブの両頬では上に行くにつれてだんだんとまだらが小さくなっていたが、それはまるで磨き上げられた木材のようだ。相手は二本の指で髪の毛をつまみ、三本の指を伸ばし、髪の毛を地面に落とそうとした。まさか私の頭に生えてる髪の毛を自分のものにし、人差し指に巻きつけ、望むがままに私を引っ張っていくつもりだろうか。でも抜け落ちた髪の毛はその場に残り続けなければならない。立ち上がってカフスを腕時計の上まで引っ張ったとき、きっとアルブは何か他のことを望んだ。リリーの肩の上だったら、彼が机に腰かけたまま抜け毛を目にするなんて一度だってなかっただろう。私が相手のひどい香水の名を忘れたように、彼はついに目的を忘れてしまったのだろうか、それとも目的なんてはねつけてしまったのか。だけど匂いを間違えるなんて私には絶対あり得ない、アヴリルかセプタンブルだ。私はまた大きなボタンを回して言った。

髪の毛を元に戻してください、それは私のものです。

その言葉が発せられたとき、私自身の声に私の額がどれほど驚いたか、私がどれほど罰を覚悟したことか。相手は立てていた指を引っ込めたが、どうするか決断を下すために自分の靴の先にある穴模様を見つめているように思えた。私はといえば、窓から射す光をじっと見つめている。相手側にはかじられてすり減った鉛筆があり、アルブの指が私の肩にあった。彼は本当に髪を元に戻したのだ。それから叫ぶ。

クラリネットを机の上にだ。

相手は私のほうに背中を向けて窓辺に立ち、後頭部を揺すった。きらめきの中で一本の髪の毛が他の髪の毛へと入り込んだ。うなじの美しい皮膚。それから相手は外の木に向かって大声で笑い、私のほうへ向き直ると、窓台にだらしなく尻を下ろす。彼は片方の靴のかかとを床につけ、靴先をピンと立て、きれいな靴底を見せて、笑いを止めることができずにいた。笑いの発作、私のと同じ。相手の耳が緑色に光り、木の葉が彼の少々曲がった軟骨を手に入れた。このとき笑いをもたらしたものは何だったのか、緑がかった色へ変色することによってアルブが世界から出て行ってしまうのがわかった、私がではなくて。わずかの風、もう前から木がこの笑いの発作をさっさとつかまえていた。私が彼の立場なら、いま笑ったりはしない。

いまや路面電車はバスターミナルに停車し、皆が押し合い、私は車両の真ん中に立っている。ファイルを持った男は皆の頭越しに大声で車掌にこう言った。なんてことだい、このアホどもの数は。すると後ろにいた男があごを掻きながらこう言う。ちょっと気をつけな、このカイコ野郎、でなけりゃかかとでお前の口ひげを踏みつけるぞ。そしたらお前は自分の歯をハンカチにくるんで家に帰ることになるからな。男には口ひげなんかまったくない、ファイルを持った男には。だけどそう言った男のほうには口ひげがある。二人とも降りて行った。ファイルを持った男はもう一度そのゴロツキのほうへ向き直る。相手は子供を脅かすように人差し指を立て、粗暴に笑う。腕は長く筋肉質で、歯は白く、言っていることは本気だ。ゴロツキはやはり今日もぶちのめすことができる相手を見つけ出す。ファイルを持った男は自分が相手をかまうほどおちぶれておらず、衣服を血で汚すよりも、屈辱を受けるとはいえ、無事にここからうまくずらかるほうがよいとおそらく思っている。血がつくとなるとそれは彼自身のものだろうし、カッとなったキレ具合でも敵わないだろう。ファイルを持った男は肩をいからせて別の方向へクルリと向きを変えた。だから私たちの道は同じではない。男は私が呼び出されている場所で雇われているわけではないのだ。残念だが、もしそうだったら、私は今頃、近い関係でこそないが、アルブとは別の人間と知り合いになれたのに。屈辱を受けても何もしない恥さらしと。車掌が叫ぶ。急げよ、でなきゃ発車する前にクリスマスになっちまう。サクランボ女はもう下車していて、ゴミ箱のほうへ行き、丸めた紙袋を投げ捨てる。窓越しに、車掌の顔めがけて帽子が飛んでくるが、それは一人の男が投げ込んだもの。男の髪はボサボサで、ズボンはオシッコがひっかかって濡れ、シャツは血まみれだ。額には生々しい傷がある。男の横には紐で結ばれた袋があり、それはばたばたと動いている。車掌は帽子を外に投げ返して言う、自分のシラミを持っておけと。俺が行くまで帽子を持っておけ、俺は乗るんだ、と言って男は笑っている。俺のに乗り込むな、俺は便所掃除じゃないし、これは路面電車なんだから、と車掌が言う。今日の夜二時七分を過ぎたら俺はおやじなんだ、と男は言ってよろめく。俺には坊主が一人いて、かかあは産院にいる。で、袋の中身は何なんだ、と車掌が尋ねる。子羊だよ、と男は言う。これをお医者さまにあげて、先生の黄金の手にキスしてやるんだ。男は帽子をかぶろうとするものの、うまく頭に乗せられない。男は帽子をズボンのポケットに突っ込む。もしお前のガキが俺の車両で小便をしてもたいしたことじゃない、と車掌が言う。ガキがそのまま乗っていても構わない。なにせ歩けないからな。だけどお前はダメだ。男は袋を引きずってレールを超え、ドアへと押し入ってくる。降りる者たちが男を押しのけてしまう。男は片足を階段の真ん中にかける。車掌は立ち上がり男を後ろに突き飛ばす。男は転倒する。おい、だんな、もし俺をここに置き去りにして、俺をいためつけようってなら、だんなの息子は失明することになるぜ……。車掌は階段につばを吐き、扉を閉め、出発する。袋の中の羊が短い鳴き声を上げた。車輪、それがひょっとすると羊の上を通ったのかもしれない。私の前にはまだ降りようとしていた人たちがおり、後ろでは誰もが黙っている。車掌は言う。遠くはないぞ、次の停留所では全員を降ろしてやるよ。遠くないと車掌は言うが、私は急いで戻らなければならない。次の停留所では九時四十五分だ。

大股だと、踏み出すと同時に呼吸ができることを私は知っている。何もぼやけ始めないように、靴を見ないようにするし、空中の一点も見ない。静かに立ち去るときのように視線を交わさなければならず、ほとんど走っている速さで先へ進む。ヘトヘトになることなどない。だけどそのためには通路が空いてなければならないし、私の前にいる二人がどうにかどいてくれなければならないのだ。二人はスイカを持っており、網が通路の上でゆらゆらと揺れている。売り手はそれぞれのスイカに三角の楔を刻み込んでいた。きっと売り手はそれぞれの楔を味見のためにナイフの先で口へ運び、スイカをもう一度ふさいだのだ。網に持っているのは熟れたスイカばかりだ、二人が持っているのは。楔を刻まれたスイカは腐りが早く、その日のうちに食べてしまわなければならない。網を持った二人はそんな大家族なのだろうか。それとも今日の昼と午後と晩は二人でスイカ以外何も食べるつもりはなく、お腹をこわして寒気に襲われないように、冷えたスイカ五玉をパンと一緒に食べるつもりなのか。ぬるいスイカは泥みたいな味、スイカは冷やさなくてはならない。どんな冷蔵庫にもスイカ五玉は入らず、入るのはせいぜいバスタブだ。おじいちゃんはこう言っていた。

昔はスイカを噴水に入れたものだ。スイカは水にプカプカと浮いて漂う。一時間したらスイカはバケツですくい上げて食べることができる。初めの一口は雪の中みたいに痛むが、舌が慣れてくるんだ。冷やしすぎのスイカにはハマってしまうわい、サクサクの甘さで、食べ過ぎでお腹が冷えてしまう。噴水スイカのせいでいつも夏に人々が死んでしまうが、都会でもそうだ。バスタブスイカではだれも死なないが、バスタブでは多くが死ぬ。そう、朝にはお湯で体を洗い、昼にはスイカを冷やし、午後には羊やガチョウをつぶして血を洗い流し、晩にはまたお湯で体を洗うことができるんだ。なんでもバスタブに入れられる。そこでもしスイカやら羊やらガチョウ、そして自分自身にうんざりしたら、そこで溺れ死ぬことだってできる、とおじいちゃんは言った。そうそう、できるんだよ。

それなら川でのほうがいい、と私は言った。

どうせこのあたりは誰もいない。もっと行って水を探し求めろとでも言うのかい。ようやく見つけられたときには、たぶんもう誰なのか分からなくなっているだろう。水死体は身の毛もよだつものだからな。疲れ切っている人なら、最期は洗い立ての肌着をテーブルの上に置いて、家のバスタブできれいな死に方をするほうがいいんだ。

二人の影もいれて数えるならば、運んでいるのは合計で四人。スイカはたいてい一玉もあれば十分だけど、あまりに安いのでずいぶんとたくさん買い込み、腐らせてしまう。それでいて節約したと思っている。私は網の後ろにぴったりとくっついて進み、バタバタと足を踏み鳴らすけど、何台かの車が上空の太陽まで騒音を響かす。どうして網をあんなに互い違いの方向へ引っ張っているのか、それじゃあ軽くなるわけない。

すみません。

ダメだ、二人には聞こえてない、言葉が短すぎる。

家々の間ではスパイダーローズがはっており、菜園では丈の高いディルが風に吹かれて落ち着きなく咲いており、ヨウラクユリはぐったりとしながらもどんな真昼の暑さに対しても覚悟を決め、ホコリがこれらを眠りへ誘う。物干しロープが果樹の間に張り渡されている、たくさんの桃とマルメロの木々の間に。部屋着と前掛け、日陰ではまだ湿っていて、乾く前にホコリまみれになってしまう。私はここに一度も来たことがなく、あてどなくやって来たことすらなかった。リリーの青いプリーツスカートはここにあるべきだ、大きな木々には狭すぎる庭があるところに。腹を立てたければ立てればいい、さあスイカ男の袖を引いてやる。

すみません、お先に行かせてもらいます。

男は頭をぐるりとこちらに向けて、そのまま速足でさらに二歩進み、もう一度こちらを見る。それからつかんだ手を離す。

なによ、そう言って女が前進する。立ち去るなら、なにか一言くらい言えないのかしら。

女がスイカの下から靴をひっぱり出し、靴から足を出し、それから剥がれた敷石の破片を小指から出す。

ねえお願い、まめがつぶれたの。

おい、と男が言う。ほら見てみろよ、こいつを俺たちゃ知ってるぞ。茶色に染められた男の髪があのときと同じように頭皮で銀色に光っている。光が刺すように照りつけ、マルティンが踊って過ごした夜のあとにもうパラプッチュの一員であることをやめたあのときと同じように。女性の顔は、マルティンに浴室でひどいことをされてしまったときと同じように、しかめっ面だ。

あら、とアナスターシャが言う。髪が短くなっているわね。

スイカ五玉で何をなさるのですか。

もう数えたわけだ、と男が笑う。お祝いだよ、どこでかは知ってるだろ。

お元気かしら、と女が尋ねる。

ええ、と私は言う。

俺たちもだ、と男が言う。おそらくまた会うことになるな。

そうかもしれませんね、と私は言う。

トラックが一台ガタゴトと音を立ててやって来て、アナスターシャがこう言う。

私たちは行かないと。

するとマルティンがやっぱりお別れのキスを私の手にしたが、そのとき、私が道路のほうを見ていたのは、運転手の額の先で紐に結わえられた赤ん坊の靴が二足がぶら下がっていたからだ。車が行ってしまうと、通りの反対側に赤いヤワがあり、開いたガレージには半ズボン姿の老人がいた。そして庭の奥から出てきて、物干しロープのところで首を引っ込め、ガレージに入ってきたのは、パウルだ。アナスターシャの時計だと十時五分すぎだった。

パウルと老人は笑っており、私は細い足に大理石の鉱脈を探し、屋根にあるアンテナに目を止める。それはパウルが作ったもの。彼はスパナを取り出すが、探したのではなく、ただ棚に手を突っ込んだだけだ。パウルが夜の町ではしご酒をするたびに、私は相手のことを信じた。あたりまえだ、彼の酩酊は本物で、どんなごまかしがきこうか。誰と飲み、誰が金を払っているのか、私は一度も尋ねたりはしなかった。家でもパウルやはり一人で飲む。事故のあと彼自身が言っていた。

酒飲みはテーブルを次々に移って目くばせで互いを知り合い、グラスが互いに語り合うんだ。飲んだくれの付き合いなんて御免だね。シュナップスを他人と飲むことがあっても、テーブルには一人で座っていたいのさ。

だけどその後パウルは寝具を窓から夜に放り出してしまった、まずは私たちの枕を手始めに。枕は下で白くて小さく、まるで二枚のハンカチみたいだ。裸足のままエレベーターで降り、上に持って上がった。枕を持って上に着くと、毛布が下に落ちている。エレベーターに乗ってそれを持って上がると、泣かずにはいられなかった。毛布はとても大きく、一人の愚か者が抱く夜の気分にやられてしまったように見えたからだ。枕を手にしたまま私はまだ笑っている。ミク氏のところでは寝室の窓がまだぼんやりと、ナイトテーブルの明かりで照らされていた。もう遅い時間だけど、相変わらず水曜日、宝くじの外れる日。妻が次の日になじめるように、ミク氏がいまだこんな時間にどんな慰め方を試しているのか、誰が知るものか。一緒に寝ているのかもしれない、体の愛よ。

若い男が相手だと疲れてしまう、とリリーが言った。年配の男なら一緒に寝た女の体を軽やかで滑らかにしてくれる。

寝具を窓から放り出すのも体の問題よ、確かに愛じゃないけど、舞い上がって行く服よりは体じみていた。この水曜日にミク夫人が金持ちになるのを待ちかまえるときに着ていた晴れ着は、またしてもクローゼットに掛けられている。だけど体を、それこそ自分の体を彼女は身に着けていた。ミク夫人がエントランスで身をもたせかけ、今の自分が分からなくなり、そうならなければなるほど二十年前の自分のことがよく分かるようになっているとしても、私は夫人を避けたい。夫人の老いぼれた肉体は私のママみたいに我を忘れてではなく、手でつかむ心づもりで、太陽をのぞき込む。ミク氏はかつてパウルにこう言った。

一緒に寝てやるのはいつだって、妻の使い古された神経にとって一さじの砂糖だ、それでしか妻を正気に保てない。

正気にですか、とパウルがきいた。

正気にだ、正気と言ったんであって、分別じゃない。

もしナイトテーブルのランプが寝ることではなく、メモ帳に書かれた最後の情報を照らしているとしたら、寝具は鉛筆から逃れるはずだ。私はエントランスの明かりをつけずに、泥棒みたいに寝具をエレベーターまで持って行った。キルティングの掛け布団を持って上がっていくと、パジャマ姿のパウルはまるで縞模様の紙のように白い枕の上に横たわっている。相手は膝をお腹に引き寄せてこう尋ねた。

誰かに見られたかい。

私は彼に布団を掛けてやり、もう一枚を自分の場所に置いてしわを伸ばした。まるでシーツの上に女性が寝ているみたいに。それは明日の朝になったら私がそうなりたいような女性——ひどい酔っ払いなんかに我慢しない女性のこと。パウルは天井を見ながらこう言った。

ごめんよ。

そんな言葉は聞いたことがないに等しかった。その言葉が彼の頬の中で空回りして、あごを歪ませたときですら、聞いたことがない。彼は謝罪をいつも顔の下に置きっぱなしにして、自ら折れることがなかった。何がどう影響したのか、私は翌日に嘘を一つ練って、商店街からジャガイモの入ったネットを手にして閑散とした薬局に入ってこう言ったのだ。

薪割りをしているときに木のかけらがおじいちゃんの目に飛んできたんです。右目がやられてしまって、ここから遠くに住んでいるものだから、街まで来られません。あれからというもの家から出なくなり、教会や床屋にすら行かないんです。人前に出るのも恥ずかしがる始末で、おじいちゃんに目を買ってあげたい。

死人のことだと嘘は平気、本当になることなど何もないのだ。アルプのところにいるとき、上手に嘘をつくと、うまくいった気がするが、それは自分で次々に出てくる言葉を信じているから。薪割りはお粗末だった。不安を感じながら他人のためにずいぶんと多くの嘘をついてきたから、不安を感じずに自分のために嘘をつくことなどいまさらできない。薬剤師は白衣の下に普段着を着て立っていたが、その姿はまるで年とっている女と若い女の二人が互いの中に入り込んでしまったみたいだった。普段着のほうは痛みがどれくらい苦しいのか知っていたし、白衣のほうは痛みの扱い方を知っていたのだ。けれど二人とも程々にうまく嘘をつけない。それなのに薬剤師は目を伏せてこう言った。

ご購入できます、処方箋なしで、きっとぴったりですよ、お取替えはできませんけれど。ショーウインドーから一つお取りください、二つでもいいですよ。

彼女は笑った。

三つでも構いません、本当にいやになるほどあって、ホコリをかぶっています。

私は暗い青の義眼を一つ取り、ショーウインドーにはじめて空きができた。おじいちゃんは半端輝きを失った褐色の目をしていたけど、それはガラスによるものではない。というのもガラスなら痛むことがなかったからだ。私の買った目が一粒のスピノサスモモを水に入れたのに、水は氷だった。自分自身とリリーを比べようとした、何の役にも立たない目は、唖然としている。彼女のタバコの花のような鼻だと、いよいよもって手でも機械でも真似て作ることなどできやしない。

ジャガイモを買う前に、私は食料品店のお菓子売り場にいた。積み重なったガラス容器には、死んだスズメバチの張りついた赤いボンボンがあって、錆びたカミソリの刃があって、割れたクッキーがあって、マッチ箱があって、スズメバチつきのべとついた緑色のボンボンがあった。また壁の棚では瓶がとりどりの色を見せており、黄色のエッグリキュール、バラ色のラズベリージュース、緑がかったフランス・ブランデー、水のように透き通った除光液がある。そこにあったものには、他の何ものでないかどうかに、自信などなかった。店員は、まるでマッチとカミソリの刃とべとついたボンボンとクッキーからできていて、すぐにまたばらばらになってしまう人間のようだ。

甘いカミソリの刃を百グラム、と私は言った。

とっとと失せやがれ、と店員は叫んだ。薬局でもっとましな物を買いな、頭がいかれちまってるんじゃないか。

私の頭はいかれていて、商品が私の分別をかすめて向きを変えた。八百屋に行って、木箱から取り出されたジャガイモが秤皿の上で靴や石に変わっていないことに私は嬉しくなる。二キロのジャガイモを手に持ち、頭では事物のくつがえらなさについて考えていた。そのまま薬局に行き、義眼を買う。もしもう呼び出しを受けないことになるなら、パウルは私に小さな指輪をくれるはず、そしたらそれを首飾りにする、と当時の私は考えた。

階段の吹き抜けでアルブの使い走りを乗せたエレベーターの降りていく音が聞こえると、奴の声がかすかに頭に響く。火曜日の十時きっかり、土曜日の十時きっかり、木曜日の十時きっかりだ。ドアを閉めた後、私は何度パウルに言ったことか。

もう行かない。

パウルは私を抱きしめた。

もし行かないとなると、奴らは君を呼びに来るし、君をずっと捕まえておくよ。

私はうなずいた。

今、パウルはハンカチをオートバイの横の地面に敷いて座り、ネジを回す。私は茂みの向こうに立ち、立ち去る気にはならない。アスファルトの路上で響くカツカツという靴音がずれのある高層ビルに入ってくる、誰もが知るビルに。ただし、ミク夫人は別で、夫人はせいぜい部屋のドアからエレベーターまで十歩、そしてエントランスまで十歩進むが、それ以上は進まない。道を忘れているからだ。彼女はこう言っていた。

世界は大きい、その内側のどこに私らの住まいがあるのか、外でどうかぎ取ればいいのかしら。

エレベーターに向かって夫人はこう話しかけた。

この車両に乗り込むのね。それって綱で走っているのであって、ガソリンでじゃない。乗車券お持ちかしら、今日は月初めの日で、きっと検札係が来るはず。上の屋根じゃあ餓死する人がいる。

夫人はアンズをくれ、私はエレベーターに乗り込んだ。夫人の手によって温められた果肉から、種の鼓動が伝わってきた。上階で私はアンズを放り投げた、窓から外に、飛んでいく限り遠くに。夫人のアンズなんかにひっかかったわけではないけれど、今ならミク夫人のようでありたい、穏やかな声でとんでもないことを言う夫人のように。来るということについては、夫人はこう言っていなかったか。

それから再びエミールが来たわ、二度目よ……。

夜中に二度、寝具を持って来たとき、夫人の語った話に私が捕らわれていることが分かった。

だけど今、高層ビルに入ると、いまだ待っているブラウスを着て、私は台所に入り腰かける。誰かが降りると、エレベーターのドアは下か上の階で音を立てる、石のような音を。そしてこの階だと鉄のような音だ。鉄の音が聞こえたら、私は吹き抜けの階段へと向かって行く。今日はアルブがやって来るだろう。私がはじめて呼び出されたとき、奴は私に自分の身分証を見せる。奴の写真をまじまじと見つめたが、それは手にキスをする際に指を押しつぶす男が母親や妻にどう呼ばれているのかを読み取る代わりだった。名前が二、三そこには書かれていたにちがいないが、遅すぎで、身分証はもう仕舞い込まれていた。私なんかいなくなってしまわなければならないとアルブが思っているなら、私は奴に真実を言うことにする。

うちの祖父は収容所に馬の絵を描いたんです、私はドアの前で待っています。

もしパウルがエレベーターから降りてきたら、私はやはり同じことを言う。そうなると、彼は私がこう尋ねるまではすぐに嘘をつかないですむ。

どこにいたの。

これまで何度も言ったように彼はこう言う。

シャツの中と君のそばさ。

塗装したてでピカピカに光っている赤いヤワ。退屈し、うっかりして、茂みからこちらに目をやり、パウルの耳元へと身をかがめる老人。今やパウルは立ち上がって私を見る。どうしてシャツのボタンを閉じているのだろうか。

は、は、狂いたくない。

# 訳者あとがき

## ヘルタ・ミュラーの文学世界

本書は、二〇〇九年一二月にノーベル文学賞を受賞したヘルタ・ミュラーの第三長編『呼び出し』（Herta Müller: Heute wär ich mir lieber nicht begegnet. Reinbek bei Hamburg: Rowohlt 1997）の翻訳である。訳出の際には、後にフィッシャー社から出た版（Herta Müller: Heute wär ich mir lieber nicht begegnet. Frankfurt am Main: Fischer 2010）を用いた。ヘルタ・ミュラーが最初に世に問うた短編集『澱み』とその後上梓した四長編の邦訳が、本書の刊行をもって揃う。ヘルタ・ミュラーは散文作品、コラージュを含む詩作品、エッセイ集などを数多く上梓しているが、ここに示す五作品が質量ともにミュラー文学の代表作と言ってよいだろう。

一九八四年『澱み』Niederungen（山本浩司訳、三修社、二〇一〇年）
一九九二年『狙われたキツネ』Der Fuchs war damals schon der Jäger（山本浩司訳、三修社、一九九七年）
一九九四年『心獣』Herztier（小黒康正訳、三修社、二〇一四年）
一九九七年『呼び出し』Heute wär ich mir lieber nicht begegnet（小黒康正・髙村俊典訳、三修社、二〇二二年）
二〇〇九年『息のブランコ』Atemschaukel（山本浩司訳、三修社、二〇一一年）

ヘルタ・ミュラーは、一九五三年、ルーマニアのバナート（Banat）に生まれ、同地の中核都市ティミショアラの大学で文学を学んだ。バナトとも称されるこの地域は、中央ヨーロッパのパンノニア平原にあり、東にカルパチア山脈の支脈が連なり、南にドナウ川が流れている。現在は、ルーマニアの他に、セルビア、ハンガリーにまたがる地域ではあるが、歴史を振り返ると、十八世紀にオーストリアの国家的要請を受けてドイツ・シュヴァーベン地方の農民が多数入植した土地として、第一次世界大戦まではオーストリアに帰属していた。同地にて民族的矜持を強く抱き続けた「バナート・シュヴァーベン人」は、第二次世界大戦が勃発すると枢軸国側についたルーマニアから出兵してソ連軍と戦い、戦争末期に至ると連合国側についたルーマニアにおける「ナチス協力民族」として数多くの若者がソ連の強制収容所ラーゲリに連行され、戦後は共産主義国になったルーマニアにおけるマイノリティとして苦難に陥ったのである。ミュラー自身も、一九八七年にベルリンに移住するまで、チャウシェスクの独裁政権がもたらす恐怖に曝され続けた。一九七九年に秘密警察（セクリターテ）への協力を拒んだことを契機に、実際に尋問や脅迫や執筆禁止の憂き目にあう。もっとも事は単純ではない。ミュラーの父親がナチスの武装親衛隊員であり、母親がラーゲリ抑留体験者であったことが示すように、歴史に翻弄される辺境のマイノリティにおいては、加害と被害の一線を単純に引けない状況があった。ヘルタ・ミュラーの文学は、彼女自身や親族や隣人の（詰まるところ「バナート・シュヴァーベン人」の）個人的かつ歴史的な経験が巧みに織り込まれた作品群である。

## 『澱み』

第一作『澱み』は、ドイツ系少数民族の村社会に渦巻く因習や権威主義や暴力を少女の眼差しで描く反牧歌である。十九のエピソードからなるこの散文集は、ヘルタ・ミュラー自身の経験を直接反映するかのように、一九五〇年代と一九六〇年代のルーマニアを主として描き、不連続とはいえ最後に置かれた「道路清掃の男たち」「インゲ」「黒い公園」「仕事日」において一九七〇年代と一九八〇年代のルーマニアを示しながらも、全体を一つの枠で括るような物語だ。冒頭の「弔辞」は数々の戦争犯罪を犯した父の埋葬場面を夢として示す。葬儀の参列者たちはそうした父を誹謗中傷するだけではなく、娘の「私」に対しても、「我々ドイツ人共同体の名において」死刑判決を言い渡すのだ。彼女自身の、そして共同体そのもののトラウマが色濃い悪夢から「私」が醒めることで、「弔辞」の一節は終わる、「目覚ましが鳴った。土曜日の朝、時刻は五時半だった」という文で。そして『澱み』の最後に置かれた「仕事日」は「朝、五時半。目覚ましが鳴る」という文で始まり、職場の門番が「また月曜日がきた」と言うと、「私」にとって一週間が終わったと感じ、事務所に入ると「さよなら」と言う。こうした捻れた意識の日常こそ、ヘルタ・ミュラーの文学世界だ。「私」にとって、夢であれ、現実であれ、幼少期にいた「村」であれ、成人となって住む「町」であれ、居場所はどこにもない。

## 『狙われたキツネ』

さらに追い詰められた市井の人の恐怖を描くのが、第一長編『狙われたキツネ』だ。ただし、物語の時空は限られ、チャウシェスク独裁政権打倒の機運が高まったティミショアラと思われる都市や国境沿いの村を舞台とし、一九八九年夏から冬にかけての状況、つまり、ルーマニア革命の歴史的経緯を物語の背景とする。小説は、学校の勤労奉仕に対して批判的な発言をしただけでセクリターテから陰湿な脅しを受ける教師アディーナの恐怖を基軸に、独裁政権下の日常を描く。直訳すると「キツネはその当時すでに狩人であった」という原題に対して、山本訳の邦題『狙われたキツネ』は示唆に富む。セクリターテはアディーナの部屋に侵入するたびにキツネの敷物から四肢を徐々に切り裂いていき、そうした脅しが彼女の神経をずたずたにしていく。だが、狙われたのはアディーナだけではない。アディーナと反体制的な意識を共有する友人たちもセクリターテの監視下にあった。「鼓膜の炎症」と称された一節では、アディーナの元恋人である医者のパウルが仲間と共にコンサートで歌う、「顔のない顔がある／頭は砂でできている／そして声なき声／後は何が残されているんだろう／残っているのは時間だけだ／時なき時／いったい何を変えることができるんだろう」と。だが、会場内にいる百人以上の警官や私服警官、それに警察犬がもたらす恐怖が、一瞬にしてホール全体を呑み込む。コンサートの中止と観客の退去を命じる警官たちが警棒で観客たちを手当たり次第に殴る中で、私服警官がパウルに向かって言う、「明朝八時に二号室まで出頭しろ」と。歌声は「声なき声」としてかき消され、「明朝八時」という呼び出しの時間が「時なき時」として残るだけである。

『心獣』

第二長編の『心獣』は、やはり一九八〇年代のルーマニアにおける過酷な現実を、ある種の枠物語として示す。「僕らは黙ると腹が立つし、しゃべれば笑いものさ」と言うエトガルと主人公の「私」だけが取り残された状況で始まり終わる。枠中では、ルーマニア南部の小さな村出身の大学生ローラを中心に話が進む。学生寮の狭い画一的な部屋に住むローラは、強かに生き抜き這い上がるために、党の関係者や工場労働者に、さらには大学の体操教師に近づく。しかし、ある日、部屋の衣装戸棚で首を吊ったローラが発見される。党は自殺者としてローラをすぐに除名処分にするが、その死を不審に思う同室者の

「私」は、エトガル、クルト、ゲオルクと知り合う。四人は反体制的な詩を作り、国外に写真や情報を流すことで当局に抵抗するものの、いつしか執拗に当局の尋問や検閲を受け、謂れのない暴力にも曝されていく。四人のうち「私」とエトガルとゲオルクはドイツに出国し、クルトはルーマニアに留まるものの、結局、ゲオルクはフランクフルトで窓から飛び降り自殺をし、クルトは自宅で首を吊ってしまう。電報にてクルトの死亡通知が届いた三週間後、クルトが出していた分厚い手紙が「私」に届く。中には国外逃亡を企てて死んだ者のリストやゲオルクの書いた詩、それに複数の写真が入っており、その中の一枚では、「私」を尋問に呼び出し四人を追いつめたピジェレ大尉が子供と一緒に広場を歩いている。秘密警察で働く者も市井の人にすぎない。凡庸な悪を示す写真を前にしてエトガルが言葉を放つことで、物語の終わりと始まりが結びつく。『心獣』はなんの脈絡のない断片的エピソードとして紡がれているように見える。しかし、「私」がベルトと窓とナッツとロープの順番を違えることは決してない。それぞれの事物が「私」の周りで死んだ者たちの死と結びつくからだ。しかも、『心獣』にはこうした「私」の過去に「バナート・シュヴァーベン人」の過去が巧みに織り込まれている。チェスを愛好する「私」の祖父は第一次世界大戦時にイタリア戦線で戦った元兵士であり、酔うと総統賛歌を歌い出す父は第二次世界大戦時にナチス親衛隊に属していたし、他の女から男を奪ってまでして土地を手に入れた祖母は共産主義政権下でその土地を没収されて歌い始め、チャウシェスク独裁政権で忘却と狂気に陥っていく。『心獣』の枠構造は、一九八〇年代のルーマニアを現在として描き出すだけではなく、「バナート・シュヴァーベン人」の過去を巧みに紡ぐ。

## 『呼び出し』

「私は呼び出しを受けている」。朝の八時前、この告白とともに一人の女性が住まいを出る。一九八〇年代のルーマニア、とあるアパレル縫製工場で働く「私」は、今日は自分に出会いたくないという屈折した気持ちを朝から抱く。国外逃亡の嫌疑をかけられたため、毎回十時きっかりにアルブ少佐の尋問に出頭しなければならず、今日がまさにその日だ。第三長編ドイツ語原題の直訳『今日は自分に出会いたくなかったのに』が示すように、アルブ少佐の「呼び出し」は陰々滅々たる思いを「私」にもたらす。アルブの事務所に向かう途中、「私」は路面電車に乗っては降りる乗客たちをつぶさに観察する。父と子のやり取り、アスピリンを求める老婆、空席に座ろうとしない老人、ファイルを持った紳士、くしゃみの止まらない男、さくらんぼの紙袋を持つ買い物帰りの女など、様々な人々が乗り合わせる路面電車は、社会の縮図、それもチャウシェスク独裁政権下の「今日」だ。アルブの元へ向かう際、眼前の出来事が契機となって、様々な過去の出来事が「私」の意識に浮かび上がってくる。例えば、車掌がパンから塩の粒を掻き落とす様子を目にした「私」は、祖父から聞いた昔話を思い出す。戦後の強制収容所で、祖父は細かい塩の粒を使って歯を磨いていたのだ。塩の粒をめぐる連想が「私」を運ぶ路面電車とかつて「私」の祖父が経験した強制収容所とをつなぎ合わせてしまう。

このように、路面電車内で起こる出来事に過去と現在の様々なエピソードが極めて複雑に絡み合うことによって、物語は進行する。決まった運行時間もなく走る路面電車こそ、想起の場にふさわしい。元夫から受けた暴力の記憶は「私」に死のイメージを植えつけた。逃避行の末に命を失った親友リリーは死後も「私」の意識に絶えず現前化する。戦争犯罪者の父は「私」の強い思慕から逃げるように事故でこの世を去った。祖父母をバラガン平野に追放したのは、「私」に関係を迫った「香水共産党員」、元夫の義父だ。祖母は過酷な生活に耐え切れず、狂気のうちに異郷で命を落とす。死、血族、狂気にまつわるこうした小さなエピソードのひとつひとつがコラージュのようにつなぎ合わされ、大きな「物語」を形作る。物語の終盤、「私」は降りるはずの停留所で下車し損なってしまう。次に降りた停留所で「私」が目にした時計の針は、すでに指定時間の五分過ぎを指していた。

そのとき続けて見たのは、かつて事故で大破したはずの赤いバイクだ。物語内で流れる時間はおよそ二時間に過ぎない。とはいえ、「今日」の自分に出会いたくなかった「私」はトラウマの中でいわば新たな『ユリシーズ』を紡いでいく。大破したのは赤いバイクだけではなかった。

『澱み』が示した「捻れ」は、『呼び出し』においても冒頭から強く働く。私の呼ばれる回数がだんだんと増すにつれ、「木曜日の十時きっかりに」「火曜日の十時きっかりに、土曜日の十時きっかりに、水曜日もしくは月曜日に」といった具合に私の中で曜日が混乱し、「まるで数年が一週間のように思え」、季節の移り変わりでさえも変に思えてしまう。そう思うのも、路面電車の中から目にとまった白が「私」に悪夢を呼び起こすからだ。ヘルタ・ミュラー文学で頻出するトラウマと化した白は、『呼び出し』の場合、「香水共産党員」が乗っていて、後に毒殺される白馬と結びつく。また、死についても、老若に関係なく、「順番どおりになったことは一度もなかった」。絶望的な日々の中で、人々は現実逃避策として国外逃亡を画策するか、さもなければ抗い難い死への衝動に身を委ねてしまわざるを得ない。『呼び出し』における捻れや倒錯は、尋問中に「私」が思い出した歌が示すように、「逆さまに降った雪」として心に積もる。希望は常にはかなく消え、絶望のみが沈殿し堆積していく。「私たちがようやくほっといてもらえるのは、リリーのところで寝るそのときだろう」。つまり、死のみが人々に安寧をもたらす。

こうした状況の中で「私」の全神経が「走行中の路面電車のような音を立てる」。いまや路面電車が「私」と化し、あるいは「私」が路面電車と化す。『狙われたキツネ』でも巧みに描かれたように、事物が人間と化し、人間が事物と化すのだ。独裁政権下で「私」が住む町では「何もかもがひっくり返って」おり、強制労働のために祖父がかつて住んでいた土地では「天気のせいで何もかもが傾いて曲がった」のである。祖父と祖母が住んだ煉瓦の家と同様にパウルと「私」が住む古い高層ビルも傾き、走る路面電車は傾き、中の乗客も同時に「前へ後ろへと傾く」。『呼び出し』においても、ヘルタ・ミュラー文学が総じて示すように、人間と事物の境界は揺らいでいく。「ママは、ハンカチで顔をぬぐうときにはハンカチに、机を片付けるときには机に、椅子に腰かけるときには椅子に似ていた」と言う「私」の視角は、決して偶然ではない。さらに附言すれば、ドイツ語原文において地の文から会話文を区別する引用符が（本訳出では括弧が）ないことも、決して偶然ではないのだ。

「私」にとって「十時きっかりに」という呼び出しの時間だけが、『狙われたキツネ』における状況と同じように、「時なき時」として残る。「私」は目覚し時計の「呼び出し、呼び出し、呼び出し」という音に既に夜中の三時から聞き耳を立てていた。自分自身やパウルのことを考えるよりも先に、アルブ少佐を思い出さざるを得なかっただけに、今日は自分に出会いたくないという屈折した気持ちを「私」は早朝から抱く。そんな「私」にとって、路面電車に乗っている現在であれ、想起された過去であれ、居場所はどこにもない。義父が元夫と入れ替わり「私」と執拗に寝たがったときもあれば、「私」がおさげ娘と入れ替わり実の父親と寝る妄想を抱いたときもあった。現在であれ、過去であれ、歪んだ関係しか「私」にはない。

「私」はパウルと出会い、「ずれのある高層ビル」で二人で暮らし始める。とはいえアルブ少佐の尋問に「十時きっかりに」出頭しなければならず、その度に「幸せを最初から家に置いていかなければならない」。出頭の朝となると、「私」は執拗に「順番」にこだわる。朝起きて、ベッドから最初に床の上におろすのはいつも右足で、左足からはあり得ない。小さなタオルと歯みがき粉と歯ブラシをハンドバッグに入れ、リリーの形見である「いまだ成長し続けている緑のブラウス」を必ず着る。七時半に準備が整うと、前の晩から調理台の上に置いておいたクルミひとつを、「私」がカルパチア山脈から持ってきた「憂いの石」で二度叩いて割って食べなければならない。こうしたことをまるで儀式のように行いながら、「呼び出しを受けている以外に」まったく何も考えたくないのは、「私は何者でもない」からだ。事情はパウルにおいてもあまり変わりがない。ズブロッカで泥酔する際、バイソングラスが乾いた瓶底に立つことを願うパウルは言う、「草の茎は体の中に残る魂と同じように瓶に残るのさ。それで魂を守ってくれるんだよ」と。事物に縋ったところで何の救いもないことを、「私」もパウルも分かっている。とはいえ、藁にでも縋るように「できることなら何でもやっておきたい」主人公は、尋問中に「大きなボタンを回す」。

今日は自分に出会いたくないという屈折した気持ちを抱く「私」は執拗に事物にこだわる。「ハンカチ、制帽、ベビーカー、桃の木、カフスボタン、アリ——ホコリや風にさえ重みがあった」という言葉はそれなりに重い。「私」は言う、「アルブが手にキスをする際に私に言うこと、もしくはそこからあそこまでにある舗道の敷石、杭、電柱、窓の数を、私は計算帳に書き込んでいる」と。書かれたものが見つけられる可能性があるので、「私」は書き記すのが必ずしも好きではない。実際、「二人に一人がネルのような人だし、メモを書いてはならない」という思いも強い。しかし、「私」は、生きるために、生き抜くために、書かざるを得ない。だからこそ、パウルの想像とはいえ、パウルが父親と神の対話について語ったこともしっかりと書き留める。パウルは父親に言う、「父さんが神さまのところに行ったら、相手は額に灯火を見つけてきくんだ。おい、罪びとよ、わしに何を持ってきたのかな、と。錆びついた二つの肺、ダメになった椎間板、慢性の眼炎、難聴、すり切れた一着の背広です、と父さんは言う。下界には何を残してきたのかな。自分の党員手帳と制帽とオートバイです、と父さんは言う」と。では、「私」が書き留めた言葉の中で最も重要な言葉はなんであろうか。もしかすると「ほら、物事が結びつくぞ」という言葉かもしれない。ただし、これはアルブ少佐が尋問の際に発した言葉だ。とはいえ、大事なことは、嘘の自白を強要するアルブの言葉が、書きたくないが書かざるを得ない「私」の中で、事物の「重み」を捉える言葉として意図がずらされていることではないか。決まった運行時間もなく傾きながら走る路面電車のおよそ二時間ほどの時空に、名もなき「私」によって「重み」を与えられた事物が沈殿していく。現代のユリシーズが書き止めた「重み」とは、「時なき時」における捻れであり、倒錯であり、傾きである。ずれがあるのは「高層ビル」だけではない。

『息のブランコ』

『呼び出し』に続く第四長編は、ヘルタ・ミュラー文学とって大きな転換点となった。それ以前の作品群では、たとえ「バナート・シュヴァーベン人」の集団的記憶が織り込まれているにしても、トラウマと化した作者自身の個人的記憶に基づいてチャウシェスク独裁政権下の暗黒の日々が主として描かれている。こうした作者の実体験に基づく創作に対して、『息のブランコ』では、父母たちの世代が経験した旧ソ連での強制労働という政治的タブーを扱う。新たな試みは、忘却されかけていた歴史的事実の封印をとく挑戦でもあった。この挑戦のためには、構想と取材にかなりの時間がかけられたし、抑留体験をもつ詩人であり、一九六八年に旧西ドイツに亡命したオスカー・パスティオールの協力がとりわけ必要だったのである。ただし、一九二七年生まれのパスティオールは、『息のブランコ』において主人公レオポルト・アウベルクのモデルとなりながらも、二〇〇六年にフランクフルトで亡くなってしまう。ヘルタ・ミュラーにとって共同執筆者ともなる盟友の死によって、結果的に『息のブランコ』は『呼び出し』刊行後十二年の歳月を必要とすることになった。

ただし、大きな転換点となった大作とはいえ、『息のブランコ』はヘルタ・ミュラー文学特有の傾向をしっかりと留め、実際、『呼び出し』における二人のアナスターシャによって架橋されているとも言えよう。一人は、「私」の義父のいとこであり、「私」の語るところによれば、マルティンに凌辱されるアナスターシャだ。もう一人は主人公の祖母であり、祖父の語るところによれば、抑留体験中に「死」の手に落ちたアナスターシャである。つまり、第三長編から第四長編への流れにおいて、物語の時間軸は「私」をめぐる今の二時間からレオポルト・アウベルクをめぐるかつての五年間へと移っていく。ただし、『息のブランコ』を構成する六十四の場面でも、やはり「重み」を与えられた様々な事物が沈殿していく。その典型的な例が壁に掛けられた「カッコウ時計」であろう。収容所の者たちにまったく必要とされていなかったにもかかわらず、巻かれ続けたこの時計は、間違った時刻を叫び続けるだけだ。『息のブランコ』においても、先行する作品群と同様に、「時なき時」が澱んでいる。

## あれから十二年

ヘルタ・ミュラーの代表作は、繰り返しになるが、本書の刊行をもって揃う。当方が『心獣』を訳出して世に問うてから、七年の歳月が経ったことになる。この間、私は三つの貴重な経験をすることになった。一つは、ヘルタ・ミュラー文学全体を知る情報源として、二〇一七年にドイツで『ヘルタ・ミュラー便覧』（Nobert Otto Eke（Hg.）: Herta Müller-Handbuch. Stuttgart 2017）が刊行されたことだ。そして、二つ目として、二〇一九年三月二十五日に九州大学で行われた客員講演に同便覧の編者であり、ドイツ・パーダーボルン大学教授であるノーベルト・オットー・エーケ氏をお迎えできたことは忘れ難い。九州大学の移転が完了して半年も経っていない時期に、伊都キャンパス・イーストゾーンで講演会は行われた。講演前に案内した九州大学附属図書館でエーケ氏は感嘆されたが、図書館自体が外部も内部も見応えのある建物であり、中の吹き抜けホールに立つと、ドイツ映画『ベルリン天使の詩』の図書館、そう、天使が舞い降りてきた図書館を思い出したからだ。そうした談笑の後、エーケ氏のドイツ語講演「Der ‚eigene Kalender' des Erinnerns. Herta Müllers ‚Wahrheit' der erfundenen Erinnerung（想起の「特異なカレンダー」ヘルタ・ミュラーの虚構想起という「真実」）」が始まった。私の司会のもとで行われた議論でも、玄海の幸で皆で舌鼓を打った懇親会でも、翌日に学生たちと一緒にご案内した太宰府天満宮でも、ヘルタ・ミュラー文学について様々な意見交換を行なったことは、コロナが世界中で蔓延する一年前のことだったということもあり、これまた忘れ難い。

ところで、講演会にも太宰府案内にも参加した学生の一人が、共訳者の髙村俊典君だ。髙村君はヘルタ・ミュラー文学を私のもとで研究するために他大学を卒業した後に九州大学大学院人文科学府に入ってきた学生である。彼に対する研究指導が私にとっての三つ目の貴重な経験だと言ってもよい。指導内容の一端が実は今回の訳者あとがきにも反映されている。私の授業で『呼び出し』を扱い、高村君や他の院生たちと訳出しながら論じあったことが、本訳出のきっかけであった。今回の訳業は授業用に私が準備した下訳を高村君と一緒に彫琢する作業であっただけに、読者諸賢の失笑を買わないように二人で努力したつもりだ。もっとも何かお気づきの点があれば宜しくご指摘いただきたい。

なお、版権の取得から刊行に至るまで、三修社の永尾真理氏から今回も多大なご助力をいただいた。永尾氏にはこの場を借りて心よりお礼を申し上げたい。日本にはいまだ数多くの優れた編集者がおられると思うが、訳文の問題箇所にいち早く気づき、ドイツ語原文を確認しながら的確な指摘をされる方は、そうおられないのではないか。また、役割語に関する指摘を同氏から受けて検討を行ったことも、貴重な経験であった。先にも書いたが、『呼び出し』のドイツ語原文には地の文から会話文を区別する引用符がないため、本訳出でも会話文を示す括弧がない。そのため、「私」「おばあちゃん」「義母」「母」「おじいちゃん」などの発話の部分では、話し手が誰だが分かりやすくするために、文末に「わ」「のよ」「じゃ」などの役割語を当初の下訳ではそれなりに使っていた。もっとも、種々検討をした結果、中立的な文体で淡々と書かれている「私」の語りを中心に極端な役割語を削り、他の箇所でも生き生きとした会話が損なわれない程度に削除の工夫をした次第である。こうした作業は私にとって新たな挑戦でもあった。
そう言えば、太宰府天満宮から光明禅寺に向かう道で私はエーケ氏に尋ねた、ヘルタ・ミュラーは第五長編をいつ刊行するのでしょうか、と。同じようなことを作家自身に尋ねたことがあるエーケ氏も実は分からないらしい。ただし、光明禅寺から観世音寺に向かういなか道でエーケ氏と私は一つの推測で意見が一致した。『呼び出し』と『息のブランコ』の間に十二年があるだけに、ヘルタ・ミュラーは次の大作にも同じくらいの歳月をかけるのではないか。そして、二〇〇九年から今年で十二年が経つ。「時なき時」が澱むには、それなりの歳月が必要なのだろう。

小黒康正

令和三年　師走の福岡にて

## 著者紹介

**ヘルタ・ミュラー**（Herta Müller）

1953年、ルーマニア・ニッキードルフ生まれのドイツ語作家。代表作として、処女作の短編集『澱み』（1984年、邦訳2010年）のほかに、四つの長編小説『狙われたキツネ』（1992年、邦訳1997年）、『心獣』（1994年、邦訳2014年）、『呼び出し』（1997年、本訳出）、『息のブランコ』（2009年、邦訳2011年）がある。邦訳はいずれも三修社で刊行された。1987年にベルリンに移住。2009年にノーベル文学賞を受賞するほか、『心獣』によってドイツ国内で1994年にクライスト賞、ドイツ国外で1998年にIMPAC国際ダブリン文学賞を受賞するなど、多数の文学賞を受賞し続けている。

## 訳者紹介

**小黒康正**（おぐろ やすまさ）

1964年生まれ。北海道小樽市出身。博士（文学）。ドイツ・ミュンヘン大学日本センター講師を経て、現在、九州大学大学院人文科学研究院教授（ドイツ文学）。著書に『黙示録を夢みるとき　トーマス・マンとアレゴリー』（鳥影社、2001年）、『水の女　トポスへの船路』（九州大学出版会、2012年；新装版2021年）、訳書にヘルタ・ミュラー『心獣』（三修社、2014年）、クリストフ・マルティン・ヴィーラント『王子ビリビンカー物語』（同学社、2016年）等。

**髙村俊典**（たかむら しゅんすけ）

1992年生まれ。宮崎県宮崎市出身。修士。論文に「ヘルタ・ミュラー『澱み』における墓地としての故郷」（九州大学独文学会編『九州ドイツ文学』34号、2020年）。

呼《よ》び出《だ》し

二〇二二年五月三〇日　第一刷発行

著　者　ヘルタ・ミュラー
訳　者　小黒康正
　　　　髙村俊典
発行者　前田俊秀
発行所　株式会社　三修社
〒150-0001　東京都渋谷区神宮前二-二-二二
TEL　〇三-三四〇五-四五一一
FAX　〇三-三四〇五-四五二二
振替　〇〇一九〇-九-七二七五八
https://www.sanshusha.co.jp
編集担当　永尾真理

印刷所　日経印刷株式会社
製本所　株式会社松岳社
装幀　長田年伸

©2022 Printed in Japan ISBN978-4-384-05984-7 C0097

ヘルタ・ミュラー著　小黒康正訳

# 心獣

Herztier

長篇小説第二作。一九八〇年代のチャウシェスク政権下のルーマニアの大学で、女子学生の自殺をきっかけに「私」とクルト、ゲオルク、エトガルの受難が始まる。四人の学生たちの独裁政権への抵抗そして当局からの圧力。亡命してもなお当局の監視は続く。

# 狙われたキツネ

ヘルタ・ミュラー著　山本浩司訳

Der Fuchs war damals schon der Jäger

チャウシェスク独裁政権下のルーマニア。家宅侵入、尾行、盗聴。恋愛感情さえスパイ活動に利用され、誰かを好きになることが、親友を傷つける。若い女性教師アディーナの見た独裁制の恐怖。秘密警察に追いつめられ田舎に身を隠す。再び街に帰った彼女が見たものは……。